贾平凹

长篇小说典藏大系

病相报告

时代出版传媒股份有限公司
安徽文艺出版社

图书在版编目（ＣＩＰ）数据

病相报告/贾平凹著. —合肥：安徽文艺出版社,2010.9（2012.3 重印）
（贾平凹长篇小说典藏大系）
ISBN 978-7-5396-3503-3

Ⅰ. ①病… Ⅱ. ①贾… Ⅲ. ①长篇小说－中国－当代
Ⅳ. ①I247.5

中国版本图书馆 CIP 数据核字(2010)第 170256 号

总　策　划：林清发	执行策划：唐　伽　朱寒冬
出　版　人：朱寒冬	总　统　筹：朱寒冬　岑　杰
责任编辑：秦　雯	装帧设计：丁　明

出版发行：时代出版传媒股份有限公司　www.press-mart.com
　　　　　安徽文艺出版社　　　www.awpub.com
地　　址：合肥市翡翠路 1118 号　　邮政编码：230071
营　销　部：(0551)3533889
印　　制：安徽新华印刷股份有限公司　　(0551)5859128

开本：710×1010　1/16　印张：12.25　字数：250 千字　插页：10
版次：2010 年 9 月第 1 版　2012 年 3 月第 3 次印刷
定价：25.00 元

（如发现印装质量问题，影响阅读，请与出版社联系调换）

版权所有，侵权必究

人物介绍

胡　方：出身于陕南荆子关镇的一户财主家，早年离家出走，落脚于共产党控制的延安边区，参加了革命，成为边区文工队的队员。能写文章，擅长擦像。1945 年从延安派遣到陕南游击大队，历经战事。其间曾被国民党军队俘虏，后虽逃脱，但从此留下历史污点。1949 年共产党解放中国后，转业于成都某文化单位，不久受捕入狱，继而在青海劳改，又在油田上生活过一段。"拨乱反正"中得到平反，转回内地，分配在西安社科院工作。

江　岚：生于陕北延安的郊区，边区文工队的队员，能歌善舞。在文工队时与胡方有过恋爱关系，胡方去陕南游击大队后，同队友韩文到了东北战区，并与韩文结婚。全国解放后转业于北京某电影厂。

叶素芹：四川人，青年时代思想激进，在成都与胡方结婚，后同胡方一块调往西安，在某部门从事行政工作。

冬　梅：为胡方被俘后与当地农家女结婚所生的女儿。其夫是青海油田工人，夫去世后携女儿落脚到陕西关中平原的三原县，任小学教师。

韩　文：东北沈阳人，早年参加革命，在延安同胡方、江岚一块在边区文工队，后在东北与江岚结婚。全国解放后转业北京，在市政府机关任职。

胡　亥：胡方与叶素芹之子，前卫派诗人。

景　川：陕西三原县人，曾与胡方在青海同一油田的一个热泵站工作。后调回内地，在西安市政府某局任职。是胡方相处最久关系最亲密的朋友。

訾　林：西安市人，观念艺术家，为胡方的忘年交。

1. 訾林

　　我一直认为我在这个城市最重要的经历是胡方从运灰车上溜了下来的那个晚上。那个晚上很黑，风尘混乱，我赶过去差不多是子时吧，他已经穿上衣服，但一只袖子并没有伸进胳膊，第三枚扣子扣在了第五个扣门里，西服就在胸前壅了一疙瘩。裤子也没有完全穿好，半个屁股还露着。江岚，她一定是吓坏了，披头散发地坐在地上，一只脚被胡方的身子压着，一条腿斜着蜷在身后，怀里抱着胡方的头，而眼镜就挂在床沿的被角上。那只唤做狐的狗龇牙咧嘴地叫，和屋外的沙尘暴的肆虐声搅在一起，异常的凄凉恐怖。很显然，胡方是从床上跌下来的，他突然地头疼欲裂，在床上打滚，要江岚用带子勒他的脑袋。江岚慌乱着找带子，没有带子，曾经用她的丝袜来勒，但丝袜太短，无法勒紧。她拿手使劲地掐他的太阳穴，像箍一只要破的罐子，便看见了衣架上的风衣系带，因为太急，抽系带时将衣架也撞倒了，而胡方在那时从床上赤身跌了下来，同时口里喷出了一股污秽。一部分的污秽是喷在了江岚的身上的，这从她的头上额上可以看出，一撮乱发糊成毡片。就在那一瞬间，她知道要出大事了，才给我拨的电话，然后就穿好衣服也给胡方穿了衣服。那是一位很高贵的女人，她不愿意我作为晚辈的来了感到尴尬。但她没来得及收拾沐浴过的盆水和还燃着的藏香，两个高脚玻璃杯中的残葡萄酒还闪烁着嫣然如血的颜色。她要把胡方扶上床去已无能为力，企图能抱到床边的沙发上让他躺好，胡方的块头却太大了，她抱着他的上身往沙发上去时自己也摔倒了。我在门口，惊骇得茫然无措，我听到她在说："胡方，你要挺住，你一定得挺住！"胡方已说不出话，嘴巴明显地向左边抽，白沫就涌出来，像肥皂泡一样堆在了口角。

沙尘暴的吼声还在继续，风从开着的门里进来，忽地将一张纸贴在了墙上，狗跳起来要抓纸，没有抓着，落下来撞翻了沐浴的瓷盆，水在地上乱钻。

"狐，狐……"江岚扔过去一个东西，训斥了一声，便绝望地看着我。

我把可怜的老人背出了楼道。我没有想到他是那样的沉重，简直是一袋沙子，而且往下坠。我只有弯下腰，一次一次使劲地将他往背上拥送，就在再次拥送的时候，发现了楼道外的一辆空车。这是白天里修建楼前下水道运灰的那种推车，小小的箱内用铁皮钉着，没有后挡板。我把胡方放了上去，高大身躯似乎难以装盛，只好委屈他了，让他蚂虾一样蜷着，我说，阿姨你跟着我吧，推了车就走。江岚哎了一声却歪在了地上。我回过头去，她已经爬起来，又在低声呵斥着狗："狐，狐，你不要来，你给我回去！"狗是跟随着我们一块出来的，它叼着的是胡方的一只鞋，竟撵上了车就跳了上去。

小巷里的灯光昏暗，路面不平，小推车就撞磕着跳舞，并且发出嘎嘎的响声。速度太慢，我又掉过了车头，拉着往前跑就容易多了，一时便看见自己的影子在两边的巷墙上忽大忽小，恍惚如鬼。跑过了一间小杂店，店还没有打烊，伏在柜台上打盹的老板娘猛地醒来，说了一句"哎哟！"运灰车已经闪过巷口的漫坡。坡道边的电杆上，有人在偷贴治疗性病的广告，听见响动，立即消散。懒得理这些游医！我大声地唾出一口痰，抓紧了车把猛一拐弯往前跑，跑得飞快，像狼撵一般。差不多跑到十字路口，听见了江岚在后边嘶着声地叫我，扭转身来，天哪，车子上竟没有了胡方，胡方是躺在一百米外的地方。胡方是从运灰车上溜滑下去的，溜滑下去我却全然不知！再折回去，重新抱了他到车上，人已昏迷，虽然让江岚也坐上车搂着了他，他那颗脖子撑不住的脑袋像西瓜一样倒过来倒过去，并且大小便失禁，稀粪从裤管里流出来。

可以说，我是没有拖延时间的，一到医院也及时作了头颅CT扫描。我们绝没有想到的是他脑颅出了问题：叠体池和右侧室受压变形，中线结构左移30.9厘米，右颞叶区呈大片状高密影，出血量约170毫克。医生开始训我，如训孙子，说病人本不该出这么多血，应该平躺着送来，这样窝蜷在小推车上，只能是加速他死亡。我惊愕了，没敢说出胡方还曾经从运灰车上溜下来过的事。我为我的无知而脸色通红，像被无数的巴掌扇着。胡方很快送到了手术室，我和江岚就站在手术室大楼道的过道，浑身像虚脱一样没了力气，后来就瘫坐在地上。过道很黑，尽头的一面玻璃窗子泛着白光，楼外的风透过砖呜呜地像吹哨子，在三层或者四层的某一个房间里，有窗子的玻璃突然在风里吹落，发出一阵尖锐的碎响。护士从手术室出出进进，每有出入，我就盯着他们，张嘴要询问，但他们根本不理会，甚至连瞅一下我的意思都没有。胡方情况一定是十分危急，万一……我不敢再想下去，脑子嗡嗡作响。訾林，你该挨训，你怎么就考虑不到这就是脑出血，让胡方平躺了而去接医生来呢，什么都不懂，你这个白痴！胡方的昏迷完全是你让他滑溜下车造成的，王八蛋，你是谋杀者，刽子手！我拿脑袋使劲地撞击墙壁，"咚，咚，咚咚"。江岚扑过来抱住我，我听见她在说："訾林，你不要这样，这都怪我害了他。"她说过了，发白的嘴唇哆嗦着，又说了一遍："都怪我害了他。"

"不，不……这怎么能怪了你呢？"

"是怪我，我不该来的。你知道他有过高血压史吗？"

我摇摇头。

"他睡前是吃过药片的……"

"他真吃过药片？！"

"我问过是什么药，他没有说，塞进嘴就咽下去了。"

"发病是几点？"

"十一点二十五分。"

"十一点二十五分？！"

"十一点二十五分是容易犯病的时间吗？"

我那时语言凌乱不堪。我说，不，不，这怎么可能呢，十一点二十五分与犯病有什么关系？没关系的。我突然地嚎啕大哭，响动以至于使那只狗惊倒在过道的水泥地上，它就是那一刻里四蹄支不起了身子，三天里脑袋扑沓着，不吃不喝也不再叫，直到死去。

2. 景川

越过了秦岭，汽车就一直沿着丹江往东南钻。山深如海这话一点也没有错的，你随时都会失去方向感，不知身在了何处。满车的人，谁也不敢瞌睡，先是担心着山崖上的危石在风里要掉下来，挡住了去路或咚地砸落在车顶。再是隔窗看见了万丈峡谷下的江流，而车在拐弯处路突然地看不见了，便杀猪般地尖叫，似乎车向那黑黝的崖壁直接撞去，又要反弹过来，撞在了峡谷的树上，就翻着筋斗下去了。司机破口大骂："叫你娘的×，不想活了吗！"大家又寂然无声，明白了司机是爷，是上帝，所有人的命儿系他一手捏着，他得全神贯注，不能有任何声响分散了他的注意力。车终于在西峡县停了下来，满车的人哇的一声呕吐，我的那个邻座的妇女就吐了堆污秽又吐黄水，最后竟吐出一条蛔虫来。

我原本要到荆子关的，但我却决定在西峡县城也下车了。这里是闻名的出恐龙蛋的地方，许多年前农民都在山上挖，挖出一颗了可以卖到一万元。上亿年前恐龙主宰了这里的一切，现在却灭绝了，只留下拳头般大的蛋而且变成了冷冰冰的石头。我顺着街道往前走，一个人就尾随上来悄声地问："收恐龙蛋吗？"我说不收，我不是收恐龙蛋的。他说，别人卖的都是用水泥做出来的假货，我这可是真的，你要信。我说信的。他说，如果放在一定温度的暖箱里可以孵化出小恐龙哩。我说是吗，如果真能孵化出来，那是只跳蚤吧。

"你骂谁？"他突然面目狰狞了。

"我骂我，行吧，我不能骂我吗！"

我确实在骂我。尤其身到了西峡县。你想想，解放初期我的父亲便已经是西峡县的兵役局长了，如果他能活到现在，最低也是省级领导干部的,但他却死在了四十年前,只留下了我,留下我一事无成!

父亲任兵役局长的第二年,他是回了一次泾阳县。关中平原上的太阳没遮掩,晌午鸡叫饭时,娘正在小屋山墙根给我捉头虱子,舅舅跑来说:"他回来啦!"娘的脸色立即变了,抱着我就进屋去,哐啷还关上了门,我并不知道他们说的是什么人,回到屋里了,还隔着窗格往外看,一队人马就踢哩夸啦从门外的路道上走过。娘在屋里纺线,屋里的光线很暗,但娘把纺车摇得一圈紧似一圈,舅舅是坐在炕沿上吃旱烟。我看见了一伙人停在了我家门前,打头的一个人骑着白马,旁边有副轿,骑白马的人勒住马头,喊:"景川!景川!"我哎了一声去开门,娘却一下子抱住我,而且堵住了门。舅舅说让他见见儿子吧,是舅舅把我领了出去,白马上的人在说:"景川,长这么高了还梳个蒜苗辫儿!"

"你是谁?"

"我是你爹呀!"

我从来没有爹的。别人有爹的时候,我没有爹。娘说我是从河里捞上来的,河里涨大水,她一笊篱就捞上来了。那人从马背上跳下来,穿着军装,齐膝高的马靴咯吱咯吱走过来。我说:"我是你爹!"

舅舅拍了我一下头,说:"别胡说!"

轿子并没有放下,但轿帘揭开了,露出一个女人的脸,嘴肥嘟嘟的像噙着一颗枣儿。她看了我一眼,要笑呀,却突然没有了笑,轿帘放下了。

"茂生哥,"那人说,"我是回来给祖先奠坟的,景川已经长大,可以离开他娘了,放在乡下遭罪,该让我带了走。"

舅舅说:"乡下再遭罪,景川也长这么大了!他到哪儿去,他就是呆在乡下的命,他到哪儿去?"

舅舅的话还未落,娘从屋里扑了出来把我往屋里抱,她的样子很凶,像鹰抓小鸡,我的一只鞋就掉下来。我抱住梨树不走,娘竟扇了我一个耳光,一进门,门就上了栓。

那天夜里,我已经睡床了,娘和舅舅在屋里说话,说的全是白天里事,娘就叫我:"景川,景川,你睡着了吗?"我没有睡着,我要听他们还说什么。娘就咬着牙说,这些钱我不能要,他现在知道还有个景川哩?

钱你拿上，他几时再回来了，你一五一十地交给他。舅舅说，那就放在红薯窖里的土瓮里，还有这顶军帽，他的地址就写在帽子衬布上，你给孩子收管着，他长大要参军就去找他爹！娘说景川饿死也不去找他！舅舅说这你就过分，他毕竟是景川的爹嘛。我在被窝里想：那人还真是我的爹？我的爹个头那么高啊！

但我并没有再见到我的爹。娘不在的时候我钻进了厦子屋的红薯窖里，是发现了装在瓮里的二十个银元和一顶衬布上写着西峡县兵役局字样的军帽，想着爹穿军装的威风样，就憧憬着我长大了，就找这个爹去参军的。可是，我还没有长大爹就死了。爹在生前所能给予我的好处是那二十块银元和一顶军帽。爹死后，我却背着国民党伪军官儿子的罪名，政治上几十年不得翻身。娘从不去理会藏在红薯窖土瓮中的东西，而爹死了的消息传来，她拉我在地窖里对着那土瓮哭了一场，然后在地窖里挖坑，将土瓮封口埋进去。现在爹平反了，颁发了红塑料皮的证书，还有着一笔不小数额的钱，我来到了西峡，我的身上仍还揣着二十块银元和那顶军帽，我要寻找爹埋在那的坟堆和爹留下的另一个儿子。

我在船一样窄长的县城里沿着一面斜坡往高台上走，高台上是县政府。

"我是景海清的儿子。"

"谁？"接待我的是政府办公室的人，"谁是景海清？"

我开始自我介绍，我是从西安来的，景海清是我的父亲。我的父亲在解放前曾是国民党胡宗南的部队的一名师长，后起义参加解放军，又任二十九军的第三师师长，解放初担任贵县兵役局长。五三年清查出他在国民党十三师时围剿过陕西游击队，被政府镇压了。现得以平反，追认为革命烈士，我是来查询我的同父异母的弟弟，他肯定也受牵连，我得把平反的事告诉他，还有一笔补偿费……

"原来是陈芝麻老账喽，"接待我的人说，"这我一点也不知道，我给你找找我们主任吧。"

主任被找来了，是个长得如蚂虾一样的老头。老头说："让我想想，这几年平反的人多了。……噢，是有个景海清的，我们是收到过一份关于景海清的平反文件的。"

"平反的事你们通知我的那个弟弟了吗？"

"文件上并没有写明找到你的那个弟弟呀。"

我歪下头去在椅子上闷了半会儿。

"主任同志，"我说，"那你知道我的弟弟现在哪儿？他的母亲就是西峡人，他一定是在西峡的，你查查。"

"这怎么个查法？"主任说，"你是不是景海清遗弃的那个儿子？听说你的父亲遗弃了在关中的老婆孩子，重娶的是荆子关的女人。"

就这样，我离开了西峡，开始坐竹筏沿丹江而下。西峡距荆子关一百多里，崖畔上凿开的路只是县级公路，时在黄昏，已经没有了汽车，而水路则有七里关、月儿滩、鬼愁湾十个险处。竹筏有几次就撞在刀削般的江壁上，亏得艄公是个力气蛮大的汉子，他让我伏在筏子上不要睁眼。我没有睁眼。他说，手抓牢就行，掉下去了不打紧，我会捞你的。前日落水的是个妇女，捞上来人都昏了，放在牛背上颠颠，一袋烟的工夫，吐摊水便活过来了。

天明到了荆子关，下起了小雨，雾就沿着江石爬上那三十五层石阶往岸上的镇上涌。街上稀稀落落走人，全戴着草帽，披了蓑衣，挑了韭菜白菜担儿叫卖。屋檐下的妇女一边看着走过的卖菜者喊："韭菜多少钱一斤？"一边提半桶黄尿蹶了桶底倒在台阶下，雨水就冲着黄尿流下去，流到江里。卖菜者说："两毛！"妇女似乎不满意，嘟嘟囔囔，将空了的尿桶又放在屋檐槽下接雨水，"给一毛五！"头也不抬，只看着雨水在尿桶里响。我踽踽地往前走，不知道该往哪去，一排门面房的拐角就闪出来一个女子，嘴也肉嘟嘟的，涂着红颜色，穿一件粉红的风衣，很近地站在我面前了，叫一声大哥，突然双手把风衣一张，里边竟是白生生的身子，乍着一对奶："娱乐不？"这么个重重山峦如洋葱一样包裹的小镇也有妓女，妓女这么早就拉客，令我吓了一跳。"我胆小，"我说，"我怕病哩！"妓女说："开水烫了的！"我就问知道不知道景三元的家住在哪儿？因为艄公已经告诉我，他认识景海清的老婆和景海清的儿子景三元，但景三元住在哪个小巷里他说不清楚。妓女却说："我知道个锤子!"

　　终于在一个丁字巷里见到了我的异母兄弟。其实我一见到他,我就知道是他了,他和我长得一模一样,都是大腮帮子,高颧骨,细眼睛。我们像对着镜子看了多久,然后抱头大哭。"哭啥的,"我先不哭了,"甭哭了,兄弟,雨下这么大,天都替咱哭了。"三元把鼻涕擤出来抹在墙上,手在衣襟下擦了擦,给我发纸烟。"我听我娘说我有个哥哩,早晓得哥的日子还好,我早该去投奔你了!"

　　我将爹的平反证书取出来交给他,把一沓钱拿出来并拿出了收据,说明给补贴了一万元,这五千元交给你,你几十年里也是受苦了。我的兄弟扑通就跪下来,他没有问到我的母亲,只给我和拿出的二十块银元和爹的军帽磕头。我在屋里的草蒲团上坐下来,弟媳妇头发像粟子包似的就站在内房门界墙下,使劲地拉着她的两个孩子。三元说快去给哥做饭吧,她慌乱就提了桶出去放在屋檐下接雨水。我将一包葡萄干打开袋,原本这是带给后娘的,三元始终未提到她,我以为老人已经过世了,就递给孩子。孩子怯生先是不要,三元说你伯给的就拿上。大的拿到手了,小的就上去抢,抢得像两只狗,纸袋被撕烂,葡萄干撒了一地。三元说:"急啥哩! 急啥哩!"从地上捡了一颗塞在自己口中,就搭梯子到了屋梁,一阵灰扑簌簌往下掉,取下来一个油纸包,里边有一撮头发。

　　"这是咱爹的,"他说,"咱爹就留这些东西。"

　　我是在那时才知道了爹死在五三年的古历三月十四日。西峡县城南门外的河滩里同时有四个人被麻绳绑捆着,爹的官大,照顾了没有让他脱黄军衣,麻绳也勒得不紧。头一天里,后娘接到了通知,让第三天去河滩搬尸,她托娘家人拿了一根碾杆和一张草席,准备着爹被打死了,抬尸埋到后娘的老家荆子关的,三个舅舅还说,这得买只公鸡,公鸡缚在席筒上去阴间不迷路。三元在镇上买的公鸡,买回来还活蹦乱跳的,后半夜却被山上下来的黄鼠狼叼住咬死了,后娘就预感着不好。果然第二天赶到河滩,爹和那个保长并没有被枪毙,却每人背上捆着一个炸药包,导火索燃着了,让四只狗去撑,爹和三个保长就在河滩上跑,跑呀跑呀,"咚",炸药就爆炸了。爹和三个保长成了一堆碎骨肉疙瘩溅得满河滩都是，后娘只捡着一撮连着头皮的头发，认得是爹的，爹留着大背头，爹的头发又粗又硬。

我们将爹的头发放在了柜台上，奠酒供香，三元说："爹，我平反了！"

我纠正说："是爹平反了！"

三元说："你平反了，我和我哥也平反了！"

我可怜的兄弟又是大哭，哭得鼻涕眼泪一齐流下来，我劝不下，我就说你哭吧哭吧，他就突然一头栽下去，昏死在了地上。我忙掐他的人中，他醒过来，喉咙里一阵咳咳嚷嚷的喘息，同时半空里有什么响动，仰头去看，一只老鼠在屋梁上跑，就跑滑了掉下来，掉在柜盖上的面盆里，灰老鼠变成白老鼠，爬起来又跑没了。

"爹，爹！"三元大声地叫。三元说，爹是属鼠的，爹显灵喽！

爹的属相确实是老鼠的。我是听了三元的话，从那以后，不再讨厌了老鼠，但凡见到老鼠，就想起了我爹。

生活中总是发生着离奇的故事，这些故事你把它写成小说，读者却不肯认同，以为在生编硬造。在荆子关那个小镇的土屋里，到处是浓烈的酸菜味，屋檐上的水又吊线似的下，而爹以老鼠的形状显灵了的那一刻时，我的手机嘀嘀响起来，显示的号码是訾林的。

"訾林！訾林！"

"喂，喂。"

"江岚接到了吗？"

"一切按计划进行！"

"他们可是一生都等待着这一天呀！"

"那我是安琪儿了？！"

"别油腔滑舌！"

"你知道我现在在哪儿吗？葫芦拐巴巷，多难听的名字！"

"葫芦拐巴巷？"

"是我调查上了你托付的那个人，你明白了吗？"

"是吗，情况怎么样？"

"情况不好！"

"情况不好？怎么个不好？"

"怎么说呢？……她是个……回来我告诉你吧。"

3. 訾林

下午，我给胡方送药时候是起了沙尘暴。沙尘暴在这个季节已经是第五次袭击了西安。风起初刮得还不是很大，但沙尘弥漫在空中使十米之外的事物难以看清，汽车亮着灯，喇叭长鸣聒耳，行人都耸肩缩背，侧起身子往街两旁的屋檐下跑。今年以来，商店里热销着纱巾，却不知为什么都是这种黑色，满街盖着黑面纱的女人使这个城市如同了一个鬼的世界。我经过了天桥，那一段路又在开挖，原本是裹了沙尘的风再一次飞扬了挖出来的干土，天更加昏暗。有人在骂糟糕的市政建设了：一条马路都修不好，昨天才铺好的，今天就挖开装排污管，明天又挖了埋电缆，难道就这样铺了挖，挖了铺个不停吗？

"我要是市长，"我说，"应该给每一条街都装上拉链儿，什么时候需要拉开了拉开！"

骂街的人并没有回应我的话，他咳嗽得厉害，呼吸比幽默对于生命更重要。但是，另外的地方却起了笑声，轻微而充满了色彩，如一片经霜变红的叶子在空中斜着画了一下落在了地上。笑声来自桥边平台上的一群女人，她们没有戴面纱，瞧着我在看她们，一时强忍了笑容，将脸面扭转，表现了一切与她们毫无干系的神情。

这是一群鸡婆。天桥一带不是西安的繁华区，高级的妓女是从不在这里出现，她们长年包住在中心地带的豪华宾馆里，为那些有势的政府官员和有钱的私营老板提供服务。而外县来的，称作鸡婆的，就常常穿了廉价而花哨的衣衫，将嘴唇涂得血红，聚集在天桥下等待嫖客来挑选。她们大多是那么清纯。是的，这个词用在她们身上是不准确，但我记得的胡亥的一句话：越清纯的越可能是妓女。在这一群清纯的小妓女中坐着的却有一个三十多岁女人，我望了她一眼，她也望了我一眼，我稍一迟疑，她立即就站起来，我没敢再回应。这一门生意是吃青春饭的，半老徐娘了坐在这里干什么呢？我就这样极快的通过了天桥去胡方的那座楼上，我把一包药塞给了他。当时胡方问塞的是什么，我是等江岚去了厨房后，悄声告诉了药的名称，并叮咛了提前一小时服下，不能过之也不能不及，胡方骂了我一句："你常这么荒唐？！"

我是荒唐过，这个时代留给我们年轻人的就是这么荒唐，桃杏用催熟剂变软，鸡鸭靠激素养肥，吃的喝的穿的用的什么都可以有了，却再也没有了爱情，爱纯粹以身体去做，而做又需要药片。胡亥曾经讥笑过像他父亲这一辈人的状态：有贼心的时候没有贼胆，有贼胆的时候没贼款，有胆有款的时候贼却不行了。胡方是不行了，我之所以协助景川为胡方和江岚安排、张罗，说实话，我为他们的故事感动和羡慕着，也为他们的处境而同情了。

离开胡方的房子，狗是一直送我到楼区的大门口，我向它再见，它说：妙！我就有做过一次雷锋的感觉。

我又经过了天桥。风依然在刮，揉揉被沙尘迷着了的眼睛，往栏杆下的平台上望去，小鸡婆们都不见了，坐着如孵蛋的母鸡而焦躁不安的只有那个中年女人。我当时并没有想到还会是她，以为妓女们终于耐不住清冷，走散了，回到某一大杂院的四五个合租的小黑屋去骂天气骂物价，骂男人们都死完了，而这个中年妇女则是拾破烂的在这里歇脚的，但听见了脚步扭过头来，我才认清还是她。她的眉间有一颗黑痣。这是她吗？我猛地怔了一下，脚步就迟疑了。这怎么可能呢，即便想象力再好，也不能将她同景川联系起来呢。我急忙在背包里翻笔记本，笔记本是夹着一张照片，照片上的女人长脸，眉间也是一颗黑痣的。天哪，她真的就是她啦！我突然地拔脚就跑，好像我是个小偷，被人发觉了一样。跑下天桥，已经站在那家商店门口的柳树下边了，收住了脚，突然我萌生了对这老妓女跟踪的兴趣。

现在，我给你说说我的职业吧。我是一名作家。从二十岁起我就热衷于写作，我写过许多部书一直难以出版，常常是那些尊贵的编辑在翻阅了我的书稿不到十页，就摘下花镜否定我的作品了。"纯巴尔扎克的观念！"他们说，"你写作的时候想没想过你这样写出来还有人去读吗？"我说文学是神圣的，我是放弃了足球和恋爱，整整苦寂了三年才完成这本书的。他们说，这看得出来，你写得很认真，愿意自费出版吗？自费出版是一切都自费，而且还得掏数额很大的一笔钱去买书号！我从那次是绝望了，如果不是认识了胡亥，发誓再不写什么鸟文学。我认识了胡亥是在他们的艺术沙龙里，交结了几位画家，开始为他们推销画为生。我的这些画家朋友从事的并不是一般画家的那种工作，他们痴迷于行为艺术，比如雇几位女模特裸体于广场上，而将成盆成桶的各色颜料从头到脚地泼去以显示历史的随意和荒谬，抱着浸泡了无数避孕套的春药酒罐招摇过市来嘲弄经济的繁荣，等等，等等。他们是这个城市的另类，人们不理解他们，而他们的每一次艺术活动却都搅得这个城市喧嚣不安。于是，受他们的启发，我醒悟了我应该有另一式样的写作：跟踪文学。我把我的想法告诉出版社的编辑，这一回编辑大为赞赏，立即约定了书的写作，并提前付给了我一笔稿酬。你们不久将会看到我写的书，那便是我在大街上发现了对我有兴趣的一个人，我不知道她是谁，她也压根不知道我是谁，我就暗中跟踪了她，用相机偷拍她的身影，用笔记录她的所作所为。但是，就在这个时候，景川寻着了我，从而导致着新的事件发生了。

"訾林，"他对我有点刮目相看，"你还有这种本事！那你得帮我调查一个人喽！"

"我不是间谍，也不是侦探，"我说，"你调查人怎么就寻到我？"

"你不是会尾随人吗？"

"我首先纠正你，我是跟踪不是尾随！再要告诉你的是我只为了好奇而跟踪，跟踪了写我的书，以我的书去满足无所事事的同样有着窥私心理的读者！"

景川是老实人，而且口笨！他苦笑了一声，最后还是把事情托付我。原来别人又给他介绍了一个女人，他已经年纪大了，对婚姻的事发怯，总害怕上当受骗。两个人见过了一次面，各自的感觉还可以，但女方是有一个植物人的丈夫，她的条件是结婚了仍要照管前夫，他就慎重了，想多方面地调查调查这个女人的情况，景川提供给我了那女人的照片还有居住的地方。

对于这件事我原本是尽力而为见机而行吧，没想到竟与这个女人不期相遇。现在，用不着调查了，因为我的朋友即便一辈子光棍，也不能找个妓女吧！但这个妓女却令我有了写第二本书的冲动：难道世界上还会有哪个嫖客看中她吗？实指望要让我的读者在饭后茶余取笑一个老妓女可悲可笑的处境，而我的想法立即便错了，因为一个嫖客正走近她，他们在那里搭讪论价。世上的事真是说不清，一筐杏桃到底卖到完，有钱人大鱼大肉吃腻了，仍要吃土豆野菜的。

嫖客可能是来这个城市出差的外地人，在乘飞机返回时，机场宣布因沙尘暴航班延点，得等到第二天，他便由机场安排在航空大厦过夜。这一切是我观察之后知道的。嫖客领着老妓女走到航空大厦，门卫检查机票，没有机票是不能进去的，两人就无奈地走到街边说话，买口香糖嚼，然后搭出租车向西而去。我那时也便搭乘了另一辆出租车跟着，终于在一个窄狭而拐了几道弯的小巷里发现了他们登上一座两层旧楼。我走上去，楼的过道狭长，南北相对的房间里似乎住着许许多多的人家，每个房间门口都堆着煤火炉或者装有杂物的纸箱，幽暗里到处弥漫了一股酸臭味。老妓女领着嫖客在开一间房子的门，我闪身进了正好是斜对面的公厕里，从门缝往外观察。对面的门是开了，看得见里边一室一厅，厅中挂有一个蓝布帘子。嫖客进去上上下下看一遍，开始皱嘴吹哨，然后一揭帘子，啊了一声就往出退，我听见嫖客说："你要敲诈我？！"女人说："大哥怎么说这话？""那里边躺的是谁？""我丈夫。""你丈夫？""他是植物人……""哦。"嫖客重新进了屋，门就哐哩哐啷关了。

对面房门上的小窗有了灯亮，厕所里越发显得黑，坐没处坐，站着也不是，污浊的空气几乎令我喘不过气来。我为我的行为可笑着，又后悔刚才没有拍下他们一块进屋的身影,便从厕所出来,慌乱地拍了一张幽黑的过道,就走下楼,坐在小巷的路台上默默地吸烟了。小巷里路灯亮着,依然少人,恍惚间觉得不远的墙根有什么在动,定睛望去,原来是一截废弃了的水泥电杆。我是坚信着世上的一切东西都是有灵魂的,刚才的感觉里水泥电杆在动,那一定是水泥电杆的灵魂,那么,在楼上的那一室一厅房子里,嫖客和自己的妻子苟合,植物人的灵魂会怎样呢?无耻的女人,我在心中十次八次地宣判着她的罪恶,你会得到报应的,你知道吗,你企图嫁给景川的事就这样结束了!

嫖客从楼上下来了,他依然西装革履,道貌岸然,小巷的那端有人将一筐垃圾往垃圾箱里倒,风却将垃圾吹开,几张脏纸顺着路面飘过来。我嘲笑了嫖客这么快就结束了,一定是个无能者!那个老妓女呢,会蹲在厕所里一边用力地努出身体里的那一点脏东西,一边指头蘸了唾沫清点赚来的钞票,然后将钞票塞进她的乳罩吧。我拿起了相机,再一次走上楼去,希望能再偷拍出她的一张正面的照片。但我怎么也没有想到,我刚刚上得楼,竟差点与老妓女撞个满怀!她是背了丈夫,我想应该是她的丈夫,从楼梯上往下走。丈夫软得像泥一样沓在她的背上,脑袋却垂在她的头前,她的腿在颤动着,每踏出一步,楼梯上就发出咚咚的响声,而丈夫无法控制的涎水就滴下来,扯得如线一般。她背着丈夫往哪儿去呢?我正疑惑着,她已走到楼下,转了个身,又一个梯台一个梯台上来,喘着气说:"今天是你的生日,德安,祝你生日快乐!"我那时是愣了一下,说真的,我是被钉住一样站在了那里,默默地目睹着眼前的一幕。这女人就反复地背着丈夫上下了三次,每一次上下时并不理会我,而我却缩身为他们让路。

"你这是在为你丈夫过生日吗?"我终于说。

"是呀,"她抬起头,显然没有认出我是谁。"我没有能力给他买鲜花蛋糕,我背着他出来转转,外边风沙又大……"

"噢,"我立即谦恭起来,"我能为你们照一张相吗?"

"给不给照片?"她不相信。

我把我的名片掏给了她一张,保证着要把照片送到这里来的,她说:

"那太好了，德安德安，你听见了吗，他要给咱们照相呢！"便竭力将身子往起挺，她的头顶住了丈夫的下巴，使那颗下垂的脑袋端正，而一只手从背后抽出来理了一下刘海，舌尖也极快地抿了嘴唇，干燥的嘴唇红润起来。就这样，我拍摄了一张最让我难以忘怀的照片。这张照片我后来加洗了一张给景川，我极力鼓动着他娶了这位做过妓女的女人。

拍完了照片，我说我帮她把她的丈夫背回屋去，我当然是诚意的，但她谢绝了，也就在这时候我的呼机响起来，荧屏上显示了"老胡病了，速来！"的字样，我离开了那个名字叫葫芦拐把的小巷。

4. 景川

三元的媳妇是去了隔壁家借了面粉，隔壁家老太太把面盆端来，在三元的媳妇的升子里盛面。山地人不大习惯用秤，面粉就在升子里盛满后，还继续抓着往上洒，使面粉自然呈现了一个塔形，方倒在三元媳妇的簸箕里。我不知道三元家是没有面粉呢还是暂时麦子没有磨，但两个孩子喜欢着叫：要吃捞面了，要吃捞面了！我心里就泛酸。

我坐在那张土漆斑驳的小桌前和三元说话，从门里望出去，门外猪圈墙头上高高探出颗长着黄瓜嘴的猪头，哼哼地叫，而且拱落了墙头上的一块石头。三元媳妇就出去给猪添食，一边叫喊着三元擦桌子，说饭熟了，把捞面往桌上端。

我有些咳嗽，出门去吐痰，门槛上的苍蝇疙瘩般地起落，偶尔歪头看靠在屋檐下搭盖起的厨房，锅台上已经放上了一碗捞出来的面条，灶前的土炕一堆破棉絮被里似乎有什么在咕咕涌动。吐了痰回来，又是看了一下，破棉絮被里竟爬出来了是一个人，一个枯瘦如柴的老妪。老妪一只手努力地撑在炕沿，身子横在炕外，一只手却伸过去抓面条碗里的面条,手缩回去时,身子差一点跌下来,但面条极快地塞进了嘴,瘪了嘴没有牙,使劲着吸,一根面条便像虫子一样在嘴角晃动。我回坐到桌前,三元把那碗面端上来了,我胃翻腾得要吐。

"将就着吃,"三元说,"少盐没调和的。"

我说:"那炕上的是谁?"

三元说:"我娘呗。"

原来我的后娘并没有过世!我赶忙让三元把老人叫来一块吃饭,三元迟疑了一下,还是把他的母亲抱了出来。老人像一个小孩一样身子蜷在了椅子上,目光呆滞,嘴窝陷着蠕动,如是小孩的屁眼。我那时怎么能把眼前的老妪和我的父亲联系起来呢,这就是我的父亲遗弃了我和我娘而娶下的女人吗,就是我小时见过的坐在轿子里如花似玉的后娘吗?我把那碗面递到了她面前,我说你吃,她也不说话,端起来就狼吞虎咽着,几乎是噎住了,几次梗直了脖子。我说:姨,你慢慢吃。问她还认不认得我,又把我的父亲如何平反,我如何将平反证书带来一一讲给她听,但我的后娘一句话都不肯说,只是吃着,又噎住了,而两个孩子拿筷子也在碗里戳,戳出面条了,呼呼地往肚里吸。三元把孩子一人一脚踢开了。

"你吃吧,哥,"三元给我重盛一碗,"她糊涂了。"

"姨今年高寿?"

"快八十了,六十岁起就糊涂了。"

那顿饭,我吃得极不舒服,吃罢了,我说我到镇上的旅馆去,明日就得返回西安。三元并没有要留我的话,也没有让我这一晚就睡在他家。"在旅馆登记个床也好,"他说,"旅馆里没虱子。"

我和三元在旅馆里又碰上了穿风衣的妓女,她见我进来,热情地去开房间,又灌了开水。我问三元还有没有别的旅馆,三元说镇上就这一家,这是好旅馆哩,丹江上下的船夫都在这里歇脚。三元就对掌柜说:"我爹平反了,你信不信?"掏出平反证给掌柜看。

登记了房间,我要三元陪我上街看看,那个妓女却提出她领我去,说荆子关文物古迹多,清朝时这里是水旱码头,人口比西峡县还稠,至今镇中有娘娘庙，魁星楼，还有个胡家大院，是省级文物保护点。我当然不让妓女当向导，就和三元去看了娘娘庙和魁星楼，这些地方实在没有什么可稀罕的，但胡家大院，令我吃惊的竟是一座船帮会馆。丹江沿途是有着几处会馆的，而胡家大院的会馆却最大，建筑保护得最完整。三元告诉我说，胡家在荆子关是世传的大户，前清时就出了一个翰林，翰林有两个儿子，一个在州里做刺史，一个在家搞河运，经营了会馆，再下一辈，势就弱了，虽还富甲一方，却再没有了官人。又到了一辈是四个儿子，两个早早病死了，剩下的一个是镇上的保长，一解放被政府镇压了，一个小小就参加了共产党，只说又要出官人了，不知怎么后来却成了反革命，家族便彻底败下来。"听说人还活着，"三元说，"就在你们西安。"

"他叫什么名字？"

"胡方。"

"胡方？"

把麦粒种到地里，为的是收获麦子，但收获了麦子的同时又收到了麦草。在与胡方数十年的交往中，我大概是听他说过他是陕南人，但哪里能想到荆子关是他的故乡，而我竟山不转水转地来到了这里！我给三元说：这个胡方是我的老朋友，我和他真是八百年前修来的缘分，这一辈子做什么都与他脱离不了干系。三元先是不相信，接着双目发光，好像我不是他的哥，是胡家的人似的。

我开始拍胡家大院的所有建筑，要将这些照片带回去给胡方，三元却抖着平反证书给所有在胡家大院的人看，那些人就说三元你活出人了，你得请客，三元手拍得呱呱响，说：喝酒喝酒。但三元身上摸不出一个钱来，他要把身上的外衣脱下来给小卖铺抵押，小卖铺不要，我便把钱垫上了，悄声问他：我给你那五千元呢？他诡秘地说：在裤衩里装着，我可不能当着这么多的人让他们看见我有一厚沓钱！买了酒大伙就坐在大院喝起来，他们不需要下酒菜，也不用酒壶酒杯，酒瓶子轮着你一口我一口，快乐地说："胡麻子在世，他也不过这样吧！"我问胡麻子是谁，三元说是胡方的爹，活着的时候穿长袍，戴礼帽，威风得很。我不关心胡大麻子，我兴趣在胡方，像荆子关有没有关于胡方的逸闻趣事。他们说胡方离家早，别的事不知道，但他小时候有气死的毛病，什么事一急他就气死了，凭这一手，同龄的孩子里谁也惹不起他。那个胡大麻子在码头上碰见一个戏班子，硬是要娶一个女戏子，胡方的娘气不过，一根绳子往门框上搭，胡大麻子说你死吧，你死吧，顺门就走了，等回家，胡方的娘竟真的就吊死在门框上。胡方的舅家是商南县的大户，来了百号人闹，胡家大院是一百零八间房的，一把火烧了四十间，胡方就在大火烧起的夜里乘船去了商南，又去了西安和延安，直到四七年才回来。

"他回来过？"

"回来结了个婚。"

"还结过婚？"

"是结了婚呀。"

"后来呢？"

"后来又走了。"

这是我获得胡方最大的隐私。胡方是延安时期的老干部，这我是清楚的，对于一个富甲一方的财东家子弟，突然又成了革命者，这在中国革命历史上屡见不鲜。共产党本来就由两类人组成，一类是穷人，一类就是被革命对象的内部叛逆者，他们往往比穷人的意志还坚决，以至于许多人就成了党内军内的领导者。但世事偏偏又是很奇怪地发展着，如果胡方不从事文艺，或者说解放后金盆洗手不再画画，那胡方也会是一位职位了不得的官员，胡方错就错在已经革命了还偏爱画画，画了那些不该画的画，他就只有与我为友了。

我在最快的时间里给胡方挂了电话，没想他比我还急切，激动得叫起来，问我在哪儿？

"你猜猜我会在哪儿？"我说，"你永远也想不到我会在你的老家荆子关！"

"你在荆子关？"他在电话那头说了一句，显得失望和无奈。

"我在荆子关！"我开始滔滔不绝地给他讲叙我去了胡家大院。"你听我说，船帮会馆的花戏楼后是一个水池，水池里有假山，东厢房门口的紫藤已经碗口粗，棚架荫了半庭，西厢房拐角一口老井，你是在井前的那间小揭檐屋出生的，从胡家大院的后门出来是莲花巷，巷口有土地神庙，庙门斜拐下去能到丹江，你就是从这里搭船去了延安，你说是不是？"

"你怎么跑到那儿去了，"胡方似乎有些生气，"江岚要来了这可怎么办？"

"她真的要来了？"

"是要来了。"

"你不会是哄我吧？"

我一直在鼓动着胡方邀请江岚到西安，拍了腔子说江岚来了，一切事项由我来安排，但我没有想到她会这么快地突然地就要到西安！我告诉胡方，我会立即赶回去的，请他放心，绝对误不了事的。但是，当我第二天一早搭上去西安的班车，车到七里峡却又返回了荆子关，因为七里峡发生山体崩塌，交通恢复没准儿得三天五天，只好给訾林拨电话，让他无论如何得与胡方联系，安排好江岚西安之行一切问题。

滞留在荆子关的数日时，虽然我的兄弟三元每日来陪伴，我却再也没有去过他家，旅馆里的那些服务员，不，她们都是些妓女，白天里招待我们吃饭，夜里不断地来敲我的门，尤其那个有着肉嘟嘟嘴的女子总不甘心没把我放倒。她是怀疑上我那永不离身的背包里一定有着整沓整沓的人民币，曾在我用脸盆烫脚的时候，倚在房间门，给我唱歌：白格格生生的大腿红格格英英的×，这样的好东西你就不稀奇？我哐地把门关了，听见她骂我是个衰男人，没用的货，从此再不理我。吃饭的时候端上一盘蒸馍，一碗白菜豆腐汤，馍掰开里边有一个虱子，我说你瞧瞧这是什么，她看了一眼说：是虱子么。我说馍里怎么能有虱子？！她说馍里怎么会没有虱呢，天凉酵面发不开，用被子捂着在炕角，被子上的虱子就不能跑进去吗？她如果哄了我说那不是虱子是一粒芝麻，或者说你嫌不卫生我给你换一个也罢，可她偏说是虱子，说完了幸灾乐祸地笑。

当三元再来，我提出了胡方真的在一九四七年回过荆子关吗，三元说回来过，再问真的还娶了个老婆吗，三元就起咒，忽得嘴脸赤红。

"那老婆现在是死了还是活着？"

"死了，得绞肠痧死了，她改嫁的那个贫协主席也死了。"

"都死了。"

"谁说都死了？贫协主席的前房儿子还在，她拖的那个油瓶……"

"油瓶？"

"你什么都不懂！油瓶是她带着的那个女儿。"

"胡方和那个老婆还有一个女儿？女儿现在哪里？"

"鬼知道在哪里？以前当过民办教师，教得蛮好的，后来人没见了，听说是出嫁了，去外地了。"

"三元三元你快领我去贫协主席的老家看看，见不上胡方的女儿也可以看看贫协主席的那个儿子么！"

"我不去！甭说我现在是平反了，就是不平反，我也至死不上他家的门！"

三元的话像给我泼了一盆冷水。我知道乡下人常常很拗，认准了死理儿就一股道往前走，但三元一辈子是蝼蚁，让人脚下踩着的，他敢这样一定是有原因了。果不其然，三元终于给我诉冤，这其中就牵涉了我的后娘。可怜的后娘在我的父亲被镇压后，她成了国民党军官的姨太太，是阶级斗争的对象，村里谁支使她，她就得踮着小脚跑，谁见着她给她脸上吐唾沫，她都擦了，还得笑着。贫协主席是个大舌头，他当众见到我的后娘凶得像个瘟神，而四下没人了，便死盯着后娘，大舌头在嘴里搅口水。秋后在山塬上修水渠，中午收了工，别人回家去吃饭，贫协主席要后娘留下看管工具，他就把后娘拉到石偃背后强暴。强暴了，他说累，要歇一会儿，一歇就睡着了，后娘操心着三元在家没人做饭，便偷跑回来。为这事后娘受到批判，说她擅自离开工地是成心破坏农业学大寨，村人就打后娘，把后娘的腿打断了。后娘用北瓜瓤敷了三个月的伤，从此落下一条腿长一条腿短，成了跛子。但贫协主席过后还来找后娘，当他把他的大舌头硬往后娘的嘴里塞，后娘狠了一下心，咬断了他的舌头。事儿闹大，贫协主席受到了处分，羞得上吊自杀，后娘又遭到连续三天三夜的批斗，人就言语颠倒，吃饭没饥没饱了。

"他们是咱家的仇人！"三元说，"我现在敢恨他们了！"他嘴里一阵响，唾了一口，痰里有一颗牙。

我再也不敢提说去贫协主席家看看的话了。

在荆子关，我总算找到了同父异母的兄弟，但我终于也知道了我没有找到亲情。

我有这样的想法：给父亲修座坟。父亲被镇压后一直是游魂野鬼，若修座坟，埋下父亲留下的那撮头发和平反证书，父亲的亡灵有了归宿，我们做儿子的也就灵魂安妥了。三元是同意了，但三元提出父亲是我和他共同的父亲，修坟的钱每人掏一半。我说好吧。三元却又说坟修在他的自留地里，自留地就要少种庄稼，这得给他折成钱，也就是说我掏三分之二的费用，他掏三分之一的，行不行？我想了想，说：行。很快就找了帮工拱了墓。三元负责监工，将墓修了双合墓，一半存放父亲遗物，一半空了墓室为我的后娘将来过世的住处。到这个时候，我才醒悟三元的狡猾，他是要将他的母亲和父亲埋在一起，而我的母亲呢，可怜她生前死后都孤苦伶仃了。我能说些什么呢，我猛然地感到了父亲离我是那么遥远，我的陕南之行纯粹是为别人跑了一趟脚。或者说，是胡方的命运导演了这一次外出，让我知道他鲜为人知的隐私，而他就离开了我死去。

5. 江岚

听出我是延安人了吧，在北京几十年，乡音就是改不了。韩文说，改不了就全然地不改，学普通话干啥，普通话是普通人说的，何况延安是革命圣地，吃羊肉就图着有羊膻味的。韩文是东北人，他一辈子也跟着我说陕北话，但他不会鼻腔。胡方学得像，尤其学我爹的声。有一回，爹来文工队给我送棉袄，我们正在房间里，有人敲门，我问谁个？回答说：是我！鼻音浓重，音调高飘。我爹说：哪个学我？！开了门，门口站着的就是胡方。

　　我爹当年是延安门头沟供销社的老板，穿着衣领袖口和下摆都露有羊羔毛的长袍，长袍的第三枚纽扣上系一条银链子，吊着眼镜盒儿。眼镜盒平日就塞在袍子里，只有小伙计拿来了账本，才从眼镜盒里取了眼镜戴上。供销社把榆林绥德下来的羊毛、烟叶、青盐、枣子卖给西安，再把西安的布料、菜油、棉花贩到延安。我那时只知道爹的生意非常好，每天家里总来人，来了人娘就炒几个鸡蛋，在火盆上温酒，然后他们吃着喝着说话着，娘就拉我到院后的窑里去睡觉。常常一觉醒来，那些人还没有走，而且院子里乱哄哄的，又来了驮队，有许多骆驼和毛驴。我是喜欢逗骆驼，它两条后腿长，跑起来样子很傻，你用树条戳它的脖子，戳得它烦了，昂刺一声，能喷出半脸盆的腥痰来。但那晚上我从窑门缝里往外看，骆驼背上正往下卸棉花包，棉花包打开来，里边是涂了油的长枪和短枪。我把所见的告诉娘，娘变了脸，说：你什么都没看见！我说，我看见了枪了。娘拧着我的嘴，还在说：你什么都没看见！我嘴疼，我说什么都没有看见，娘不拧了。那以后我才知道爹的供销社原来一直为边区做军火买卖。爹有钱，能买来这么多的枪支，我就要求带我去一趟西安，或者他去西安了给我买些省城的东西，比如皮鞋、围脖和帽子，延安城里有人穿着皮鞋，我没敢对爹说买鞋的事。但爹只给我捎过铁发卡。

　　后来和胡方有了那一层关系，是胡方悄悄告诉我，爹和姓康的做烟土生意。胡方说的是真是假，我已经不再问他，也不向任何人提说，我已经懂得有些事是可以说，有些事是不可以说的。

　　那个老康是大个子，在西安当老板，我在家见过几次，他比我爹派头大，穿着洋服，戴着手表，嘴里还有一颗金牙。十年后我有一次在北京的王府井吃醪糟，看着一辆小车停下，出来个大个子去商店买东西，觉得面熟，想看是不是小时见过的老康，走近去看了看，果然是老康。

老康也同时认出了我。我喜欢地说：康伯你怎么在这儿,几时到的北京？他说,北京是咱们的呀！他问我爹,我说我爹两年前过了世,他又问到胡方,我说胡方死得更早,没解放就牺牲在陕南了。老康说：可怜这孩子！说完就匆匆上了车,我到底不知道他那时是干什么的,但上车的时候他的司机跑过去开的车门,而且一只手是挡在车门顶上,我想他应该是一个大官了。

老康能当了大官,我就不禁想起当年胡方的话,但胡方已经再不在人世了。老康说得对,可惜这孩子！这话很长时间留在我脑海,每每一想起心就乱糟糟的,脾气也坏了。最早和韩文吵架也就是那段时间。

胡方是老康从西安带到延安的。

记得那是一个早晨,我睡起来披头散发往厕所去,走到院子,一个少年蹴在院中的枣树下吃饭,我当下愣了一下,老康从厨房出来,说：岚子,我给你带了个小哥哥！少年抬头看见我,筷子就停了,慌慌张张从树下往起站,小米稀饭就从斜了的碗沿流出来,流在他的手上。老康说：饭流了饭流了！少年不知是说他,拧着头还左右看,后来是觉得手烫了,忙放下碗甩手,疼得唏唏溜溜。我被他的傻劲逗笑了,他脸刷地红起来。他脸一红,我也红了脸,用手就捂头,因为我的头发很乱。上了厕所我就钻进窑里不出来,等出来了,老康说：嘿哟,岚子头也梳了,也换上新衣服！我说：康伯来了么。老康说：怕不是给康伯穿的吧？我羞得就跑出院子,在河畔上的野枣树上摘酸枣,枣刺扎了我的手。

老康是第二天就回西安了,胡方却留下来,爹对外说胡方是他的干儿子,我悄悄问娘：他不走了？娘说不走了。娘却问我：他不走好不好！我说：好。娘又问怎么好,我说有他给家里干活,我就去跟杨大姐学跳舞呀！娘就笑了,说：那我将来让他给我当上门女婿。

娘是爱说笑的人,我当然没把她的话当回事儿,胡方可能也听见了娘说的话,但他也没有吭声。以后的日子里,胡方对外是我爹娘的干儿,人前我也把他叫哥,可在家里,我们不大说话。每次从杨大姐他们文工队学舞回来,和娘就在窑里又说又笑,我知道胡方在院子里想过来,但我们偏不叫他,他就高声说：我去挑水呀！挑了空桶,脚步扑嗒扑嗒响过来,响到窑门外却不响了。我知道胡方就停站在窑门外,我说:失——一只麻雀在窗台走个字,我哄赶的是麻雀,脚步声又响了,是一阵碎响出了院门。

　　我不久就真的参加了边区文工队,是一名革命文艺战士了,也住宿在延安城里,不常回家。胡方仍还在家干杂活,听邻家王顺说,胡方话越来越少,也少与村里人来往,没事了就坐在他的窑里拿笔沾水在桌面上写大字。原来胡方是上过学的,他认得字多,字也写得好,但娘似乎待他冷淡了。有一天,我从文工队回来,老康也从西安来了,我们坐在家里说话,老康说:岚子出落一朵花了,几时给他们完婚呀?娘说:这话你不要给胡方说!老康问:咋啦,看不上胡方做女婿呀?就大声喊胡方。胡方没应声,他还坐在他的窑里,用水在桌面上写字。

　　娘和老康就去了胡方的窑里,胡方还在那里写,一桌子的湿字。娘说:你就这么写字呀?胡方说:嗯。娘说:还嗯哩!岚子比你小都到文工队了,你就窝在窑里写吧,越写越呆!胡方脸上不是个颜色。

　　到了后响,邻村一个老汉来我家,老汉会擦像,这一带人家祖先牌位上的像都是他擦出来的,见了胡方写的字,说了一句这后生写得不错么,老康便煽火:那你收他当个徒弟吧。胡方当下给老汉磕了头,老汉便教起来,对着老康,先用一种炭笔在纸上画轮廓,然后把纸卷个筒儿,削出斜面,一下一下去擦拭,擦毕了拿硫磺水喷。老汉教得认真,胡方也学得认真,叫嚷着让师傅示范着给我擦一张。我是瞧不起这事儿的,哼,就是学会了,走乡串村为人擦像?!撅了嘴去了文工队。

　　是过了差不多半月,我再次回家,爹在院子里用柴草燃炭炉子,胡方的那个师傅蹴在台阶上吸旱烟,气呼呼地说,你这干生子狂得很,没学会走就想跑哩!原来他先教胡方对着照片擦像,要在照片上打方格儿,然后计算着比例在纸上放大的方格,胡方照着方格没画几天,竟也学着师傅直接在纸上画。"他看我直接画哩,我是画了一辈子!"正说话间,胡方进了门,老汉气得拧了头,娘就训斥胡方怎么不好好跟师傅学,没想胡方说他能画了,还学啥?气得娘让他当场画,画我的外婆的一张照片,胡方竟真的就画起来。我爹和那老汉燃好炉子到窑里去吃酒,老汉骂骂咧咧的。

我坐了一会儿，悄悄站到胡方的身后看他画像，令我吃惊的是外婆的形象差不多在纸上出现了！他是没有看见我过来，但他已经感觉到我就站在身后，他的情绪非常好，画的线条很肯定。他开始把画纸往前移，身子往后斜着看画的效果，然后手伸过去这儿添一笔那儿揩几下，说老实话，他的那个姿势十分好看，我对他有了异样的感觉就是从那个姿势开始的。我伸手原本要摸搓一下他的头的，但手过去捶了他一拳，说：看把你狂的！

像画成了，贴在墙上，我的娘看着看着，突然呜的哭起来，外婆死了五年，她就趴在像前磕头，对爹喊：这就是我娘，活活的是我娘么！爹和老汉就走过来，老汉站在像前看了半晌，没有说一句话，末了顺门就走，在门外了对爹说：狗日的是个人精，我教不了他啦！

这件事后，娘对胡方态度改变，但仍不提上门女婿的话。胡方在他的窑里时常寂寞，太阳落山的时候，就长声呼啸，娘说你喊啥哩，他说吆崖鸡，果然有崖鸡栖落在院子左侧的崖背上。一天，爹去了西安，文工队的韩文同我到我家去，娘又正好去田里摘豆角，胡方热情地接待了韩文，他对于韩文也在文工队非常羡慕，问了这问了那。这时村里有人来叫他去帮工，胡方是应称了，可来人一走，他站在院门口却流泪了。他的泪使我吓了一跳，问他，他说：他们把我当劳力了。在我们那儿，农民常常互相帮工，比如我家盖房，你来打胡基，和泥灰，而你家挖地窖了，我去搅轱辘或者运土，这种帮工就是换劳力，都不取任何报酬的。我说：这有啥哩，你就是村里的劳力么，村人认同你了你还不高兴？胡方说：我从陕南出来，就是要在陕北的村里当劳力吗？胡方还有这么大的志气，这令我刮目相看了。韩文说你擦像擦得好，你到我们文工队去嘛，胡方当下便叫韩文是韩同志，满院子撵着逮鸡，逮着了一只杀了就煮。娘回来时鸡肉已经煮烂了，当面没说什么，夜里臭骂胡方不该杀了那只母鸡，那母鸡正下蛋的。

由韩文领着，胡方是去了几次文工队，为我们许多人擦过像，队长就真的招收了他。可以说，胡方的命运转折，韩文是起了大作用的。但是，胡方在文工队里不会跳舞，也不会唱歌，让他出演一个老头，灯光一打，紧张得手没处放，步也迈不开，队长直摇头，便让他写戏报，写宣传标语。队长是个文人，能编戏，会写古体诗，胡方帮他抄抄写写，也学写七律或五绝句，但胡方的兴趣，也就是说他最突出的还是擦像，一有空就给这画那画，大伙都叫他画家。

那是一个腊月天，文工队去桥儿沟演出，演出结束后，老乡给我们吃豆钱稀饭，胡方悄声对我说：你少吃点。我说：咋的？胡方说：稀饭越喝肚子越大啦，过会他们走时你留下等我。我问留下的还有谁？胡方说还有队长。胡方已经是队长的红人，听说他们在杨家岭一户人家里发现一本《西厢记》，为了想得到，胡方给人家老少都擦了像，可要我留下，又有什么事呢？但我还是在大伙离开时假装去上茅房而留下来，没想到的，竟是一户老乡半夜里给我们杀了一只羊。延安的生活是艰苦的，能吃一顿手抓羊肉你想那是什么幸福！那一顿我们吃得很多，小米酒也把队长喝高了，晚上他就睡在老乡家，只好我和胡方往回走。延河滩上一片漆黑，只有河边的冰层白花花的，听得见河对岸人家有驴在长声叫。我们开始还在谈羊肉的好吃，再就说到那户人家的好客，胡方说：那家的大女儿好看不？我说陕北的女人没有不水色的。胡方说她是个寡妇，和队长相好哩。原来是这样，我说咱俩是给队长做障眼了，胡方笑了笑，说：大麻子真有福！队长是大麻子，有些口吃，性子又急，但他会换气，话说得还清楚。胡方说完，我没有接，两人就没了话。一旦没了话，我才意识到这是我和胡方第一回在一起走这么远的路，就有些不好意思了。幸好天黑，他是看不清我的红脸的。他开始寻话给我说，他说：天真黑，我说真黑。他说黑得像锅底。我说像锅底，又没话了。没了话就默默地走，甩着的手时不时就碰上。那一晚上我是戴了一双棉手套的，手碰着以后，我就把手套卸了下来，当再一碰着，他感觉到我卸了手套，竟一下子把我的手抓住。我们就都站在那里不动了。

我的手被他握着，越握越小，我们就拥抱了。拥抱着，谁也看不清谁的脸，但嘴却寻得着嘴。当回到文工队的宿舍，我发现了我的手套丢失了。丢失的还有胸口的一枚扣子。

6. 訾林和胡方

　　火葬了尸体，胡方的骨灰盒就存放在了那里的灵堂内，我去了永宁宫疗养院，收拾他居住过的房间，整理遗物。叶素芹因为悲伤和劳累，她的肝病又犯了，她没有去疗养院，打来电话：把老胡的衣物就在那里烧焚了吧，他那些东西拿回来，我瞧着心里难受，如果他地下有灵，他也不愿意将他拿出去的东西再拿回家的。胡方的衣物也真的没有什么好的，我只留下了笔墨纸砚和一些书，这些或许可以留给胡亥，也可以给我和景川留些纪念物。我企图把江岚写给他的信能找出来，但抽屉里没有，床铺下没有，那一只皮革已经发硬皱裂的皮箱里也没有。后来我在景川的那所屋子里见到了江岚，江岚痴呆地坐在地上，面前是一个脸盆，脸盆里满满的灰烬，我以为她是在为胡方焚化冥钱，她说焚化的是多年来她写给胡方的信，他可能要让江岚再看看她写过的所有信件。而江岚将其焚化了，是要他继续带着那批信到另一个世界里去吗？我们永远不能知道那些信的内容了，我想，那一定是美文，但我们没有福分欣赏。然而我在永宁宫的房间里收留了几尺多高的画纸，那些纸上全画着陶瓶和陶罐，且陶瓶和陶罐的形状一成不变，仅仅角度不同，可以想见，他是长年累月地对着一只陶瓶和一只陶罐不厌其烦地画，重复地画。这令我震惊又浩叹不已。当在院的角落，那一棵枯秃其顶的梧桐树下，黑烟滚滚地烧焚了他的一大堆衣物，我最后一次坐在房间里他曾经坐过的旧藤椅上翻阅那些画纸，在画纸中偶然地发现了其中的四幅背面记有文字。有两幅是放在画纸堆的底层，地板上的潮气使纸面泛黄变硬，有水渍印出一块一块痕迹，某些文字模糊不清，而放在最上面的两幅，明显的是他最后离开这房间前写的。胡方没有记日记的习惯，在他所有的遗物中的稿纸上、笔记本上从来没有记载他和江岚的事，但这四幅画的背面却密密麻麻都是这方面的文字。我读着是那样的激动和伤感，如孤身在山中突然发现了一个石洞，产生了无比的好奇，打着火把钻进去，可这些文字记载的事使我陷入了极大的疑惑，似乎从未听他提及过，又犹如我在石洞里迷失了方位，甚至寻不到继续往深处的道路也寻不着了来时的入口。房间的北面窗顶上是一张织得很密的蛛网，一只黑色的蜘蛛吊着一根丝垂下来，静静地就停在半空。这蜘蛛一定是胡方养的，或者在他的保护下人蛛共于一室。我死死地盯着蜘蛛，觉得那是一个问号，是一个密码的键钮，我叫了一声"胡老！"声音渐渐地被四壁吸收和销蚀，安静下来，隐隐地却产生了一种古怪的振动，传递着黄昏和荒园隐藏的恐惧。突然间，一群野鸽从窗外的树丛中惊起，拍打的翅膀撞击着屋檐，飞过了枯树顶和浓浓的黑烟。

事后，我将这四幅画拿给了景川，问：你知道不知道这些事？景川的回答是不知道。我也询问了江岚、胡亥，甚至叶素芹，他们也搞不清楚。我就怀疑胡方生前一定是患有精神方面的病的。但我又否定了自己，那最后的那一段文字里却怎么写着他火化后的事情呢？我就毛骨悚然起来，觉得胡方的灵魂还在，如气体一般就附着于越来越朦胧的房间里，在注视着我读他的隐私。

从社科院家属区到湘子巷是三站路，如果坐5路车，出了社科院家属区大门就是停车站，但到湘子巷18号，停车站却在巷的尽头，往回要走八百步的。如果出了家属区大门往南走一段路坐10路车，停了站正好在湘子巷18号前边的老槐树下。已经是一年的光景了，每天早上我出门来搭车，带饭盒往湘子巷18号去，老侯就在家属楼前的花坛边打太极拳，说：听说你那房子叫卧马堂？是卧马堂。马是忌讳卧的呀！本来就是卧着的么。嘿嘿，到底是文人，说话有趣，单独有个工作室的！我不大理这个老侯，他退休前仅仅是个总务科长，他就居住三室一厅的房子，而我的那一室半房子住这么多年了，现在补一间霉而窄的平房，也值得眼红吗？

我坐在公共车上，每日早上去平房，晚上了再回家，5路车10路车的司机和售票员都已经熟悉了，前排挨窗的那个座位几乎成了我的专座。我坐车的第一个兴趣和最后的兴趣就是隔着车窗玻璃看大街的风景，也可以说，去时观看的是大街东边人行道的风景，回来观看的是大街西边人行道上的风景。西安女人的漂亮是在全国有名，而西安漂亮女人我觉得最多的流动于这条街上。每次上车，我就想，今日能看到几个漂亮的女人呢？在那一排法国梧桐树的后边有着一个老式的门楼，从门楼进去是偌大的两层木楼，原是国民党时期的一个商人的住宅，现在被一家中药店占用着，一个瘦女人半年以来常站在门楼外的一尊上马石旁边。女人的个头真好，有一米七三四吧，留着长发，穿一件白衫子，她习惯如男人一样把白衫子塞进裤子里，而裤子是咖啡色的筒裤，因为腿长，腰带系得很高，体形就显出漂亮女人的风韵。但是，女人总是站在那里，她并不是在等候人，也不是百无聊赖如我一样猎获着什么。她的眼睛是细长的，班车一晃而过，她茫然地将眼皮掀起，眼神是那么的忧郁。我终于了解到了这个女人的苦命。她的丈夫和三岁的孩子是在半年前的一次车祸中去世了，她又嫁了个大胖子，是在一家研究所工作。那大胖子似乎我也见过一次，是在那门楼前同她说话。电话亭旁边立着两个人，一个胖一个瘦，胖的是女的，算不上漂亮，但脸色极白。车再往前走，街树，房子，栅栏，人群依然水一样往后退去，邮筒前就站着了一个女的。女的齐耳短发蓬松地披着，下身穿了宽大的白裤，正流行的那一种洋货仿制品，上身是一件铁红色的T恤衫，胸部挺得高高的，她在急切地招手一辆摩托，摩托才一停下，立即就跨到后座，双手搂住了骑摩托人的腰。"那不是一对恋人，"我的耳后有人在说，"这号女人我见多了，都是些没有真话的婊子！"有人就开始讲：前天他看见一个摩托把一个女的载到地方了，女的甩手就走，摩托人要车费，女的说还要什么钱，我把你腰搂了一路，你占了大便宜，你还要什么钱？！摩托人说：你不付还这么凶，凶得要吃了我吗？女的说：这我不敢，我是回民哩！

每天能看到三个四个，每天就如此紧张地观察着，而所见的漂亮的女人会引起你一阵遐想，但一小时后，两小时后，最多是半天，什么印象也没有，漂亮女人是天上飘过的一朵云，飘着飘着便散了。公共车每日在街上穿行，漂亮的女人被车窗玻璃照耀过，玻璃依然是玻璃，不留下任何痕迹。但是，那一家卖水盆羊肉的店里，是有个女的，两条腿特别长，又直得似乎没长膝盖，眼睛细而稍稍上翘，有点狐相。冬秋之际，她留长发，夏天里用皮筋扎起了马尾巴的发型，瘦长的脸就显得人的年纪很小。她是最像江岚了。走路也像，胸满满的，或许是两只胳膊长得过头，屁股就有些撅，大踏步地走。我到店里去，把我的饭盒放在桌上，看她在羊肉汤锅前给碗里抓肉，那侧面更像江岚了，鼻梁高而长，嘴角的棱线分明。我看着她。她抓完了三个碗的肉，回过头也看着我，我慌了一下，但还在笑着。她就过来了：大爷，你要一碗馍煮水盆呢，还是只要汤？她看见我带的饭盒，以为我自带了馍。"来一碗汤吧，"我说，"能卖汤吗？""对不起，大爷，只要汤是不卖的。"我走出了店，心里却想：大爷，她称我是大爷？！我在她眼里已经是大爷了！做大爷的却为了什么到店里来，而每天在班车上观察和寻找着漂亮的女人！但我却更加坚信她是像江岚了，或许，她就是江岚的什么亲戚。

我决定去问问。再一次去我是买了一碗水盆煮馍的，她过来问我可不可口。我说：姑娘，这是你家的店吗？她说：我姑开的。我说：噢，那姑娘贵姓？她说：还贵姓呀？姓汪。如果真是江岚的亲戚，我反倒是不敢多去了；姓汪，更有了想象，我想她一定是江岚的化身或者幻影，是上天的一种安排。

在那个冬天，我再不带别的午饭，只在饭盒里装些饼子，中午就在店里买一碗羊肉水盆。老婆在唠叨我的生活费太高，而我仍坚持这样，把烟量减少，由每天的两包减到了一包，一包烟正好可吃一碗水盆的。到了夏天，那女的和人在门口说话，她说话的时候，头弯着，扎了马尾巴发型的头发，有一小撮就扑撒到前额，一双长腿不停地扭动着，像装了弹簧，在台阶上跳上来又跳下去。"这么好的腿！"和她说话的人说，"你用腿能夹住一张纸吗？"女的将开票单撕下一张就夹在腿缝，那人拽，拽不下来。这一幕，我想到了延安，她曾经是夸耀着给我表演，我没有拽下纸来。而且也就是那一次，我观察到漂亮的女人用不着看脸，她弯下腰去看屁股就行了：漂亮女人屁股是凸圆形，丑陋女人才十个有八个屁股要呈三角形状的。

有一天，又是个冬天吧，天下了大雪，我又一次坐在了店里。店里却没见了那女的。我索然无味地起身走时，店的后门里有了吵闹，一个男子在大声责骂，接着她就跑进来，伏在桌上呜呜地哭。男子又在骂：哭，哭你娘的×，再哭我揍死你！她站起来，拿眼睛看着男子，再没有哭：你打吧，你么！男子就扇了她一个耳光。她没有哭，也没有动，一张脸更愤怒着：你再打么，打么！我就走过去，一下子将那男子推开，我用的力气太大，他跌坐在地上。男的扑起来竟打了我一拳，再打第二拳时，旁边有人将他抱住了。

"你为什么打她，是你能打过她吗？"

"她是我的老婆，与你屁事！"

"你老婆？"我有些气馁，她怎么嫁了这么一个闲人。"是你老婆你有结婚证吗？"

"没！"

"你像个丈夫吗？"

"不像！"

"你不能打她！"

"我就打了，你怎么着？！"

他还要扑过来，但旁人把他死抱着，他将脚上的鞋向我掷过来砸在我的额头，额头流了一点血。

我在饭店里为一个女人遭人殴打，新闻就风传开了，老婆在质问：你和那女的是什么关系？我当然解释的：她是卖饭的，我是买饭的，卖主和顾客的关系，我并不知道那男的是她的丈夫，一个大男人当众打一个女人，我站出来劝阻和干涉有什么不对了？老婆却逐条驳斥：一、街上不良风气多了，不仅有男的打女的，还有大的欺小的，怎不见你见义勇为过？二、你是个吝啬人，家里吃的馒头你从来主张自己蒸而不去街上买，为着要省那么几分钱，可为什么这多半年了，每天去那店里吃一顿饭？三、在饭店吃饭也可以，为什么不到别的饭店吃，专门要到那个店里去？她逼急了，我只好说：我认她是干女儿了！

"流氓！"她大哭大闹了，"你一辈子流氓，年轻时在乡下就有老婆，这么大年岁了你还勾引女人！"她一把夺过我正吃饭的碗，把碗连饭摔在地上，饭泼在地上像吐出的一样恶心。

她的哭闹使我再也说不清了我和那卖水盆羊肉的女人的关系，她甚至寻找我单位的领导告状：他以前一回家第一件事就是上厕所，现在回家再不上厕所了，这是为什么呢，因为在羊肉水盆店的东边有公共厕所，他除了吃饭去那里外，动不动就借口上厕所而路过饭店要看看她，他一天七八次跑厕所，回家来哪儿还有屎尿呢？

从那以后，我再也没有去过羊肉水盆店吃饭。但我也开始不经常回家，晚上能睡在那一间小平房里就睡在小平房里。偶尔回去，我们也是各人睡各人的铺。

7. 景川

我和胡方是在青海的油田上认识的。

由于父亲的历史，中专一毕业，我就主动要求到青海去工作。娘不让去，又没办法，只好彻夜彻夜地哭。临走，我下到红薯窖里给装着银元和军帽的土瓮告别，"给那死鬼说什么，他受不起我娃的响头！"娘拉我上来，给我煮鸡蛋吃。我从来没有吃够过鸡蛋，这一次却吃得要吐。娘是把煮熟的鸡蛋用戴着顶针的指头敲破，剥去一个给我喂一个，吃得噎住了，拿拳头捶背，吃不下去了，又炒着让吃，又打了荷包蛋让吃，抹了辣酱让吃，蘸了盐让吃。我吃了十五颗，锅台上的蛋皮已经堆了一堆，她还在剥，"不愿意吃蛋黄了只吃蛋清吧。"我又吃下三颗鸡蛋清，搭上了去格尔木的帆篷车。

那时的格尔木，你无法想象多么荒凉！昆仑山下的戈壁滩上，灰灰蒙蒙就那么一片建筑，在南街口一下车，松软的浮土半尺深，一脚下去，扑腾一声，裤管里鞋壳里就灌满了。而不远处的一家小百货店门口，有一个小女子嘤嘤地哭。这女子背着一个背包，提着一个装着脸盆和刷牙缸的网兜，一看便知是刚刚从另一个卡车上下来的学生。我以为她是长时间的坐车腿脚麻木了，走过去说：快把腿伸直，脚跟使劲蹬，使劲蹬！她就在尘土窝里伸直了左腿，扑扑喇喇的土像水一样溅上来，把眼迷了，哎哟着双手去揉，泪水却从指缝里流下来，脸立即是花猫脸。我去不远的门面屋里讨水，肥胖的维吾尔族女人却只肯将一个锡壶拿出来，她要倒着水让那女学生洗脸洗眼。女学生眼睛明亮了，脸也干净了，这是一张十分美丽的脸。

"你是从内地才来的吗？"我说。

"我是重庆的，分配到炼油厂啦。"

这就是陆眉，我的工友，此后的三年里我们演绎了一场没有爱情的爱情故事，从而导致了我与胡方呆在了一起。

陆眉是工人家庭出身，她来到格尔木完全是为了"年轻人要到最艰难的地方去锻炼"的热情所驱，但她压根没有想到格尔木是这么个鬼地方，而一旦来了，你就再也难以离开，即便长一双翅膀，也无法飞出这戈壁瀚海。她被分配在厂广播站，我则在机修班，我们在第一年里除了见面问候一下外没有更多的往来。一年以后的那个春天，却突然每天清早醒来就想到了她，然后就等待着厂里的大喇叭传送她略带四川味的普通话。我知道我是爱上了她。可我那时胆小，常在广播站院子外的马路上徘徊，盼着能见到她，见到她过来了，又赶忙躲开，有时装着刚刚路过这里，和她搭讪几句，紧张得手心出汗。一旦她离开，留下的是一连串我们在一块的细节，而后悔刚才见面时我哪一句话说得不得体，如果怎么怎么说就好了，骂自己口笨。口笨，我就为她写诗。我后来之所以成为剧作家，剧词写得还行，起因就是为她写爱情诗而锻炼的。当我将那些情诗用精心制作的信封一次次塞进她宿舍的门缝里，我等待着她的回音，但是，有一天，厂工会主席神情严肃地把我叫进了他的办公室。天啊，工会主席的办公桌上放着厚厚的一沓我写给陆眉的信，原来陆眉将信全部交给了领导！我的汗刷地从脸上流下来。如果我的出身好，如果我追求的是一个丑陋的姑娘，那我恋爱是没人管的，而一个父亲被政府镇压过的儿子，爱的又是全厂最漂亮的姑娘，最要命的是姑娘并不愿意，又死乞赖脸地只给人家门缝里塞信，我知道我即使不受处分也要被厂里人用唾沫淹死！但是，我要一生感激的是那个工会主席，他关了办公室的门，当着我的面用火柴将信一封一封烧掉了，说：这事我给你保密，但我得告诉你，你不要再给她塞那些狗屁不通的诗了，陆眉正申请加入共产党，她不会现在谈恋爱，你就不要再骚扰她。我羞红脸，心里却踏实下来，以为陆眉并不是完全的拒绝我，而是她正积极入党，她的做法只是向党组织表明她是个诚实的上进的青年。于是，我的诗再没有塞到她的门缝下，耐心地等待着她申请入党的结果。一年以后她真的入党了。我决定找她好好谈一谈，便用一包点心贿赂了一位年龄大的女同志，请她去约陆眉。回话是陆眉没有看上我，政治上她嫌我出身不好，长相上嫌我长了个南瓜状的脸。不久，她就与司机班的一个人订婚了，还举办了订婚晚宴。晚宴的时候我把我关在宿舍里喝闷酒。我平日滴酒不沾的，那一晚却喝下了满满一搪瓷缸，就喝醉了，呜呜地学着狼嚎。当摇摇晃晃出来要小便，竟醉眼蒙眬地进了女厕所，看见一个白花花的东西，还说谁把白石头放在这儿了，掏了尿就射。白石头哎哟叫起来，原来是一个人在那儿蹲坑。坏就坏在那女人是厂长的胖老婆，我当然被认为耍流氓，批斗了一次，而且调离炼油厂，去了石油管道处设在格拉美图的一个热泵站。

　　油田到格尔木，八百里的输油管道线上，沿途有十二个热泵站，环境最恶劣人数最少的就是格拉美图站。它建在一个荒原上，就那么一个机房，三间泥坯小屋。两个管理人员，一个是刑满后回了原籍又自动返来的就业人员，一个是胡方，来改造的知识分子。再有的，便是一头供搬运和驮载使用的驴，一条狗。我是搭坐了给油田送菜的车去的，他们两个正打闹着，在小屋的门口纠缠一团，驴在不远处的地方拉屎，狗咬也不咬，卧着不起来。

我把行李从车上放下来，其实就一卷铺盖和一口木头箱子，送菜车就继续往南去了。汽车的喇叭声并没有使他们停下来，我坐在木箱上看着他们打斗。我大致已经知道他们的情况了，认定那个精瘦的老头是王有才，而那个梳有大背头的便是胡方。胡方先是把王有才压在了身下，使劲地要掰开他的手，但王有才胳膊成九十度，硬得像铁棍，随着掰动，身子在翻滚。胡方就没劲了，气喘喘地骂：你赖皮，我现在才知道你怎么就吃了人了！王有才说：你这知识分子有个啥原则性哩！胡方忽然又抓住了王有才的胳膊，使劲掰那攥着的拳，王有才杀猪般地叫，猛地将一个东西抛了过来，正好落在我面前。我看清了原来是一个象棋子儿。

这就是我的两个工友。从那以后，我们三个人就在沙原上相依为命，唯一能娱乐的也只有那盘差不多都用胶布裹起来的象棋。但我对于象棋的兴趣不大，他们总希望我当裁判，我不，我去机房里值班，或牵了驴去昆仑山下的沟岔里割驴草和砍了沙柳条子备烧饭的柴火。如果谁赢，一定要对我叙说赢的过程，而我偏忙着做别的事，使他的显派未遂。于是，胡方曾骂过我："不是个好倾听者！"王有才便以多分给我水和蔬菜来贿赂我。

我们的水、米面和蔬菜都是从格尔木定期派车送来，一一分开，各开小灶。胡方是南方人，饭量小，又喜欢吃大米和蔬菜，王有才就拿他的大米与胡方换，一斤大米换半斤的小米或玉米棒子，称是由我称的。交易完了，王有才还要把胡方的一个萝卜搭进来，说：亲兄弟也算账么！他总是最后一个做饭，饭做得很多，当然就稀了，蹴在那里呼呼噜噜地吃，肚子很快就鼓起来，像只憋气的蛤蟆。我说，老王你真能吃。老王说人老了凭一口饭哩！吃完了伸长舌头舔碗，舔得碗如洗过一般。我是最看不惯他舔碗的，每当他饭快吃完时我就离开，不愿看到那一幕。而且，他见到什么都要放在嘴里咬一咬，能下咽的就下咽了，苦的涩的嚼一嚼就吐出来。有几次我把莲花白根切下来倒在墙角了，他捡起来擦擦就啃，我只好给了他一棵莲花白，这事令我有些生气，认为他这是故意想着法儿向我讨要哩。胡方说：老王肚里有掏食虫，他啥不吃？人都敢吃哩！我说他吃人肉？胡方说，他就是犯了吃人肉的罪服了刑的。我惊得目瞪口呆，再看王有才就觉得他凶恶，尤其那一张撅翘如啄的嘴。当天晚上我睡下了就把门关严，还顶了棍儿，害怕王有才真的饿极了要来吃了我的。当然我这种担心是多余的。因为在我以后的观察中，王有才非常善良，除了下象棋，他总是不肯闲着，把什么事都替我和胡方干了。冬季的一天，雪下得很大，油管里的原油流速过慢，我和胡方在机房忙活加温，狗就使劲撞门，胡方说：出啥事了！狗说：汪！汪！汪！胡方说：是王有才啊，他不是害感冒在睡吗？狗说：唔儿。胡方说：没睡？他到哪儿去了？！狗就往出跑，我和胡方也跟着出来，狗竟一直顺着沙梁往北，雪地上果然有一行驴的蹄印和人的脚窝，王有才四肢分开地躺在沙梁下的洼地里，已经昏过去了，身边的驴驮着一捆干沙柳条和蒿草。我赶忙把他往回背，我没有背到他的屋子去，因为他没有人照顾，而我的炕比他的炕宽，可以睡两个人。但一掀被子，我的炕却是热的。王有才早早给我们烧了炕，又去弄柴火就昏倒在雪地里的。我赶忙熬了萝卜丝调和汤给他喝，他喝了两碗，被子捂着出了一身汗，精神稍微好了一些，说我要给你还一个萝卜的，我还有萝卜。他说得非常认真，我倒不好意思，说一个萝卜算什么呀，你这么计较！他笑了笑，说："你不要了也好，可我得把话说明啊，你比我儿子好！"

"你有这么大的儿子？"

"他比你大三个月的，"他说，"我让他不要给我来信，是怕影响了他，他真的就不来信了。"

他肯定有他的心酸事，我没有再顺着他的话说下去。也就在这时候，门道下钻进一只沙鼠，戈壁上的沙鼠并不多见，今夜门道下突然钻进沙鼠，一定是外边的落雪使沙鼠又饥又冷没处去了。我立即过去用板子挡住了门缝,开始在屋子里打沙鼠。屋子里没有什么家具和财物,窗子关严着,门道缝又塞了,沙鼠就和我在屋子里兜圈子,终于被我用被子捂住,拿脚在上边踩,踩成扁的了。我在炕洞前生了火,将一根柴棍塞进沙鼠的屁眼里,架在火上烤,屋子里先弥漫了一股毛焦的臭,后来就是肉的香味。等整个沙鼠烤得差不多了,我让王有才吃,他却不吃,说:我嫌恶心!

"你不吃?"这让我有些吃惊。

"我们那儿的春上,青黄不接,树皮树叶都吃光了就是不吃鱼鳖水怪的。"

"你别装了,"我说,"人肉你都吃的,你不吃老鼠肉?"

"这谁给你说的?"

他从炕上坐起来,死死地盯着我:"胡方给你说的?他还说我什么了,他怎么给你说的?"

"你先说你吃过没吃过?"

王有才不言语了,但他再没有躺下去,裹了被子成一疙瘩坐在那里,一眼一眼看着我将沙鼠的肉啃了干净,只剩下内脏。他说:你上来,我给你说,你甭听胡方给你宣传,我吃的是死人,吃了也就吃了,哪里像他那样的反革命,他是在脑子里反革命哩!

那一夜,我和王有才坐在热炕上,王有才给我说他吃人的故事。他说那是八年前的事了,他在家里拿斧头砸榆树皮,砸出来的树皮浆是可以和黑面搅在一起做糊糊饭的,砸着砸着,一歪头看见墙皮上印出的水痕像一盘红烧肉,而且他竟闻见了肉香。这时候,门外边扑通一下,他以为是他儿子回来了,就喊:德德,爹给你一盘红烧肉哩!喊过了,没有应声,他开了院门,巷道里躺着一个孩子,是邻村张木匠的儿子三狗,不是德德。不是德德,他就不愿意让外人看到那盘红烧肉了,说:三狗,你怎么躺在我家门口?三狗不动弹。用脚踢了一下,三狗还是不动弹。俯下身看了,三狗眼睛闭着躺在那里死了。三狗真的是死了,他用手试了呼吸,三狗是没有呼吸的。他原本要抱了三狗去找三狗的父母的,可三狗的腿瘦是瘦,但很嫩,胃里就翻腾得像猫抓,想,反正这孩子是死了,听说人肉细,不如把他吃了,便抱回家在三狗的腿上割了一片肉来煮。那人肉果真是好吃。吃过了,他又想着给儿子和儿子的娘也吃吃,就把三狗割开藏在地窖里再煮了一块肉,德德和他娘回来见有肉吃,把院门关了,把屋门也关了,一家人把肉吃净,连半锅煮肉的水也喝了,半天坐在那里挪不了身。不挪身儿是要出事的。他拉着老婆和儿子在屋子里跑着转圈圈,直到天亮,肚子才松泛下来。德德是吃了肉出去对人排夸,村里的孩子就气恨不过,你狗日的怎么就能吃到肉?把德德揍了一顿。这事传开去,三狗家的人就怀疑三狗被他们吃了,因为三狗突然丢失了,寻了几天,活不见人死不见尸。派出所把王有才叫了去,三恫吓两咋呼,王有才交代了,结果他被抓进了监狱又来到了青海。

"三狗真的是死了我才吃的,"王有才发着咒对着我说,"你想想,要是我把活人吃了,我能不被枪毙吗?"

王有才被判了五年刑,他服刑期间表现得非常好,三年后就减刑就业,先是在修输油管道工程队,后才到热泵站,去年他是可以回原籍的,而且人已经回去了,可四个月后他却又来了。他回来的缘由是老家还是穷,吃的远没有这里好。更可怕的是三狗家的人要报复他,他曾派人去求和:那就还一条腿吧,我把我的腿剁下一条喂你家的狗。让我残废好了。可人家不同意,放出话是你王有才吃了三狗,我们就弄死你,弄死了剁成肉疙瘩拌料喂鸡喂鸭。他就又回到了青海了。

"我就吃过三狗的死肉,从那以后我再不吃肉,除了猪肉羊肉,别的肉再不吃了,猪牛羊是生下来给人吃的,别的肉吃了冤魂就附在你身上,我就是饿死了,也不吃了!"

有了这一夜,我和王有才就熟了,无话不谈。但和胡方还是无法沟通,他老阴个脸,不苟言笑,除了工作,下棋和吃饭时大家聊几句话外,一般都钻在他的屋里看书。我问过王有才:你觉得胡方怎么样?王有才说:好着哩。我说:他好像瞧不起我。王有才说:知识分子就是那臭毛病!接着就喊:老胡,老胡,你没有死吧?胡方在小屋里说:死啦,你来吃肉吧!王有才就说:你这个反革命,我还嫌你的肉有臭味哩。你再不出来转转,不出三年就一把骨头撂在沙地上啦!胡方就出来,出来了开始打太极拳。

　　胡方身体不好，却是我见过的最漂亮的男人，他也非常的讲究，衣服总穿得整整齐齐，而且在右手的无名指上戴着一枚戒指。一次，风把王有才住的房子揭去了一个角，我们用沙柳编了芭架上去，然后和了泥去抹。胡方和泥的时候把戒指摘下来放在一边，我试着把戒指往我的手上戴，王有才说："你不要碰他的东西，他会发火的！"我说："不就是个普通金戒指么！"我把戒指放回原处，果然胡方把泥和好，立即就将金戒指戴上了。我说老胡，这戒指值几个钱？胡方说你动我的戒指了？我说戴戒指是让人看的，你在这里戴戒指给谁看呀，还不如几时到格尔木了，换些吃喝。胡方正色地警告我：有一天这戒指不见了，我就得寻你了！从那以后，我再不敢提说戒指的事。

　　到了春天，胡方的脾气越发怪了，比如三个人正吃着饭，或正说着话，他突然就发呆了，你问他怎么啦他也不说。有时天不黑他就睡下了，有时房子的灯光却一点就亮到天明。他让送水车的司机给他从格尔木买了许多墨水和纸，但他常常要把纸在半夜三更里焚烧。我那时心情也不好，心里依然是陆眉的影子，这一个晚上起来小便时又发现他在他的房子里焚纸，我说：是老胡呀，今日是寒食节吗？他说：不是。我说：那你给谁烧纸？他说：我给我烧纸。这话让我费解，他说完就不再言语，没有想与我继续对话的意思，我就回屋重新睡下。第二天我起得早，王有才和胡方都还没起来，我去看那一堆纸灰，而灰堆上面的一张纸虽已成灰了还保持着纸的形状，清清楚楚地看出画着一个人的头像，一个女人头像，而且头像下是一首仿古诗。

　　诗是这么十句：

　　　　掩门绝烦响
　　　　啜茶夜生凉
　　　　明心红上脸
　　　　疑问睫毛长
　　　　才子正半老

佳人已徐娘
　　幽花自然落
　　水流有河床
　　我爱固我在
　　神鬼不敢狎

　　这是一首爱情诗，我看过之后就记住了，我将它抄写下来，但动手去捡那纸，纸却瞬间成了灰末，黑蝴蝶一样乱飞。
　　胡方的老婆一定是去世了，这是我首先冒出来的念头。出身不好或者自身是五类分子，一般都沉默和阴郁着。胡方一直避而不谈自己的事，但我们这个站三个人都是老鸦和猪一样黑的，何必守口如瓶呢？胡方不是个有趣的人。
　　吃过早饭，胡方却对我特别热情。我先在屋子里补一条裤子，狗就跑进来，冲着我汪汪地叫。我说：你说什么呀，我听不懂你的话！狗将我的一双鞋叼上便走。我跟了狗一直到了胡方的屋里，胡方坐在炕上拣一盆黄豆里的小石，说：你架子大，得请着才来哩！我说狗请还算架子大啊？！他笑起来，把黄豆盆拿开让我坐上去，说：让你来看看一个东西。说着从炕席下取出一沓纸来，里边有一张是我的画像：像不像你？画得真像。我说是你画的？他说年轻时跟人学过擦像，原本要把我画得漂亮些，但没有办法，我的腮帮子太宽了。我说这我知道，不就是个南瓜脸吗？！就求他，能不能给我娘画个像，我有我娘的照片哩。他同意了。我立即回我的屋里取了娘的照片，还盛了一碗面给他作报酬。他就画起来，三张纸糊成了一张大纸，整整画了一个上午，我娘慈眉善眼的便在我的面前，我就哭了。胡方见我一哭，就劝我，劝不住，他不劝了，趿了鞋蹲在屋门口和王有才拉话。
　　"老胡老胡，昨儿夜里我做了梦啦！"
　　"你还能做了梦？！"
　　"我梦见吃饺子啦，你猜猜，我吃了多少，八盘子，还有一老碗面汤！"
　　"撑死了你！"

"我没你觉悟高么,一梦能梦到北京天安门。"

"这可是真的,昨夜里是到了王府井大街,王府井的人很多,一走进去就走散了……"

我们常常会说到梦的。而胡方的梦最多,总是说他梦里在北京。那时候我还未去过北京,想象不来北京是个什么模样儿。听他们又说到梦的事,我擦了眼泪,出来说:"和谁走散啦?"

"你不哭啦?"胡方说,"你管和谁,反正不是你!"

我便不问了。他却问:"景川,你有朋友吗?"

"你和老王啊!"我说。

"女朋友呢?"

"没有,"我说,"谈了一个,人家嫌我出身不好,吹了。"

胡方把头对着远处的沙梁,半晌没有吭声,在怀里掏了一包莫河烟来卷,卷了一枝叼在嘴上,又卷了一枝,让我抽。

我吸烟的历史可以说就是从那一日开始的。在以后的日子里,他总是自己吸烟时给我卷一枝两枝,我和胡方的来往就多了。王有才说,人家给你烟吸,你就往人家那儿跑,我本来要给你两碗炒面的,现在我只给你一碗。胡方是有钱的,他虽然来改造,工资却比我们高得多,可以买莫河烟,有时也买来酒。王有才是不吸烟的,却喜欢喝酒,但他很少买酒,他喝的多半靠赢棋,少半是买下酒了就关了屋门悄悄地喝。他的工资每月必须托人在格尔木买炒面。炒面是谷糠和柿子搅拌晾干又磨成熟面,每次买回来要分给我两碗的,这一回真的只给了我一碗。他也给了胡方一碗,胡方把那一碗给了我,他有些不高兴,说我俩合谋着骗他的炒面。他话说得难听,我们也生气了,全把他的炒面退回去,翻了脸,几天里互不说话。

但是,第三天下午出事了,王有才骑了毛驴去查管道,回来的路上要解手,却怎么也拉不下来,自己就用手指头在肛门里抠,抠得流出了血,还是拉不出来,就狼一样地哭着喊老胡。胡方跑去了,又回来了,我问老王怎么啦,胡方也不搭话,只拿了一串钥匙又跑了去。等我也赶去看,王有才撅了屁股,胡方用钥匙在肛门里一点一点掏,掏出来的粪硬得像小石子儿。王有才缓过了气，满脸是汗，窝在那里喘息。胡方说：你以为你那炒面是什么金贵的东西，舍不得给我们吃！王有才说：是你们不理我，一憋气才拉不下来哩，咱三人从此谁也不要闹别扭，在这里谁也离不得了谁的。胡方说你知道这个理儿就好，把他扶上驴背，让驴驮着回去了。

　　王有才一走，胡方又说他昨晚做了梦了，我说是不是又在北京城？胡方就脸色通红，却说：景川，谈恋爱要锲而不舍哩，你那女朋友有时和你闹意见，不一定就成心要和你分手。我说，其实，我们并没有真正的谈过，我是单相思，把话一挑明，人家就拒绝了。胡方说不要怕拒绝，亲自和人家多谈几次，女孩子恋爱时喜欢考验男的。我说我不见她时勇气大得很，一见了面口就笨了。胡方说你可以写信么，我说我写了十几封信,全是诗。胡方说：你还会写诗,存底稿了没了？我说先几首没底稿，后来写了没有再塞给她。胡方就让我晚上把那些诗让他看看，从诗上可以看出我有多少诚意，又可以看出有没有希望。我把未塞出去的信都交给了胡方。第二天，胡方说：这事恐怕真像你说的没指望了，既然没指望就算了，再找吧。拉水送菜的人来了，他托他们在格尔木找，不一定非工厂工人，本地的姑娘也行么。

　　"我不想找啦，"我说，"我爹也该绝孙的！"

　　"你骂你爹？！"

　　我就是在这种情形下给胡方讲述了我爹的事，没想他说你爹是景大鼻子呀，我也在陕南干过游击队的，真没想到，景大鼻子的儿子和我现在却在沙塬上的一个热泵站上了！他显得很兴奋，我立即追问他在陕南打游击的故事，他却又不肯说了，瞬间阴沉了脸，而且长长短短地呼气，末了说："那个叫陆眉的不爱你，如果你还觉得陆眉好，你就在心里继续爱吧，心上有一个人了，才能活下去！"

　　就这一句话，我那时听着像是在听圣经。从此，差不多泯灭的陆眉又在我心里活起来，我想象着认识她以来所有的情节，每晚上总是兴奋得睡不着觉。真的，我每晚轻轻地唤她的名字，又总是熄了灯在被褥里手淫。我开始继续给她写信写诗，我说我是多么爱她，而对于她的拒绝我是理解的，我希望她能给我机会，虽然我现在在热泵站，但我年轻，有文化，会好好工作，争取组织上把我调回炼油厂，我们可以生活在一起。这样的信每当拉水运菜的汽车来了，我就托司机一定带给陆眉，然后又苦苦地等待拉水运菜的汽车再来了，司机能捎来陆眉给我的回信。但是，陆眉没有给我回信。

这一天，汽车的喇叭又响起来，我赶忙跑向路口，一辆运水送菜车停在那里，司机却是和陆眉谈恋爱的那个男的。他当然也知道我是谁，见我过来，把菜丢在路边，恶狠狠地说：把菜拿去吧。

"就这些烂叶子白菜？"我说。

"想吃黄瓜西红柿吗？"他斜着眼戏弄我，"你以为你是谁？！"

"你怎么这样说话？"

"我就这么说话啦！我告诉你，不要再给陆眉写信了！就你这副熊样，陆眉是你爱的吗？"

"那我也告诉你，我就是爱陆眉，不但爱过她，也和她睡了觉啦！"

我那时不知怎么就说出这样流氓的话来。这男的原本让我看了气就不打一处来，他又出口伤人，我就要激怒他。如果他相信了，和陆眉闹翻，那我就有希望了。何况我说那样的话也不是空说的，我和陆眉是有了关系，当然那是在我的梦里。不怕贼偷，就怕贼惦记，我日日夜夜惦记的都是陆眉！

那男的就扑了过来打我。我们在沙窝子里打，打得乌气狼烟，结果那堆菜在我们的斗打中被踩成烂泥，我被他打倒了。我满头是血，但我还是往上冲。我再一次倒在地上，眼睛黑成一片，一颗门牙也掉下来。狗跑出来帮我，咬住了他的脚，他丢开我跳上车，狗又去咬车。车门关了。本来他还要给我们卸下一油罐装的水的，却没有给我们卸下来，而是把罐口打开。故意开了车在那里兜圈子，让水流下来，流干了，才把车开走。

车兜圈子的时候，王有才和胡方企图要拦住车让卸下水罐，但车不停，他们挡在路中，车竟直直就开过来，他们先还不离开，说：你要碾死人呀？！你碾！车轮差不多碾到脚下了，就又闪开，然后破口大骂。

等车一走远，王有才话头一转却骂我：现在好了，没水了，咱就往死着渴吧！我不言语，口鼻里还流血。王有才又说：景川你给我说实话，你把陆眉睡了？我说我是要气他的。王有才说：你气人家？你这个窝囊熊！你要真的和那女的睡了，咱就是渴死也不亏，你竟是气人家？！这下好了，没水了！胡方说你现在那么多话干啥，没水了他景川不喝了，我也不喝了，屋里剩下的那些水你一个人全喝吧！胡方把我扶回了屋。

　　结果，我们在三天里没有水喝，仅剩下的半桶水分成三份。胡方的那一份又给狗喝了一半。我不停地给格尔木打电话，送水车在第四日的早晨才来，送水车的司机不是和我打架的那位，他带了一封信给胡方，我看见胡方在读完信后脸色变了，问谁的信，他说：我老婆要来了。

　　胡方的老婆还健在，这使我吃了一惊。那么，焚烧的那张画像是谁呢？我把疑惑说给王有才，王有才不管这些事，他关心着热泵站上的菜，问我有没有萝卜和白菜？我说有的，他就跑去给司机说：如果胡方的老婆到了格尔木，拜托啦，一定提前来个电话啊，送人时别忘了买二斤羊肉。司机向他要羊肉钱，他就在口袋里掏，没掏出来，说：你先垫上吧。司机说我拿什么垫？王有才便又在口袋掏，掏出一卷钱，反复算价钱，交给了司机。

8. 江岚

　　只要你心上一有了谁，你见了谁的神色就不一样了。文工队的那帮姊妹把我压在床上逼我交代了一切，我虽千叮咛万叮咛她们为我守秘密，但风声还是传出去。韩文来向我核实过后，就病了。韩文病得相当厉害，一米八三的个头，几天里衣服就不贴身，远远看着单薄得像剪出的纸人。原来他也一直爱着我。这让我非常为难，我不忍心去伤害他，专门向他说明了我和胡方早有的那一层关系,他说:真可怜。我说:你在说我吗?他说:我在说我,我没福得到你,但你要认我这个朋友的。我说,这个当然,和他紧紧地握了一下手。此后,他依然和我们是好朋友,三人在一起时无所顾忌,末了他就故意走开。留时间给我和胡方。但我和胡方没有那种事。胡方是要求过,我说,我看重洞房花烛夜的,胡方尊重了我。我们就那样严格地保持着警界线。当满城风雨地传播着某某在延河边的柳树上吊死了,卸下尸体时发现了是大肚子,或在后沟的糜子地里有了一个被老鸦啄吃了脸面的婴儿,我那时只觉得胡方好。可是当他要去陕南时,我们回了一趟家,在土窑的大炕上,我也难以控制了,说:"你进吧。"我们却怎么也不成功,他怀疑我是不是有生理上的缺陷,嘱咐去医院看看。但我没有去而后来与韩文结婚,一切正常,还生了儿子,我就想我们那时或许是长久要保持警界线而导致了心理紧张的结果,或许,那就是我们的命运了。

  延安的生活是艰苦的,而艰苦的生活往往过得充实。年轻人喜欢革命,革命使我们快活。有一天,我们的队长寻着胡方,交给他一张照片,照片是集体照,是王明与文工队的合影,要胡方按照照片中的王明画一张大的头像。胡方高兴地应允了,还对我说,王明是中央首长,他担心画不好。他整整画了五天才完成,最后还是我去买了白矾,合成水儿将画面涂罩了一层。队长就把王明的头像挂在办公室,并且请王明来看我们演出时故意让王明看到。

  但是,事情仅仅过了半年,延安发生了重大事件,王明所代表的路线在党中央引起了争论,遂扩大到整个边区,王明就受批判了。我们是芸芸众生,决策的事不理会,只能人云亦云。我记得很清楚,那次开批判会,文工队的人自然也参加了,偌大的操场上密密麻麻坐满了人。主席台上一张白木桌子,毛泽东坐在桌前的凳子上主持,而王明也坐着,但他坐的是一只独木方凳,在白木桌的前右方。王明的衣服穿得比毛泽东整齐,头也梳得光溜,神色却阴郁着,人也瘦了许多。群众发言的时候,可以走在人群前,也可以在原地站起来,王明就静静地听着,似乎前一天晚上他没有睡好,或许太阳照着眼镜光线太刺激,他的眼睛微微闭着。韩文是和我坐在一起的，他低声说：王明是不是瞌睡了？我说他哪儿瞌睡不了偏在这儿瞌睡？！你瞧瞧他的脚。王明是右腿架在左腿膝盖上的，右腿穿的是皮鞋，皮鞋一直在轻轻摇着，往往是发言者说到某些地方了，皮鞋就停下来，然后又是轻轻地摇。王明是听着的，他不能不认真地听。约摸半晌午，太阳悬到了半头顶，每个人的影子都变小变矮，屁股上的尘土就扑地扬起来，引起了他周围人的骚乱。但这骚乱很快平静，这人走出了人群，一直走到王明跟前，突然间扇了王明一个耳光，王明差点要从独木方凳上跌下去，趔趄了一下，终于支持住了，眼镜却掉下去。这人骂道：王明你这个反革命还坐着，你应该站起来接受批判！说完便直直地走回去重新坐下。全操场立即一片寂静。王明从地上捡起了眼镜，眼镜的一个镜片裂出了网纹，他还是戴上了，而脸上的手印明明显显还在。王明是扭头了，对主持的毛泽东说：这怎么能打人？怎么能允许打人？我看见毛泽东在端起白木桌上的缸子喝水。我问韩文：打王明的是谁？韩文说：你连他都不知道呀，他可是一员虎将！我还要问虎将的名字，韩文戳我的胳膊，因为毛泽东开始讲话了。毛泽东放下缸子，说：同志们注意，批判会是思想斗争，不要动手打人，动手打人不好么，下面谁发言？发言的人很多，批判会一直开到中午过后，大家都饿坏了，但那一顿饭特别好，每人比往常多了一个白面馍馍。

　　会后，韩文揣测王明要完蛋了，我说这怎么可能，批判是批判，可那么大个首长，说完蛋就完蛋了？韩文说要学会从微小的事情上分析大的政治动向哩。结果不久，王明真的被剥夺了领导权，而跟随王明的人，一一受到了牵连，逮捕的逮捕了，撤职的撤职了，王明和王明的路线成了臭狗屎。我们队长当然在批判会后立即取下了办公室墙上的王明画像，而且给党中央写了批判王明的一系列材料，因此队长没有受到连累。他又找到了胡方，让胡方给毛泽东画像，要求能画多大画多大，他要送给毛泽东，还要建议挂到中央政府大会堂去。"要培养领袖意识，"队长再一次强调，"只能画好不能画坏！"

　　队长把问题说得严重，胡方反倒紧张得发挥不出水平，怎么画也画不好。我们那时都是常能见到毛泽东的，他大个子，不长胡子，走路爱甩着手，手又多是反掌在身后摆动。胡方远远地观察过几次，他当然不敢让毛泽东静静地坐着让他画，就提出能不能弄到一张毛泽东的照片，队长就去寻那些给毛泽东照过相的摄影师。照片还没拿到手，又发生了一件事，从此胡方的命运改变了。

事情是这样：延安来了一个人，此人是陕南游击队的一个政委，特意北上向党中央汇报陕南游击队的情况的。陕南游击队的力量并不强大，因地理位置，牵制了胡宗南的部队不能全部精力投入到对延安的围剿。在坚持了数载的艰苦卓绝的斗争后，这年春季，终寡不敌众，遭受了敌人的重创，几乎是在半月之内，一些主要领导人被捕，而政委就是九死一生中逃出来到了延安。这位政委初到延安，视为英雄，受到了热情的接待，但是不久，竟被捕了。传出来的风声是经过审查他是一个叛徒。陕南游击队的领导人中，他第一个被捕的，敌人给他上老虎凳，他是什么也没有说。敌人又给他十指上钉竹签，把一片一片指甲都拔下来，他还什么都没有说。但敌人给他送来了个大美人，他却把什么都说了，才导致游击队的另外几位领导人被捕杀害。公审这位叛徒是在延河滩上，公审完后他被捆绑了跪在一个挖好的沙坑边，一声枪响，脑浆在空中冲了二尺多高，人就窝在了坑里。但他的脚手还在动，脑袋上的血咕咕嘟嘟泛泡儿，他挨了第二枪，第三枪，身子在坑里跳了跳，就彻底不动弹了。公审的那天我没有在场，这一切都是胡方说给我的。胡方是陕南人，他想看看这位老乡，他说被补过两枪后，执行枪决的人就退了，围观的人拥上去，他进去看了一眼，乡党还穿着陕南人习惯穿的对襟褂子，葛条鞋，半个脑袋都没有了。他看得恶心，就从人窝往外走，忽觉得脚下踩着了什么，软乎乎的，低头一看是一条人的舌头。人的舌头竟有一尺长，这让胡方又惊又怕，忙一脚踩住，另一脚在沙地上不经意地踢出一个土坑儿，把舌头埋进坑里，他走了。

"如果是叛徒，"胡方回来给我说，"他为什么要回到延安呢？"

"你不要胡想，"我说，"不该你想的你别想。"

枪毙了政委，延安要重新派人去陕南组建游击队，当时我们就一会儿听到某某去，一会儿又听到派某某去，到了最后，竟派的是我们队长。

将一个文工队队长派去当司令，这使我们压根儿没想到。事后还是韩文告诉我，是队长自己请求的。因为队长并不懂得文艺，他在文工队也只是行政领导，而因王明的事查到了他，险些也要被批判了，但他终于让胡方画成了毛泽东的像又送给了毛泽东，躲过了一劫，他才提出去陕南的。党中央同意了队长去陕南，队长却要求带胡方一块去：胡方是陕南人，对那里熟悉。

胡方把去陕南的事告诉了我，问：我去不去？

这不是他去不去的事，我说：既然已经是共产党的人了，去吧，到那里或许能建功立业。

胡方说：我从陕南出来的，却又要回陕南了？

我说：你就没有再想转回来转个将军了？！

胡方笑了：或许我死了呢？

别说不吉祥的话，我捂住了他的口，他伸出舌头和牙齿把我的指头噙住。但从胡方的眼里我看出他其实是激动的，那一刻里，我却有了一种伤感，任他把指头吸吮，我的泪就扑簌簌流了下来。

他们要走了，除了文工队为他们开了欢送会，我和韩文也为胡方举行了一次聚会。我们是提了一罐子酒坐在凤凰山顶去喝，韩文倒是羡慕胡方，来文工队没多少日子就有了这样一次机会，更重要的是司令带去的。胡方也喝多了，对韩文说：我这一走，江岚就托付你了，你要保护她，不能让她生病，不能让她受伤，不能让她受了欺负！我笑着说：我是什么瓷瓶子，摔在地上就碎了？胡方从口袋掏出一个银元给韩文。韩文说：一个银元我就得干那么多的事！胡方说：这不是费用，是委托见证。韩文就把银元埋在了山顶一块巨石下边，说：天知道地知道，咱三人知道，两三年后你回来，就在这儿给你们办婚事！

韩文在山顶上这么说着，人却并不下来，我和胡方都明白韩文的意思，胡方就突然抱起我。我说你胆真大，他并不说话，抱了我只管到崖背后去，我们就在那里纠缠在了一起。胡方像疯了一般剥我的衣服，我挣扎着，一双手被压在身后，又拔出来，再压后去，胸前的扣子嘣地一下挣掉了，飞在崖石上又弹回来，我累在那里没法抵抗了。他几乎从头到脚吻我，口水湿了我的全身。我的身子并没有洗，这让我非常难堪，他说他爱我，他就不嫌的。韩文在山顶唱起了信天游，信天游高高低低如起伏的山峦，又如缓缓急急的白云。我要自己起来，胡方便咬了我一口，咬出了血。

当我一瘸一拐从崖背后过来的时候，我是不敢看胡方的，更不敢看韩文。胡方却把那带血的手帕装在口袋，悄悄给我说：我要带着它走呢，权当是经血避邪，会刀枪不入的。

陕南从此是我的一块心病，这如同我后来关心西安一样，每次看电视少不了要看西安的天气预报。但那时陕南的消息极少。

延安开始了大规模的整风运动。清理出许多敌特人员，托派分子。我们宿舍墙外是条街道，常常稀里哗啦响，隔窗望去，就有人被缚了麻绳拉着走过，那人在喊：我冤枉！我冤枉！我们文工队也紧张起来，不知道谁突然也会被逮起来，成为潜伏着的敌人。韩文的一个老乡是鲁艺学院的教员，懂得鼓乐，常到文工队来教我们敲社火鼓，有时天太晚，留下来和韩文睡在一张床上，整夜以肚子为鼓教韩文。这一天我去鲁艺学院找他借一份社火鼓乐研究资料，正好遇着他病着，他患的是梅尼尔斯综合症，一犯了就天旋地转。我和他的学生卸了门扇抬他去医院，走到半路，他听见了延河对岸文工队的人彩排鼓乐叮叮咣咣地响，他说：不对不对，鼓点子错了！硬要抬着他过河去指点。我们只好抬他过了河，让他躺在门扇上指点了一阵。可我从医院回来，新任的队长却黑了脸训我为什么把韩文的老乡抬到队里来？

"他正被审查哩，你把一个特务请来要害咱们吗？"

"他是特务？"

"当然他没把特务二字写在脸上！"

韩文的老乡是特务，这让我们都惊呆了！天呀，他也是特务？有这么好的特务吗？！以后的日子里，不断传来那位教员被打折了一条腿，上吊又被人发现，自杀未遂。文工队的一些人就私下议论：也该去看看，人在饥时给一口，胜似饱了给一斗。便买了一口袋鸡蛋托韩文晚上送去。

韩文去了一会儿就回来了。我问怎么样，韩文说他去了学院，远远看见老乡在操场边坐着，但他没敢到跟前去，打了个手势，把鸡蛋放在草丛里他就回来了。为这事我三天没理韩文，本来文工队让我带一部分人去南泥湾的部队演出，我可以让韩文一块去的，我没有叫他。

从南泥湾回来，文工队也开始整风了，几乎每天都是开会，平日大家嘻嘻哈哈的，现在的会上突然表情严肃，这个发言了那个发言，几乎都是：我没有反革命，也没有听到反革命的议论，见到反革命的行为，如果谁检举了我的言行是反革命，或者听到反革命的言行而不报，我负一切责任。这样轮流说下去，说完了就坐在那里，谁也不看，只看屋梁顶，面如土色。我不知道我去南泥湾之后队里发生了什么事情，人怎么一下子变成了这样？便有人在说："我没发现谁是叛徒和特务，咱文工队只在以前贴过王明的画像……"我咯噔心提了上来。大家都屏住了气，拿眼睛看着说话的人。屋里安静极了，一只苍蝇在嗡嗡地飞，嘭，苍蝇撞在了窗户糊着的麻纸上，麻纸撞开了一个窟窿，但苍蝇却没有飞出来，掉下来让我踩扁了。他不说了，谁也没有接应他的话头。屋子里又寂静了十多分钟，韩文说：我表个态！他从口袋取出个笔记本，他那天的声音很飘，似乎是高八度，他念的是顺口溜：延安天地红彤彤，毛主席领导闹革命，改造思想和作风，跟着共产党向前行。念完了就坐下。韩文的这种发言很滑稽，我嗤地笑了一下，但大家都没有笑，而且有了几片掌声，我也就低了头强忍住，拍了拍手。

再以后，韩文总是这样，但凡开会，便将事先写好的四句顺口溜念一遍。大家习惯了他的发言方式，却没人效仿，因为韩文的文化水平高，可以把每句话都能押韵。而且韩文的四句诗常常就上了黑板报或者引用在总结材料上汇报给上级。

我实在没有什么可以向上级检讨的，但大家都知道我曾和胡方有过恋爱关系，而胡方虽去了陕南，但胡方是画过王明的像的，那么，胡方接触没接触过王明，我知道不知道胡方与王明的情况呢？我清楚许多人在等待着看我怎么说，可我偏什么也不说，别人也不好向我提问。新任队长却在几次会上点我的名：江岚同志，你不发言吗？我就尽量重复着别人说过的话，队长就约我要谈谈心的。在队长的办公室里，队长要我把和胡方的事向他汇报，他说他代表的是党组织，共产党员就要对党组织毫不隐瞒。我就把怎样认识胡方到胡方去陕南我所经历的事情都说了。队长说：还有呢？我说：没了。队长说：恐怕还有吧？我想了想，我也就将我和胡方有过一次并未成功的性关系说了。我说：就这些，我可把一切都给党说了。

很快，韩文寻到我，说："你把你和胡方的那事汇报了？"

"你怎么知道？"我大惊失色。

"好多人都在议论哩。"

"队长给我保证要替我保密，"我生了气，"我这是向组织汇报，他怎么是长舌男？！"

"你也汇报了我为你们站岗的事吗？"

"没有，绝对没有！"

我去寻队长，队长却矢口否认他透漏消息，推托他是把我的思想汇报呈交了上级，是不是上边什么人泄了密。他这么推托，我无话可说，但我从此不相信了这位队长，而且害怕了他，要求调离文工队。队长同意我调离，但调离到什么部门却迟迟不见动静。这一天傍晚，队长通知我晚上去中央礼堂参加一次舞会，他给我说话的时候色迷迷的，我说身体不好，不愿去，他说有中央首长参加的，文工队他就通知了我一个。我不好再推辞，又担心他对我怎么样，就对韩文说：晚上你到礼堂来。

舞会上果然有中央首长参加，来了相当多的漂亮女人，我躲在角落不肯前去，队长就领着我邀请了这位首长又邀请那位首长。跳过了几曲，我又躲在了角落，队长让我和他跳，他的舞姿非常恶劣，总是企图将身子贴近我，而且有什么硬东西撞着我的腿。他知道我的反应了，却从口袋掏出手电筒，说：带上这玩意儿真不方便。但是，很快我就感觉又有硬东西撞我了，但已不再是手电筒，我一甩手，出了礼堂。礼堂外韩文正好站在黑影处，见我跑出来，后边撵过来的是队长，就大声叫我，似乎还气喘吁吁地说：你真的在这儿？你爹四处找你哩！队长只好摇摇头，却严肃地对韩文说：天黑，你负责把江岚同志送回去，一定要注意安全啊!

我向韩文诉说了队长对我的不恭,韩文劝我提防得提防,却不要得罪了人家。要提防又怎能不得罪?韩文拿出笔来,拧开笔帽,把笔身子给我,让我把笔身子往笔帽里捅。我一捅,他一趔,捅不进去。韩文说:这关键在你自己。

韩文的话是对的,队长以后再对我说什么,我并不恼,却想着法儿周旋。我再到他的办公室,他把我抱住了,说他如何想我,原本他是不愿到文工队来的,之所以来就是为了我,他把一次提升的机会都失掉了。我说我有什么好的,进得了队长的眼?他说昨夜里我就梦里背了你爬山,整整爬了一夜。我说那不累死了你!他就要求干那事,我说我来例假了,他发一声恨,趁机在我屁股上拧了一把。过后,他又让我到他的办公室去,我又以例假推托,他不相信了,把我压在床上,手就要在下面摸。我竭力反抗,他说:胡方是什么东西,他能行,我还不如胡方吗?我说你是比胡方强,可我和胡方那样,是因为我和胡方要结婚的。他说:胡方已经死了,你也当鬼妻吗?我扇了他一耳光:你才死了!

他站起来,回坐在了桌前开始梳理头发,说:"你来看看这个文件吧。"

桌子上是有一份情况通报,上边赫然写道:陕南游击队再一次受到重创,司令部遭包围,主要领导人均壮烈牺牲。

"这是真的?"我惊得目瞪口呆。

"文件哪有假的?"

"啊……"

我那时昏倒在地上,什么也不知道了。

胡方牺牲的消息是我一生中所受到的最大的打击,我几乎活不下去,但我已经是军人,又是在战争年代,我不能像一般女人那样无谓地死去。韩文给了我真诚的帮助和保护,他使我坚强起来,而队长趁机骚扰我,每每对我有什么企图,关键时刻他总能出现,我们自然和队长闹翻了。我们坚决要调离文工队,队长不放人,韩文警告说我们可以不走,但你要再花搅江岚,我就向上级告你!队长收敛下来,而中央要求延安的干部分批到前线部队去锻炼的指示下达后,我和韩文便被分配到了东北战区。

我们是在东北结婚的。

9. 景川

胡方的老婆还没有来,王有才就病了。王有才是因胡方的老婆要来而想到了自己的儿子,想得头痛,用布条子勒了额颅,饭也吃得少,说是胸口一疙瘩东西堵着。这一日轮到他去查看管道,但起了沙尘暴,天地混沌,我便替了他,骑了毛驴出发了。我和毛驴往东走,风从北边往南吹,但我和毛驴都有在风里行走的本事,人驴就向风来的方向斜着身子走,斜到几乎四十度。那情景像是在拍摄科幻电影,样子滑稽而奇特。如果正着走,风戛然而止,我和驴就会扑通跌倒在地上的。巡查了一段路,风是慢慢弱下来,太阳出来了,我记录罢沿途的管道状况,然后就躲进一片野芦苇里,掏鼻里耳里的沙,啃吃干粮。吃饱了就仰躺在地上把肚子当鼓拍打着唱,摇曳的野芦苇把一天的云彩也零碎了,变幻了各种形态就在我的头顶。有一朵极像是陆眉,有长腿,有细腰,有脸和脸上的酒窝,我的心就乱了。毛驴先是在那里吃草,腰身拉得吊吊的,滚圆滚圆的屁股在阳光下泛着油光。我突然冲动起来,解了裤带向驴走去。但当我与驴干事的时候,驴无感情,驴依旧是吃它的草,我动一下,它往前走一下,再动,再走,一步撑不上一步,气得拿脚踢驴脚,驴回过头来叫了一声,目光看着一边。我骂道你在骂我,也朝一边看了一眼,野芦苇边站着的竟是王有才。我顿时痴了,嘴里才溜出骂声的最后一字,赶忙提了裤子跑,没想脚下绊了一跤,跌在那儿,把脸窝在沙里不敢出来。

"这有啥哩,"王有才却蔫蔫地说,用脚踹了一下我还未套上裤子的屁股,过去将驴牵住了,"你来吧,我给你把驴牵住。"

我哪里还有精神再做那事呢？

王有才见不动弹，他把毛驴放开来，却扑嗒一声坐在那里呜呜地哭了。他说他现在老了，没这个兴头，前年他是和这头驴的母亲就干过那事，这号事在荒原上算什么呢？"没事，景川，你拿眼睛看着我，有什么丢人的呢？"

他和我一块牵了驴往回走，我仍是不敢看他。他就开始讲到他刑满就业后，他是一直养着这头驴的母亲的，老驴也是另一位刑满就业了八年而返回原籍的老戴交给他的，老戴把老驴一直叫翠英，他嫌翠英这名字不好，改成老宋，因为他的老婆就姓宋。他说，若不是老宋，他或许就活不成了。在他到热泵站的第二个春节，他实在是口寡得厉害，做梦都在吃肉，他就想杀个驴过个春节。他是磨了一中午又一个下午的刀，开水也烧了一大锅，把驴绑在木架上了，驴却大声地叫唤，并前蹄跪下来，眼泪哗哗地流。他是从来都没有看过驴流泪的，驴一流泪，他心软了，就没有杀驴。过了不久，驴竟生下个驴崽来，这驴崽就是现在这头驴。驴崽见风是长，开始能吃草跑动了，老宋却整整三天三夜不吃也不喝就死了。老宋一死，他方明白老宋之所以在宰杀它时叫唤流泪，原来是为了保护它的孩子，它生孩子了，就主动死去让他有肉吃。

"这驴我记一辈子哩！"

"那你还不是把它吃了？"

"我是把它埋在了我的肚里。"

"你活得是一座坟！"

"是一座坟！"

回到了热泵站，胡方却在他的小屋前将狗的身子缚在门框上，正用缝衣服的针线缝狗腿上的伤口。我吓了一跳，问狗是受伤了，怎么伤成这么大的口子？胡方说不要紧的，捏着针又缝了一下，狗就浑身颤抖，他的汗也从鼻尖上往下掉，掉下去砸着了狗流出的血，溅上来满脸都是红点。"你给我擦擦。"他说，嘴里轻轻地吹气，似乎是在为狗减轻着痛苦。末了，低下头去咬线头，我看见他的舌头在狗腿的伤口上舔了一下。

对于胡方给狗缝伤口的事，确实让我纳闷了几日。尤其狗受了那么大的伤，用针线缝合时竟未叫一声，只是另外三条腿用力地撑在地上，耳朵硬着往内卷，而一对眼睛还直勾勾望着对方，好像他们有一种默契。狗此后在胡方的屋里卧了三日没有出门，胡方每顿饭自己吃一碗，给狗吃一碗。一星期后，狗就又欢实了。

但我发现胡方手上没有了那枚戒指。

胡方的老婆终于来了，这是一个小而黑的女人，给胡方带来了几身衣服，又提了一篮子鸡蛋和许多药片。那几天我们集体开灶，炊事员多半是王有才，他把买来的羊肉一半炒了肉丝一半炖了一锅萝卜，大伙就坐在院子里吃。胡方的老婆其实是挺好的，她如果话能少些，话说得温柔些，那就更好了。她批评过我年纪轻轻的不刮脸，牙也是黑黑的，更看不上王有才做饭前不洗手，吃饭响声大，又当着人放屁，吃完饭舔碗。王有才将一盆羊肉端上来时大拇指浸在了汤里，她就叫喊着：你瞧你那指头！王有才说：指头咋啦？她说：指头浸在汤里还让人吃不吃？王有才说：我指头有风湿，冷么，浸在汤里暖和嘛！气得她说：图暖和怎不把指头塞到肛门里去？！没想王有才说：没端汤前我就把指头在肛门塞着。恶心得她放下筷子不吃了。过后，胡方的老婆亲自做饭，我们都夸她做的饭香，她就高兴了，说她十岁就下厨房哩。我就说嫂子人漂亮，又能干，怎的就嫁了胡方？为了奉承她，故意贬低胡方，她就替胡方说好话，说胡方本事大了，不但能画还能写诗哩，解放初期在杂志上发表好多诗。到这个时候，我才知道胡方还是个诗人，倒后悔胡方看了我写给陆眉的诗，让他见笑了。到了晚上，我和王有才去听过房，但每次胡方夫妇开头还有说有笑的，不久就吵起来。他们一吵，王有才就走开，站在他的小屋门口了，大声喊叫我，一喊叫，屋子里就安静了。早晨起来，胡方的老婆照样笑呵呵地和我们打招呼，胡方却阴个脸一整天不见个笑。

胡方的老婆总共在热泵站住过四天就搭了从油田过来的便车去格尔木了。又是过罢两个月吧，或许是三个月，格尔木来了人，通知胡方可以回西安了。这消息如响春雷一样令人兴奋，我和王有才决定好好庆贺一番，也算是提前为他离开荒原而送行，就托人在格尔木又买了五斤肉和粉条、萝卜，准备吃一顿饺子。东西买回来，王有才坚持一顿吃完：不穿乍净身子，要穿就穿皮袄；吃它个和地主老财一个样！我则主张分几次吃。王有才就以为我是嫌他吃得多，提出虽是给胡方送行的，但最好分开肉，各人拿各人的面粉、萝卜，可以谁需要多少用多少，包好了一人一煮。结果三人每人分得一斤半生肉，因为从肉里剔出了一根骨头，那也活该有了狗的一份。我和胡方剁了两个萝卜，王有才剁了四个萝卜，分头包起来，轮流着煮。吃饭的时候，胡方拿出了他存放的一瓶酒，一人倒了一杯，叫喊着碰杯。我没有吃完我的饺子，胡方也没有吃完他的饺子，胡方将剩下的饺子都给了狗，我学着样也要把半碗倒给驴，王有才接过了碗，说：你真的给驴呀？我说你瞧么，它流口水哩。王有才端了碗走到驴面前了，夹起一颗要喂给驴，驴嘴已迎过来，他却塞进了自己口里。我说："老王！"王有才就把十几颗饺子倒在驴槽里了，说：吃吧吃吧，驴也是咱自己的人！低头时又从槽里捡了一颗塞到嘴里，他怕我看见，没有咬就咽下去了。

王有才把他的饺子一颗一颗全吃下去又喝了半碗汤，饱得坐在那里不得起来，挺着肚子，只有脖子转。我说老王你得起来走走，别坐在那里出毛病了！他往外站，一弓腰，一颗饺子从口里吐了出来，惊得胡方说：你吃饺子不嚼呀？王有才不敢再说话，也不敢弯腰去看那饺子，回到他屋里便平睡下了。

晚上我拉起了肚子。我想不来是哪儿没弄干净导致拉肚子，恨自己没福，好不容易吃上一顿好的，却没完全吸收就拉出去了。我出来解手，听见有吭哧吭哧声，当然不会怀疑有什么坏人来站上行窃和破坏，但不知道是胡方还是王有才，怎么深更半夜的在屋外干什么？转过屋角一看，昏蒙蒙的月光下，王有才对着白天拴驴的那个水泥墩碰肚子，碰一下吭哧一声。我说：咋啦，老王？他说：你肚子也不舒服吗，你来碰碰，肚子就不胀了。我说我拉肚子了。他就说：我胀得睡不着觉可饺子还在肚子里，你却拉了，这不是白吃啦？！胡方怎样，不见他起来？胡方的窗子黑着，胡方没事。

但胡方要走的时候，出了一件事，胡方一时又滞留下来。

那是一天早晨，胡方坐在屋前正为王有才画像，远远的沙梁上涌起了一疙瘩蘑菇云，我说要来沙尘暴了，王有才强调着胡方不要画出他脸上的皱纹，否则，你胡方回到西安后想我了只想到我脸上的梯田，胡方让他老实坐着别动，他扭头还是往沙梁上看了一眼，说：哪是起沙尘暴了？是牧人转场子！王有才这老家伙眼毒，果然是牧人转场子，不一会儿那蘑菇云就移近来，有一户维吾尔族牧人赶着一群羊。牧人坐在一匹骆驼上，另一匹骆驼驮着毡房和各种生活用品，两只铁皮桶磕得叮叮当当响。羊群大概有几百只吧，护着羊群的两只牧犬，一南一北，尾巴在风里斜举着，颠颠地跑。王有才说："这牧人也是个光棍！"就懒得再去理会，狗却在胡方的脚下兴奋了，汪汪地叫，遂即去和两只牧犬摇头晃尾地厮混。王有才问我：这两只牧犬哪个是公的哪个是母的？我哪里辨得出。王有才就说：咱的狗过会儿跟哪只搅得紧，哪只就是公的。果然狗就和北边的牧犬嬉戏。乐得我们三人大笑了一通，骂我们的狗是个骚狗。

我们继续为王有才画像，牧人和羊群去远几乎没有留神，戈壁沙漠上常有转场子的牧人，他们的来来去去如天上飘过的云彩，与我们没干系。到了晚上，才猛地发现不见了我们的狗，热泵站周围都找遍了，仍不见踪影，可以断定：狗是跟了牧犬一块走掉的，狗为了爱情而离开了我们。

胡方为此就病倒了。我从未见过胡方病得这么厉害，先几日的每天晚上，他还迟迟不睡，站在沙梁上朝远处看，脸上的皮黑了一层，到后来就躺倒了，汤水不进。王有才去劝他：为一只狗这值得吗？我是哪儿也不会去的，如果现在陆眉来勾引景川，景川能不跟着就走了吗，何况狗哩，狗有那个条件，就让狗走吧，你又不是离不开那母狗，权当咱把它出嫁啦！王有才的嘴损得很，他糟践我倒还罢了，而他趁机还要糟践胡方，因为荒原上常听说到某某妇人养公狗，就是暗指妇人和狗有了那一种亲情。王有才这么说胡方与一条母狗的关系，但胡方没有骂他，只是说：它会回来的，它会回来的。我说：狗通人性，你这么思念它，或许它就回来了。心里却想：咳，八成已被人杀着吃了。

十天后，胡方慢慢下炕，勉强吃点喝点，但人明显痴痴呆呆，也不提说要离开的话。几次我们在屋里坐着，他突然就往外跑，说是听见了狗的叫声，出来没狗的影子，灰嗒嗒地要发半天怔。王有才和他下棋分散他的心思，并且赌吃着一张饼比输赢。第一盘王有才赢了，将胡方的一块饼咬了个月牙状，第二盘棋又赢了，再把饼咬个月牙状，第三盘再赢，月牙与月牙间的尖儿咬掉了，一张饼成了半张饼，胡方无动于衷。

夜里，我睡在胡方炕上照顾他，我宣布谁也不准提狗的事，守着他睡了三个晚上。到了第四天半夜，我突然被一阵响声惊醒，侧耳听听，是什么在抓门，立即下炕开门来看，门口的月光下，站着狗。是狗！我揉揉眼睛，说：你是狗？狗汪了一声，就倒在地上。狗简直不像条狗了，一副骨架上松弛着黄皮，毛几乎掉完了，嘴也烂着，四蹄淌血。我赶忙喊胡方：狗回来了！喂，狗回来了！胡方坐起来，说：是我做梦还是你做梦？我说你瞧瞧，真的是狗回来了！胡方这才看见了还在门口那一片月光里的狗，一下子从炕上扑下来将狗抱住，因为力量太大他跌在地上，磕掉了一颗牙。人狗都呜呜地哭，月光下他泪流满面，狗脸上也是泪水。

这条狗真应了胡方的话，是回来了，但狗的话人翻译不了，它汪汪地给我们低声吠，我和王有才不知道它讲了些什么。胡方却说：狗说啦，它是跟了那公牧犬走的，和那公牧犬浪漫了一阵它想到了咱们，它要回来，公牧犬如何地留它，但它还是要回来，它却在回来的路上迷失了方向，它不知道在戈壁沙漠上走了多少路，没有吃的，没有喝的，可终于是回来了！我狠狠地过去打了狗头，骂道：你现在知道了吧，为了那个骚狗差点要了小命吧！狗似乎知道，也害羞了，把头埋在胡方的怀里，只摇着尾巴。胡方开始做饭给狗吃，人一下子来了精神，他说：景川，你回去睡吧。狗回来了胡方就不需要了我，我在胡方的心里不如条狗，我只好拿了我的枕头回睡到我的屋去。

第二天，王有才把狗引进沙梁后，他开始教训狗，让它卧在那里拿红柳条子抽，并且把狗的后腿绑在沙柳树上，拿一种草根用石头捣烂往狗的阴户里塞，说是这种草根能把狗的骚劲治好，以保证以后再不要乱跑。我把王有才挡住了，我说你少胡来，这狗虽然是你最早养的，可现在是胡方的命根子！王有才想了想，把狗放了，却对我说：景川，你不如狗。我说你才不如狗。王有才说：狗为了个公狗敢跟了去的，那男的打了你一顿，你就不行动啦？我说：是我不愿意追她了，我还嫌她鼻子上有颗黑痣哩，你等着吧，我一定要找一个比她漂亮的，到时候不管我到哪儿，给你去了信，你得参加婚礼呀！王有才放下狗，踢了一脚，让它先回去，对我说：你小子还算有种，可惜等你要结婚了，这世上怕就没有我王有才了，你记着，我要是早早死了，你要在地上写我的名字，给我献一碗饭，要用大碗啊，你这瓷鲁龟儿子！

当天晚上，已经是后半夜了，胡方却来轻轻地敲我的门，我问啥事，等不到天亮的？他捂了我的口，示意着不要让王有才听见。我疑惑地去了他的屋，狗趴在那里呼哧呼哧喘息，地上流着一摊血，而桌子上放着一枚戒指，戒指上也沾满了血。天啊，原来胡方那次给狗缝伤口，是将自己的戒指藏在狗的腿里！亏他想出这个主意，可现在从狗腿里取出了戒指，胡方又要干什么呢？胡方就挽起了裤子，让我拿裤带勒他的大腿，使劲勒，我勒了，他憋了一口气，竟用刮脸的刀子在自己腿上切口子。我说你要干什么，他没有吭声，牙齿咬住下嘴唇，将那枚戒指塞进了伤口。我啊地叫了一声，勒裤带的手松了，他狠狠地瞪了我一眼，我再次把裤带勒紧，他就用针线缝起来，血吧嗒吧嗒往下流，而他额头的汗就钻进了眼里。他示意我给他擦汗，我手抹在他的脸上，脸上的肌肉紧绷绷的，硬得像抹着一块石头。缝好了，他将一半瓶酒倒了上去，然后让我用布带紧紧裹扎。这一切他干得十分利落，宛然是一个外科医生。裹扎毕，他给我笑了一下，就倒在那里一动不动了。

把一枚戒指埋在狗的腿里，又转移埋到自己的腿里，可见这枚戒指对于胡方有何等的意义！可我疑惑地望着胡方：在热泵站就我们三人，这戒指是没有人偷的，何必要这样呢？是他要回西安了怕路上丢失吗？那么以前又为什么埋在狗的腿里呢？

"这话对谁也没说过，说给你就烂在你肚里！"胡方说，"它是一个女人送我的。你笑话了吧？"

我蓦然明白了，戒指埋在狗腿时正是他老婆要来之前，而现在回西安了，他才又埋在了自己的身体里！我不能再问那是个什么样的女人，如何就送给了他一枚戒指，但胡方如此保存这一枚戒指却让我感动不已，我没有笑话他，而觉得了胡方的幸福和我的可怜。

胡方是第二天就下炕了，但他需要拄拐杖，我让他什么也不干，以免伤口发炎，他说没事，年轻时在陕南打仗，枪伤刀伤的事经得多了，至今背上还残留着当年的一个弹片的。可是，胡方的伤还是发炎了，腿肿得碗口粗，明晃晃的像打了蜡。我提出给格尔木打电话，现在是正正堂堂的人了，领导会派车接去医院的，他不，只将他老婆带来的消炎药吃下。这一切王有才是不知情的，胡方仅告诉他在机房跌了一跤碰伤了。

10. 胡亥

我的孩子是暑假里生的病。学院组织去野游，在白天里爬山，又在山下的河里玩水，半夜回来就发烧了。我只说伤风感冒吃点药片休息休息就会好的，第二日中午快下班的时候，安子来了电话：孩子出现了血尿！我赶紧回家领孩子去医院，尿样报告单上赫然地写着了：肾炎。

肾炎是几乎无法治愈的疾病，尤其是西医，除了靠激素来控制外，最后的结局就是发展为尿毒症，就是换肾。我是见过需要换肾的病人的。他们到处联系不上肾源，即便某个罪犯被枪毙了，可以用二十万元的巨资购买，但换肾之后将永远与药为伴，不能工作，不能结婚，不能生育，而存活最长者也只有十年。平日里，听到某某人患了病，或者死了，悲伤是悲伤，但感觉上那毕竟是别人的事，可我怎么也不肯相信灾难竟突然降临在我的头上？带着孩子的尿样我重找一家医院化验，再找一家医院化验，结果依旧，而我还是不信，仍坚持要作肾穿检查，进一步确诊。

医生劝我最好不再作肾穿了，也用不着再作肾穿，作肾穿给孩子会留下后遗症的。我说：一定是化验出了问题，我只相信肾穿。在做肾穿检查的那个晚上，我忍受不了同家人守候在手术室外，跑出了医院，在那一片荒芜的院子里无助地看着夜空。夜是阴沉的，没有星月，我祈祷道：出来一颗星星吧，若有一颗星，孩子的病就不是肾炎。但是，仰起的脖子已经发酸，天空仍没有一颗星星，我眼泪就流下来，默默地往手术楼走去。快到楼口了，再一次仰头看天，盼望奇迹出现：有了那么一颗星星。一点光亮是出现了，但那光亮在迅速地移动，它是一架飞机，星星还是没有。手术室在楼的五层，一阶一阶楼梯台我艰难地往上爬。天下什么东西最沉，人的腿最沉。当我走到了手术室外，孩子已经检查完毕出来了，孩子到底是孩子，她并不了解病情的严重性，肾穿的伤口在后腰处，原本让她静静地趴在小车上，她要自己坐在小车上，并且坚持着说她没事，我就发火了。我是那么的厉害，吼声如雷，破口责骂，孩子就气得哭了，我知道我失了态，不该这样对孩子，家人推着小车去了病室，我就扑嗒一声坐在楼道上了。

真的是肾炎，真的是没有办法。现在只有求救中医了。我带着孩子的病历到处拜访治肾炎的中医大夫，走访那些服用中药的肾患者，我才明白越是难以治愈的病越是有着治疗这类病的名医。而西医在推，只会让你去做这样检查那样化验，中医则在吹，拍了腔子说只要服他的药，绝对治好。越是这样吹嘘，我越是心中没底，但总得治疗啊。经过反复筛选，甚至我将大夫的名字进行了周易分析，最后选定距城二百里外的某县城的一个大夫，他开办着一所肾病医院。从此的三年，每两个星期我领着孩子去那里求诊，原来肾病患者是那么多，小小的医院挤满了人，队还是排到院外的马路上，我们都是早上十点赶到下午六点才能返回。每服完十五副药，就化验一次，每一次化验都充满了希望，又都带来着恐惧，领取化验单前，我作过各种各样的预测，而化验的结果却一次又一次打击着我。我明明知道病急乱投医的坏处，但我再也没有了三年里守着一个大夫的忍耐。我开始跑北京、天津、云南，只要谁著名，就吃他十天半月的药，无效便换，甚至寻气功师发功，找巫师驱鬼，一切想到的办法全想了。什么是中国的哲学，中国的哲学就是中庸之道；什么是传统文化，传统文化一个重要的特点就是把简单的东西弄得越来越复杂。三年了，仍要每日三次一次一大碗喝下黑色的苦汤，我可怜孩子，但板着脸在说：一定要坚持喝完，你要记住，既然上苍降给了我们苦难，我们就要忍受苦难！这话是给孩子说的，也是给我自己说的。我是一名诗人，这些年里我活得没有一点诗意。

　　这期间，有朋友提供了一个偏方：他们老家有肾患者喝黄鼠狼的血而康复了的。我问喝多少血？他说十二只黄鼠狼就可以了。我当即决定也给孩子喝黄鼠狼血。可是，在中药房里找不下黄鼠狼血的，连动物园里也没有，只好让朋友在他们老家找。我到了朋友的老家，村人说十几年前黄鼠狼多得很，常常进村来抓鸡，现在却没有了，必须到二十里外的山区去逮，但逮一只须付五百元。第一次杀黄鼠狼，接血时未在碗里先盛一点温水，血流出来很快就凝固了，后虽加了热水搅和，仍有血块，孩子怎么也喝不下去。我忍不住又发脾气。孩子喝了几口就吐，看着她难受的样子，我再劝孩子什么都不要想，放松喉咙，不要停地喝下去。孩子端着血碗到厨房去，五分钟后，出来说喝下去了。我到厨房里的水池里去查看，孩子说：真的喝下去了，爸，你要不信，我再给你吐出来！孩子的嘴角残留着血，还沾一根黄鼠狼的毛，我替她擦了流着泪，说：谢谢你，孩子！

　　在治病的过程中，孩子并没有领略到父爱，反倒在她的眼里，我是粗暴的家长，她告状给我的母亲，希望能与奶奶住在一起。这我不同意。我知道，母亲是绝对受不了日复一日的熬药工作的，更有一点，孩子住过去，我就得不停往那儿跑，而我多么不愿意呆在那个家里，我之所以婚后一直寻房子住在外边，就是为逃避家里那令人窒息的气氛。

　　父亲比母亲大六岁，他们的婚姻是服从了组织分配而组合的。从我记事起，他们就吵吵闹闹，政治观点上他们看法不一，家里一张桌子放在那儿也是你坚持你的，我坚持我的。一吵开，父亲急风暴雨般地吼一通就再不肯言语了，坐在那里铁青着脸吸烟，母亲则没完没了地骂，骂着还要叫父亲听,父亲坐在门口,母亲就撵到门口,父亲坐在阳台上,母亲又撵到阳台上,父亲索性在他的床上拉开被子睡下,母亲还是要坐在床头继续着质问和责骂。"你去睡?你把事情不说个黄河里杀羊刀割水洗你睡不成!"母亲揭被子,父亲裹被子,被子最后被撕破了,掉在地上。我是从不参与家庭战争的,但我对于他们的这种婚姻烦透了。我知道母亲的思维和性格是父亲难以认同和习惯,我也知道父亲一直在爱着江岚,母亲越是这么闹,父亲越是相思着江岚。同样作为一个男人,我是理解我的父亲,但我是他们的儿子,我又同情我的母亲,我无法使他们和好啊!孩子的病他们同样牵肠挂肚,母亲曾当着我的面痛哭流涕:上天这么不公平啊,还嫌咱们的灾难不多,又让孩子得这种病?!我没好气地说:事情就是这样,家庭不和,灾难就多。母亲发火了,说家庭不和能怪她吗?我说:既然是这样,你们就离婚吧,各过各的,清清静静,反倒对你们的身体都好。母亲睁大了眼睛:你也这么想,这就是你做儿子的主意?真是什么样的老子有什么样的崽!我一生就是这样的命,陪伴他把苦受够了,最后还得成全他和江岚再成双成对?!

我是带着孩子去北京拜访一名大夫,原本在京城让大夫看了病开个药方就返回的,但孩子偏偏在那里感冒了。肾病最害怕的是感冒,一感冒必然要加重病情。我带她出门就害怕她感冒。可越是怕鬼就真的遇上了鬼。赶紧送孩子去医院打点滴,一个疗程得七天,我就那样滞留在了北京。

这期间,我想起了在京的江岚。我给父亲拨了电话,说我想见见江岚,父亲先是迟疑,电话那头半晌没了声息,后来他同意了,告诉了江岚的家里电话号码和住址,叮咛我一定去她家看看,一是代表他去亲眼看看她的生活,二是也托她在北京能关照一下孩子的病。但我没有去江岚家,我也只字未提我带孩子来京求医的事,我只是给江岚家挂了电话。

"谁呀?"电话一通,传过来的却是一个苍老的男声。

"我找江岚阿姨。"

"她上街去了。你能告诉你是谁,有什么事,可以让我给她留言吗?"

"我是西安来的，我叫胡亥。"

"胡亥？是胡方的儿子吗？"

"是的。"

"我是韩文。"

"韩伯，你好！"

"好，好。胡亥那我该叫你是侄儿哩！你江阿姨常提到你。我知道你是能写诗的，我也专门去图书馆借了刊物，读过了你五首诗。你写得不错，真的不错，有你父亲的才气。你也学擦像吗？"

"我不学那玩意儿。"

"噢……你父亲身体好吗？"

"还健康。"

"那就好。年纪都大了，身体是最主要的了。"

"……"

"喂，喂！"

"我听着的，韩伯。"

"……你几时到北京的？"

"我来开个会。"

"那你来家啊！你来了我和你江阿姨会高兴的。"

"谢谢韩伯。"

"……"

"也没什么事，我问候问候你们。"

"是这样吧,胡亥,咱们能不能见见面？我真想见见你。你能同意吗？我有一些话要对你讲的……

我拨通电话的时候，满脑子是如何称呼江岚，要和她说些什么，但绝没想到接电话的竟是韩文。我在电话这边已经憋得满脸通红，当他提出要见我，还要有话对我说，我就更加紧张了。但我不能拒绝他，我怎么能拒绝呢，我们就约定在一家小咖啡馆里见面了。

韩文是那么的瘦，你完全可以想象是一副骨头架子，我一见到他，就过去搀扶他，但他却拉住我的手，一直在盯着我看，说我简直和我父亲年轻时一模一样。我却尴尬得不知说什么好，只是不停地给他添咖啡，添完了咖啡，又给他点烟，然后局促不安地坐在那儿，感觉里我就是我的父亲，面对着是一位老战友和情敌。父亲，父亲，你不是让我来替你受累了吗？这就是我的命，父债子还！他站起来用手擦掉了洒在桌面的水点，又擦了几下，坐下来就把头勾下。邻旁的餐桌上坐着三四个敞着怀的男人，他们要的是白菜烩豆腐，喝二锅头，正热烈地谈论着中央政府的一些主要领导人的动态：谁好长时间没在报纸上露面了，谁的讲话里话似乎有话。后来他们就争起来，指头在桌面上嘣嘣地敲。北京人就是这样，他们永远关心着政治。

"韩伯，他们说的是真的吗？"

"他们有话痨。你真像你父亲。"

"是吗？这咖啡店环境不错。"

"咖啡到底没有茶好……你父亲头发没白吧？"

"没韩伯头发黑。"

"我这是染了的，他还留着那么个大背头吗？"

韩文的目的肯定要说父亲的事，他就这么把话题往父亲身上引，我只好顺着他的话，准备着他说出什么事来我好应付，比如，他诉说父亲的种种不是，甚或怒火攻心，有了难听的骂声。但是，韩文始终慈目善眼，语气平缓，他说了当年在延安他们是最好的朋友，父亲如何地不会演戏，而他要向父亲学擦像时父亲又是不肯教他。说到这儿，我的心放了下来，揣想父亲和江岚的婚外情他是不知道。于是，我坐直了身子，说我的父亲也是常常提说到在延安的事，说你是最要好的朋友。韩文就说：你父亲这么说过？我说我父亲常说。韩文把眼镜卸下来，又看着我，说：我们是好朋友！他开始从咖啡壶里给我的杯子里添咖啡，添过了就缓缓地说起来，声音越发低缓，有些自言自语，是在给我说，也似乎在给他自己说。

他说，当知道我的父亲还活着的时候，他是多么地高兴，那天把珍藏了十二年的一瓶酒拿出来喝，就喝醉了，江岚也喝醉了，两人都倒在地毯上，一直到第二天中午才醒来。他说：我的父亲给江岚的信他也是看过的，而江岚给我父亲的信江岚也是让他过了目，开头的信件往来，我的父亲在信的末尾写问候他的话，江岚的回信上江岚也要写上他问候我父亲的话，但后来，他发现他慢慢地变成个多余的人了。韩文的话在这里是停顿了，他看着我，说：胡亥，你愿意听我这样说吗？我说韩伯你说吧。他继续说，江岚原本是和我父亲恋爱的，这一层关系他也知道，而且在延安还创造着条件让他们约会，可是我父亲牺牲的消息传到了延安，他才和江岚结了婚，战争就这样使他们阴差阳错了。婚后的日子他是爱着江岚的，但他也是充当着我的父亲的身份被江岚爱着，他的名字当然叫韩文，做爱时江岚偏叫着我父亲的名字，他们的这种奇异的关系一直维持下来，已经习以为常。可是，韩文说到这里又停顿了，他没有看我，低了头又说下去，当我的父亲还活着，又出现在了他们这个家庭面前，问题的性质发生了变化，他已不能同意在做爱时江岚还把他叫着我父亲的名字。他们是吵闹了一个时期，而随着我的父亲又消失又出现再消失再出现，他们就彻底分居了。他说，从那以后，江岚是养着一只狗，给狗起了个名字叫狐子，他知道狐是胡的谐音，他虽然万般地照顾过狗，讨好过狗，狗却从不粘他，每天晚上就卧在江岚的床下或者床的一角，他是曾经数次遗弃甚至要摔死狐子的，但最后都因他的心软而没有成功。一次，他们的战友联欢会，江岚却要带着狐子去，他是不同意的，两人发生了争吵，那是他最激烈的一次发火，赌着气不去聚会了，并且飞跑过去抱起了狐子，扬言要把狐子摔死在水泥地上。他是把狐子高高举起来了，举起来了却轻轻地放下，而把自己的胳膊在栏杆上使劲地磕，使劲地磕，整条胳膊发青了一个礼拜。

"胡亥，我在单位是老干部，也已经这般年纪了，我只想我的晚年是平静而温暖地度过，"韩文说，"可我却是这么的痛苦。你想想，咱们都是男人……你明白我的意思吗？"

"明白……"我说。

可我还能说什么呢？这下轮到我不敢看他了，我支吾着，我不能指责我父亲是不道德的，是第三者插足，是在破坏着一个家庭，也不能指责江岚阿姨是不忠于丈夫的女人，而我又能怎样地安慰韩文，一个需要安慰和同情的老人呢？

"我不知道该怎么办？随着年纪越大，我的怨恨越来越小了。江岚原本是不该属于我的，如果世界不公平于你的父亲，我也是加害你父亲的一分子。那么，我让出江岚来？不，是我退出来？"

"……"

"这样我们都会快乐的吧。"

韩文说过了，长长地吁了一口气，竟嘿嘿地笑了两声。

北京黄昏里的咖啡馆，夕阳从街的那头斜着过来照在玻璃窗上，一派辉煌，门口不断地有人进来和出去，喷印着"名门咖啡馆"字样的门上人影在拉长和缩短，忽粗忽细。我永远记着韩文喝咖啡的样子，他没有端着咖啡杯的手柄，而是手捏着杯口，像是捏着盛了酒的小碗，非常的用劲。但是，在我们离开的时候，他把凳子整齐地放好，又把桌面上的废纸揉成了一团，扔在了大门内的垃圾筒时，他说："你能到我们家去吗，再有两天，江岚或许就回来了，我们请你吃饺子，你江阿姨的饺子馅调得好哩。"

我没有到他们家去，也没有与江岚电话联系。

11. 叶素芹

我们是在领结婚证的那天发生了第一次争执，差点这场婚姻就吹了。人生的道路在关键时往往就在那一步，踏对了一片光明，踏错了前头路就是黑的。如果那次吹了，我叶素芹也就不是现在的叶素芹，或许你要见我，你得反复让我的秘书安排约见的时间，你坐在我办公室沙发上了，你只能把屁股坐在沙发沿上，我说什么你还得掏出笔记本记什么。但是，那一天到底是把结婚证领了。风风火火的叶素芹从那时起便一日一日沉沦下去，成目前这个模样了。如今我已经老了，老得是一把骨头和松皮了，我还能怎么样呢？人常说女人是一台钢琴，男人是弹琴手，好的男人能弹出美妙的音乐，孬的男人则弹出的是一团噪音。是他毁坏了我的一生！那么他末了要甩掉我吗，现在他要甩掉我吗？哼哼，不用说天理不容，我也是热甑糕黏在狗牙上，甩掉怕是难了！

那天是很冷，水泼在地上就起了冰，我骑了自行车从成都的北郊赶到南郊，他刚刚起床，房间里乱得像是狗窝，脱下来的衬衣和袜子就在地上，被褥窝一疙瘩，一股酸臭味刺得人头晕。他说：来这么早的，脸上的肉要冻破了，进来吧。我没有进去。因为这座大通道道楼里一间房子开一个门，住着了几十户人家，我这么早进了他的房间，别人以为我昨夜就住在这里。我说：你把床铺收拾好吧。过道上摆满了各家的炉灶，我将一个压炉口的铁盖故意弄下炉台，铁盖在地面是跳着，一连串地响。果然，隔壁的门里就冒出个乱蓬蓬的头来，又缩回去，立即端了尿盆往厕所去，说：起来早？我说：起来早了班车好搭，外边开始有零星的小雪哩。那女的说：你是才来呀！胡方呢，胡方还没有起来？这夜猫子！我说刚到，今日我要和胡方去领结婚证的。她说这是好事么，便朝屋里喊：小桃小桃，让阿姨给你发喜糖呀，这可是了不起的阿姨，共产党员，全市的积极分子哩！我那时很窘，因为我身上没有装糖，弯下腰用鼻子碰了一下孩子的鼻子故作亲近状，心里却骂那女人小市民。各个房间里的人听见了我们在过道上说话，差不多都出来打招呼，说早该领结婚证了，结婚并不影响革命么，这么好的姑娘再不结婚就剩下个老姑娘啦！我说：好男人都让你们抢光了，现在是组织上把甲女配丁男么！

我进了他的房间，他已经换上了一身新衣。应该说，他人长得很帅，在衣着上也讲究，这一点我是不如他的。进门后，他就要关门，但我把门拉开一条缝，而且开了窗子，我不愿让人说三道四。他张了双臂过来抱我，我闪过了，他靠在桌前，却说：你就这身打扮？我知道他在说我的鞋，他是给我买了一双皮鞋的，但我没穿。我说脚上的这双棉鞋是我的母亲为我做的，穿着暖和。他说：人没来脚先来了！端着口杯到公用的水池去洗漱。我开始重新收拾他的床铺，被窝里有书本，有纸烟，也有臭袜子和枕巾。从床下取出脏衣要给他泡在水盆时，发现了床下有着许多揉作一团的纸，用笤帚扫出来，纸上竟留着什么斑痕，而且偶尔粘着阴毛，我立即就恶心起来。等他回到房间，我关了门，问这是怎么回事？他刷地脸红了。"你是常这么手淫吗？"我逼着他。他难堪地给我笑，赶忙把脏纸扫进了簸箕："男人都是这样么。"

　　我对他的印象就是从那回开始不好的，我没有想到一位参加过革命的人，一个有知识的人，他竟然会有这么恶心的事！可以看出，他是每个晚上躺在床上就胡思乱想，顺手将脏纸丢到床下的。他这样的恶习一生没有改掉过，如果说未结婚前他这样，是我当时难以理解，以后理解了还可以原谅他，他却是在我们结婚之后，就是我们关系正好的那些年月，他仍是不时有手淫的毛病。老婆和你睡在一张床上你还手淫，你手淫时想到的是谁呢？这当然是江岚了，或许是他的前妻，或许还有是另外的什么女人。你想想，与一个思想不健康的人生活在一起，这家庭会幸福吗？

　　那日为着床下的脏纸，我的情绪难以好，草草地吃过早饭，我们去民政所领结婚证。先是推着自行车从北大街走，走着走着，他突然蹴在了地上，我问怎么啦，他悄声说：我有些难受。我以为他肚子疼或是头晕，过去扶他，他说：我想那个了，你瞧瞧。我看见他的裤裆凸了起来，遂骂了声"流氓"，起身就走。是他后来撵上了我，给我承认错误，一定要用自行车带我，我就是这么心软，一次次容忍了他，我就坐在了自行车的后座。可是糟糕的事情又发生了，我被他带着，或许是我骂了他，他在憋气，或许他自感了自己的卑鄙，他将车子骑得飞快，以至于我从后座上跌下来他浑然不觉，气得我也不叫他，就坐在那里。三分钟后，他骑车回转来了，说：你怎么不喊我一声？我说：我这么大一个人跌下来了，你都感觉不到，我还叫你干啥？我站起来往来的路上走，他说走错了民政所在前面，我说我不去登记了。我们就在那巷口争吵着，拉拉扯扯。我实在是怕影响不好，因为已经围上来很多看热闹的人，末了我虽仍是去领了结婚证，但那一天我没有个笑脸。不幸的婚姻从一开始就有了先兆，我没有及时抽身，这也活该自作自受。人是有气味的，气味投了就能成朋友，就能成夫妻，我和胡方的气味不投。我现在恨胡方，恨我，更恨我们的老书记，他是乔老爷乱点鸳鸯谱，胡乱的拉郎配了！

婚后的日子，我们在一起其实并不长，他第一次是去了青海，那几乎是六年，"文革"中又住牛棚又去了乡下，前后三年，"文革"后我们几乎就不在一起了，他长年住在永宁宫。他这一生，也够坎坷的，可这怪谁呢？一个知识分子，说你清高，你比谁都清高，和我怄起气来，说话像镢头往你心头挖，我气得咻咻地放不下，他抱了书在看，或者是就画他的画。说你龌龊吧，却比谁都龌龊，给王明画像，给毛主席画像，给那个游击队司令画像又给周恩来画像，我算是看透了，谁的像你都画，就那么没个骨头？！到青海去，我不能不在政治上与他划清界限呀，作为女人，我能容忍他隐瞒婚事吗，而且还有私生子，私生子竟找到门上来了！那时的社会形势莫测，人人自危，多少大人物都把握不了自己，何况我一个女人家？

他被抓进牛棚后，我和孩子整日在家提心吊胆，那过的是什么日子？！路上遇见人了，往日关系不好的，要不昂个头走过去，要不经过身边了，还在地上唾一口。往日关系还好的，则一瞧见我们就拐到另一个商店去，或者扭了头看天。他的一个朋友，先前没少来我家，好吃好喝的都让他，一出事，明明瞧着他从巷头走过来了，却进了路边的厕所就是不出来。他不出来我偏站在厕所门口等他，我说：厕所里的臭气你该闻够了吧？！他应声了：嫂子，你饶了我吧，我要入党哩！我一块石头丢在尿窟里，尿水从蹲坑口溅上去，我听见他在里边叫，我说：你入吧，入吧！这人到底是入了党，但他没有揭发我，他还算是个好人。

关胡方的牛棚是设在一个小学校的。关了两个月，过春节了还不放人。大年初一我炒了一斤肉，我没让孩子吃，可怜的胡亥拿个煮熟的猪尾巴，过一会儿嘴唇上拭拭，过一会儿在嘴唇上拭拭。我们把肉一片一片装在大茶缸里要给胡方送去，校门口站着哨，不让进去，我好说了歹说，末了睡在地上打滚耍死狗，人家才允许进去，但还是一个人进去。我让胡亥进去，胡亥不一会儿哭着出来了，说他爹腿一跛一跛的。我说你爹从青海回来后腿上一个大包就已经是跛子么。胡亥说，原先跛的是右腿，现在左腿也跛了。我想被打断了？胡亥说是脚被打烂了，袜子黏了血脱不下来，黑来睡觉老鼠啃吃有血的袜子，把脚后跟也啃吃了一个坑，腿就跛了。那时候，老鼠都是革命老鼠！茶缸里的肉，胡方没有吃，他吃不下去，让胡亥又原封不动地拿回来，并让胡亥转告我，什么组织都不要参加，哪里也不要去，就在家呆着，还让把那些笔纸收拾好以免被抄家。我听了他的话，老老实实在家呆着，将他的笔纸藏在了席顶棚上。那一段日子，我快要撑不住了，我得有个倾听者听我倾诉呀，想来想去，找了单位里平日与我关系最好的一位。我说：你看老胡这一次能过去吧？我明明知道他的问题严重，我询问这位朋友而这位朋友也压根说不清事态的发展，我为的是她能说一句安慰我的话。可我的这位朋友偏偏不说安慰我的话，她说：老胡这回恐怕是不行了。我回到家里哭了一夜。

　　我这么样地待承着他，他却把天大的事瞒了我。这天，我记得是下雨的一天，雨下得屋檐吊线，单位里来了人，是个女的，坐在收发室里打探胡方。收发室里没有多余人，就张德顺那个本分老头，问她是胡方的什么人，她说是胡方的女儿。胡方怎么会有这么大个女儿？张老头就把她撵走了。过后又来把经过说给我，我说这年月我们都是孙子，还有人来认老胡是爹的？心里却犯嘀咕：莫非胡方有瞒我的私情？！女人对政治上的事是迟钝，在男男女女的事儿却敏感哩，我可以跟着你上刀山下火海，我却绝不能允许有别的女人进入我的家庭！胡方被准许从牛棚回来治他的腿伤，他的左腿是不跛了，右腿却跛得厉害。我要他进医院动个手术，将那个包切开，他坚决不去，只是敷些消炎膏药，他的意思是治好了腿还得去牛棚，不如就在家慢慢养着。我在家把他背出背进，他没有一句提到这些日子里我和孩子是怎么熬过的，只是问那些笔和纸，从席顶棚上去取笔纸，画过的和没画过的纸全被老鼠啃吃成了一堆纸片，我说这老鼠莫非也是造反派？他却说你瞧瞧，老鼠仍是懂得什么是好东西哩！他就是这号人，别人心都愁成一疙瘩了，他却还说趣。我就板了脸，追问他有没有个女人，而且这女人还有了你的孩子？胡方当下脸上不是个颜色，但他想假糊涂，问中午吃什么饭，能不能做一顿米儿面？我一下子拉了条凳子就挡在门口坐了，说：我问你有没有个女人？今日你不说个明白,你休想从这门里出去!胡方这才将他在陕南被俘时发生了娶妻生子的事说了一遍,但他发誓从那以后未与那母女联系。胡方这些话我想应该是真的,我愤怒的是他在与我结婚时却没提及此事,我是共产党员,我是积极分子,我更是一个处女的身与他结的婚,到头来我嫁的是一个二婚的男人!我和他吵,委屈得哭,骂他是流氓骗子,甚至在他脸上抓出了十条指甲印。我们的吵闹惊动了邻居,有人就汇报了革命委员会,我便被叫去查问了。到了这个时候,我才意识到了问题的严重性,我只从感情上来考虑,他们却上升到政治,抓住了胡方的叛变革命的又一重大证据。胡方就又被抓去了牛棚,抓他去牛棚那天,他的腿仍是难以行走,四五个造反派来拖着他走,门前的场上就拖出一道土痕。

　　我这一生,可以说,全毁在了胡方的手里。婚前我是被组织重点培养的对象,我也自信能当个科长、处长甚至局长的,可自从嫁给了他,仕途上受尽了牵连。从三十岁起当干事,一个一个我经手招干进来的人当了处长和局长,我到退休了还是个干事。胡方除了政治上影响我外,他能帮我什么忙呢?仕途上是研究人际关系的,我不收拾打扮胡方有意见,我拿了烟茶送了部门领导胡方有意见,逢年过节我去各位领导家去坐坐胡方更有意见,"我不是主妇型女人,"我对他说,"你权当娶了个领导干部吧,你见过哪位领导干部整天呆在家里?!"胡方却噎我:"可惜你不是领导干部么!"是的,我不是领导干部,我是个干事,老得没牙的干事。当我对仕途灰心丧气的时候,我的脾气大起来,单位的同志可能议论我性格古怪,古怪就古怪吧,难道世事对我如此的不公平还要我对任何人都赔笑脸吗?

　　我承认我是可悲的。在相当长的时间里,我只是防备着与胡方曾经有过短暂婚史的女人,担心她们有一天要走进我们的家庭,可我真傻,竟然就不知道还有个终生让胡方牵挂的江岚!人说,不怕贼偷就怕贼惦记,如果胡方以前结婚的女人是在乡下,人的模样也不如我,我自信即便那女人走进了我们家,她会难以撼动我的,可江岚她也是老革命,是电影演员,气质高贵,我的自信心就没有了。我的傻就傻在我在那么久的岁月里没有想到江岚是我最大的敌人，而那一次胡方被抓走之后，来探望胡方的江岚我是多么感激她，同她在一起哭哭啼啼。胡方数次去过北京，我哪里能想到他趁机去约会呢，竟还每次精心地给他收拾行李，为他添置新衣。作为女人，我真是太失败了！

外界在议论着我有洁癖症，这是胡方首先说出去的。他说这话是为了诋毁我，可我真的不相信了一切，越来越害怕这个世界的污染了。我只能洁身自好。胡方是不满我半个小时或者一个小时在水池上用牙刷洗手，不满谁坐了我的床就立即清洗床单，不满他要上我的床须洗脚洗屁股，不满在做爱时我突然情绪败坏将他推翻。可胡方想没想过，我为什么会这样呢？我是一想起他与别的女人的事就恶心，觉得脏！

"我和江岚并没有那种事！"胡方站在床下，不止一次地这样说。

"可你心里有她，你在我身上的时候你会想象着我是她！"

我这么说着，故意要再次考验他，如果他真对我好，他再给我解释一番，再赖一点，我是会尽作为妻子的一份责任的。而胡方呢，他竟一甩枕头出去了！出去了就画他的画。整夜地画，画坏了他把纸揉得满地都是。

12. 訾林和胡方

火葬了尸体，胡方的骨灰盒就存放在了那里的灵堂内，我去了永宁官疗养院，收拾他居住过的房间，整理遗物。叶素芹因为悲伤和劳累，她的肝病又犯了，她没有去疗养院，打来电话：把老胡的衣物就在那里烧焚了吧，他那些东西拿回来，我瞧着心里难受，如果他地下有灵，他也不愿意将他拿出去的东西再拿回家的。胡方的衣物也真的没有什么好的，我只留下了笔墨纸砚和一些书，这些或许可以留给胡亥，也可以给我和景川留些纪念物。我企图把江岚写给他的信能找出来，但抽屉里没有，床铺下没有，那一只皮革已经发硬皲裂的皮箱里也没有。后来我在景川的那所屋子里见到了江岚，江岚痴呆呆地坐在地上，面前是一个脸盆，脸盆里满满的灰烬，我以为她是在为胡方焚化冥钱，她说焚化的是多年来她写给胡方的信。原来胡方从疗养院到这所房子来的时候，所提的皮箱里全是江岚给他的信，他可能要让江岚再看看她写过的所有信件，而江岚将其焚化了，是要他继续带着那批信到另一个世界里去。我们永远不能知道那些信的内容了，我想，那一定是美文，但我们没有福分欣赏。然而我在永宁宫的房间里收留了几尺多高的画纸，那些纸上全画着陶瓶和陶罐，且陶瓶和陶罐的形状一成不变，仅仅角度不同，可以想见，他是长年累月地对着一只陶瓶和一只陶罐不厌其烦地画，重复地画。这令我震惊又浩叹不已。当在院的角落，那一棵枯秃其顶的梧桐树下，黑烟滚滚地烧焚了他的一大堆衣物，我最后一次坐在房间里的他曾经坐过的旧藤椅上翻阅那些画纸，在画纸中偶然发现了其中的四幅背面记有文字。有两幅是放在画纸堆的底层，地板上的潮气使纸面变硬，有水渍印出一块一块痕迹，某些文字模糊不清，而放在最上面的两幅，明显的是他最后离开这房间前写的。胡方没有记日记的习惯，在他所有的遗物中的稿纸上、笔记本上从来没有记载他和江岚的事，但这四幅的背面却都是这方面的内容。我读着是那样的激动和伤感，如孤身在山中突然发现了一个石洞，产生了无比的好奇，打着火把钻进去，可这些文字记载的事使我陷入了极大的疑惑，似乎从未听他提及过，这又犹如我在石洞里迷失了方位，甚至寻不到继续深处的道路也寻不着了来时的入口。房间的北面窗顶上是一张织得很密的蛛网，一只黑色的蜘蛛吊着一根丝垂下来，静静地就在半空。这蜘蛛一定是胡方养的，或者在他的保护下人蛛共于一室。我死死地盯着蜘蛛，觉得那是一个问号，是一个密码的键钮，我叫了一声"胡老！"声音渐渐地被四壁吸收和销蚀，安静下来，隐隐地却产生了一种古怪的振动，传递着昏暗和荒园隐藏的恐惧，突然间，一群野鸽从窗外的树丛中惊起，拍打的翅膀撞击着屋檐，飞过了枯树顶和浓浓的黑烟。

事后，我将这四幅画拿给了景川，问：你知道不知道这些事？景川的回答是不知道。我也询问了江岚、胡亥，甚至叶素芹，他们也搞不清楚。我就怀疑胡方生前一定患有精神方面的病的。但我又否定了自己，那最后的那一段文字里却怎么写着他火化后的事情呢？我就毛骨悚然起来，觉得胡方的灵魂还在，如气体一般就附着于越来越朦胧的房间里，在注视着我读他的隐私。

离开西安，我到了北京。如果说楼房是人造的水泥山，北京简直是十万大山。她是住在×街×巷×楼五层东边的那个门里，我站在了她家的门口。

那门板是那么的厚，是一层一层人影叠起来才那么厚的，如千层的鞋底，我的影子也叠了上去。我已经第三个晚上站在门口了，我呜呜地哭。

江岚翻了个身，睁开了眼睛，黑色的眼睛看见了黑暗中隐约的衣柜、书架、桌子和一盆长颈瓶里插着的菊。长颈瓶是五天前在旧货市场上买的，为的是瓶上有着"破瓶不嫌秋菊老"一句诗，便特意插了束菊的。

菊在幽暗里是否脱落下一片花瓣，淡淡地却浮动着一股香气。她静静地一动不动，然后轻摇了韩文，韩文迷迷糊糊一下子坐起来：嗯，怎么啦，怎么啦？

"什么声音在响？"

我还在呜呜地哭。

"是风吧。"

韩文安安下来，仄了头，一双招风耳耸了耸，他还是那一双招风耳，虽然还可以动，但已经不再是肉乎乎的招风耳了，干瘦得像萝卜片。"北京的秋里常起风。"

他们又睡下了。

我不能进去。我完全可以进去，但我不能进去。韩文是老了，他老得比我快，床头柜上放着眼镜和浸泡了假牙的缸子，身子弯得比以前更厉害，侧睡在那里实在像个大妈虾。我变成了一只苍蝇从门缝里钻了进去，开始飞临到每个房间，查看着那里的一切。房间里的面积并不大，收拾得极其干净，她仍保持着当年的习惯，在枕头上垫一块小手帕的。现在她的脑袋就仰放在小手帕上，头发浓密，扑撒一堆，有一丝牵扯在枕头角，窗外的夜光使脸显得白生生，高鼻梁和棱起的嘴角明亮了线条。她没有噗儿噗儿的呼吸声，我知道她并没有睡熟，只是闭了眼睛还在想着真的风，那怎么这会儿又没有响动了呢？我轻轻地吻了她的额头，又吻了她的鼻子，她是没有睁开眼，鼻子皱了一下又安静了。我终于大了胆子，去吻了她的嘴。我是吻了她上嘴唇人中的那个地方，那个地方在年轻的时候一出汗就湿汪汪的。她终于挥了一下手，眼睛睁开了，而且打开了床灯。

"房间里有苍蝇啦？"

她说，眼睛看见了我，我站在了床边放着她的衣服的椅背上，我也拿眼睛看着她，她认不得我。我晃了一下脑袋，并且用一只前爪抹了一下脸，但她仍认不得我是谁。

我向她飞去，原本要她更清楚地看着我，为她唱歌，为她跳舞，为她诉说我的相思，说：我是胡方！但她认不出我。她有些惊慌和娇气，大声地叫着"房间有苍蝇了"！韩文再一次醒来坐起，说：窗子关得好好的呀，你睡吧睡吧，我给你赶着。

我飞近一次，韩文挥赶一次，我再飞近，他再挥赶。他说：讨厌！我为我的勇敢而得意了。当他又一次挥赶后，我斜飞上了天花板上，在那里连续飞翔了三圈后又俯冲下来，我是落在了她的耳朵上。我又一次闻到了肉香，我把口水涂抹在她耳朵上。

"你这讨厌的苍蝇！"韩文一定在骂了，"我有这个权利吗，我得宣判你的死刑了！"

我痛快地扇动着翅膀，心里说：谁有这个权利？！你应该离开这个床，离开这个房子！

韩文真的离开了床，天呀，瞧他的那双腿，干瘦得像个木棍，他已经患有严重的脉管炎，血管像鸡肠子一样附在小腿肚。他开始在床边的地毯上立定,环视四周,似乎要去拿桌子下边的那个蝇拍了,却径直去了卫生间,然后很久没有出来,听得见稀稀淋淋的尿声。哈,这家伙有前列腺炎了,他的小便困难到像没有关紧的水龙头,一滴一滴尿跌在便池里,发出嘀嗒嘀嗒浊响。这下我就再一次吻着了她的眼睑,鼻翼,腮帮和细长的肩胛,她迷迷瞪瞪摆着脑袋,手盲目地在那里挥了几下。当年我吻她的时候她就是这个样子的,不断地抗拒着,又接受着,嘴里连续不绝地骂:你坏,你真坏!韩文从卫生间出来了,他从桌下取出蝇拍,恶狠狠地向我拍来。

但韩文是拍不中我的,我落在了枕头上,又跳上了被子,又站在了桌面,又爬在那面穿衣镜上迅速地将我的气息留在了镜面,我要让她在照镜梳理时能感觉到我。最后,气喘吁吁的韩文坐在了椅子上,举着蝇拍茫然四顾,而我偏偏就落在了蝇拍上,等他看见的时候,我飞出了房间,在门口满足地发笑。

我每晚都这么来光临,当然我也不忍心如此干扰了她的正常睡眠。当我们第一次在北京见面,当我知道了她的丈夫是韩文,我是难以接受的。我问过:你过得好吗?她说:无所谓好坏。我说:就这样过下去?她说:过呗。我心里瞬间产生过一丝恶念,我给她讲了我在乡下的一宗见闻,乡下人早起拾粪是雷打不动的功课,我的邻居老头就是那样。有一次中午我与他去赶集,半路上老头大便了,就蹲在地堰后拉下一堆,可他提了裤子已经离开了石堰,却又返过去,端一块大石头将他的粪便打得四溅。

"你知道他为什么要打溅他的粪便吗?"我说。

"不知道。"

"他不让别人拾他的粪。"

"你知道这是什么吗?"

"什么?"

"这就是农民意识!"

"我可是知识分子!"

她微笑着望着我,说:"你是知识分子!"

当我飞出了房间，在门口满足地发笑，我记起了她的这段话。在再一次飞去了×街×巷×楼五层东边的那个门口，我没有变成苍蝇进去，我是让她长长地做梦，梦里读很厚的一本书，书里的情节就写着过去延安的一幕。她就醒来了，她是不情愿醒来，因为那书里的情节是她到处在寻找一个僻静的地方约我见面，但每寻到一个地方都有人。小便憋醒了她，恍恍惚惚里她也似乎觉得刚才的一切是在做梦，可她希望梦能继续，要寻找的地方还没有寻到，就闭着眼，摸索着去了卫生间，然后回到床上轻轻躺下。梦继续了，梦里还在读书，书里还在演绎着寻找一处僻静的约会地。她最后是哭醒了，醒来了记起我曾经在给她信里的诗句：

把擀杖插在土里，
希望能开朵红花；
把石子丢在水里，
希望能长条尾巴；
把白纸压在枕下，
希望梦印出图画；
把邮票贴在胸前，
希望把心寄给她。

她哽咽不已。韩文紧张地起来给她倒水，说：做噩梦了？那毕竟是梦么，还这么当真！她没有言语，没有喝水，重新睡下还是没有言语。天亮了，她坐起来，看着韩文在穿衣服。

"你早上起来想的第一件事是什么？"她说。

"去买豆浆油条。"

"人呢，我问的是想起的人。"

"让你多睡一会儿。"

她长长地叹息了。

"我怎么老想到延安的事？"

"人一老就爱回忆,你老了……"

"我老了?"

她喃喃着,叫唤:狐子——狐子——

我在门口震了一下,狐和胡谐音,在延安时只有我和江岚在一起时她这么叫我。现在她在叫我?我正欲回答,而汪的一声,跑到床边的是一只狗。她叫唤的是狗。

这狗我是认识的,它是热泵站的那条母狗的子孙,当年我带着母狗新生的崽子到西安,崽子长大后再与别的狗交配产下三只小狗,将一只送给了江岚。这小狗呢还是小狗和小狗或是小狗的小狗?其模样已经不是了土狗,也不是那种洋狗,它非土非洋,非大非小,形状怪异,面目丑陋,但热泵站的母狗是它祖先,这点我认得出来!

韩文出门去买豆浆油条了,他一边下楼一边甩着胳膊,而且伸出大舌头在口腔里来回搅动,搅得满口的口水,然后咕咚咽下去。这种吞咽口水是养生的一种。韩文还想活多少岁吗?与我谐音的狗尾随出来,看得出韩文并不喜欢它,回过身跺脚,狗就停下来,将一条腿搭在墙壁上撒尿,汪汪地骂着走远的韩文。我立即近去抱着了狗,我说狐子,狐子看着我。我也是狐子。

我把我的气息完全地给了狗,放下来,我说:去吧,你代我永远在她身边。

13. 冬梅

娘生下了我,爹就走了。

听娘说,那天是我的满月日,早晨起来,风一丝也没刮,娘逮住了芦花母鸡，一边将指头塞进鸡屁股里探试有没有一颗蛋要生下来，一边指派爹去街上买酒和割豆腐。爹欢声应着，从炕席下取出仅有的五块银元揣在怀里，按了按，又拿出了三块放回到炕席下，却把一米汤浆得发硬的夹袄套在衫子上。娘说：天还不凉，你穿得那么厚捂蛆呀？爹说：夹袄上没补丁么。爹是爱体面的人。他把夹袄穿整齐了，过来抱起了我在脸上亲，我哇哇地哭，尿了他一怀，然后他说你这个臭娃娃，就走了。走了再没回来。

可见爹的出走是蓄谋已久的。

我是被娘带着到了王家，陕南的风俗称这是拖油瓶。继父是个本分的农民，虽然这也由姓胡变成了姓王，但我无法抹去生父的影响，就在我长大以后，县上来人招收地质工人，我政审没有通过，又来招收过养路工，即每日扛着锹在公路上铲沙填坑的工作，我仍是因爹的事被否决了。我曾经咒骂过爹，你既被国民党俘了还要再到共产党那边去，为什么就同意和我娘结婚呢，如果和我娘结婚是逼迫所致，那又何必生下我呢？离开了我们娘俩就离开了，你在共产党里好好干，解放了当个老革命老干部那也好，我不沾什么光也不给我带什么灾，可你偏偏又什么都不是，还落个一堆的罪名，便使我一生没好日子过。

那一年，村里的小学有个教师要生孩子，需要个代理，我毛遂自荐了。就这么一件小事，公社仍是研究来研究去，最后还是一个副社长说我的性子好，字也写得好，才把我选上。毫不夸张地说，我是胜任小学教师工作的，校长和教师们对我的印象很好，当那位女教师产后回到了学校，我并没有被辞退，反倒过渡到民办教师的资格。我就是在当民办教师时婚嫁的。

丈夫是关中平原人，在青海油田当工人。陕南人把关中平原称作是山外，山外的人长得不好，庄稼却长得旺，能吃上馍馍，何况那年月工人的地位非常高，荆子关人都说我掉进福窝儿了。娘也说：冬梅长得丑丑的，命还壮！其实我不丑，只是眼睛细了点。自从有了女儿，我调动到了丈夫家乡的学校，那时继父已经去世，娘就随我到了山外。记得带着娘从陕南坐长途汽车到了西安，我们站在车站广场上等候着去县上的班车，娘突然哭了，说：冬梅，你想你爹不？

"明年清明我会回去给爹扫墓的。"

"不，我是说你亲爹，他就在这个城市里。"

"……你说咱们去找找他吗？"

"找他老东西干啥？！"

但我还是在安排了娘在小旅馆里休息的空当偷偷去寻过生父，单位是找着了，人却没有见到。我那时去见生父并不是心里牵挂他，而是要让他瞧瞧没有了他而他的女儿依然活得好好的，当知道他被批斗着，我甚至有了一种幸灾乐祸的快意。这些我都没有给娘说，搭上去县上的班车，娘就开始呕吐，难受得像要死去的样子，我知道娘心里不畅快，从此再不提说生父的事。但是娘在临死的时候，叮咛着我可以去寻我的生父，"他毕竟是你的亲爹，"娘说，"我一死，他就是唯一的亲人了。他若过得不好，你应该去看看他；他要过得好了，你也就去让他照顾些。"我还没有去见他，他便给我来了信了。爹的信是他的问题得到解脱后写给我的。事后我知道他是从专案组外调人员那里弄到了我的通讯地址。那一日，正碰着丈夫探亲回来，我洗着衣服，他教女儿认字，认的是光明二字中的光。

"光！光！"他念道。

"光！光！"女儿跟着念。

"光！光！光明的明！"

"光！光！光明的明！"

"不对！"

"不对！"

"是光明的光！"

我格格地笑了，说："你别教了，就凭你肚里那点儿墨水，还是讲讲油田上的故事吧！"这个时候，门前自行车铃响，邮递员将爹的信送来了。丈夫问谁的信，我说我爹的信，他要认我这个女儿的，你说认不认？丈夫说：是咱的爹怎不认？只怕爹是知识分子看不上大老粗女婿的。我说他看不上你了那我就不去。丈夫说明日去我陪你去。我那时却并不急切，说以后再瞅个机会吧。没想，当我终于去见爹的时候，我的丈夫却永远地躺在青藏高原上了。

我的丈夫是个老实人，他非常的爱我，我说一件事你就知道了。我第一次去青海探亲，正碰上油田会战，第二天他就离开住区去了工地。他那时还不是正式司机，跟着一个叫来顺的师傅学开车，这回运的是建房钢材，车在离住区八十里外的地方却抛了锚。车在荒原上抛锚，那可是要命的事。这个晚上，他们师徒睡在车上，等待第二天中午另外的车来转运。但是他却在车上睡不着，竟徒步赶回到住区。鸡叫五遍的时候，房被突然敲响，我开了门，他满身汗水的就站在门口。我吓了一跳，问出什么事了，他说车在路上抛锚了，我问他怎么人就回来了，他说：我想你么！我又气又心疼他，赶忙给他烧水洗身子，换衣服，又开始做饭，他却说没时间了，抱我就往床上去。我气得说：你就为这事回来的呀？！虽然气着，却可怜了他。干完了那事，我再做饭，他嫌来不及了，在口袋里装了几块黑馍，灌了一壶水就要走。走出门了又跑进来，再次把我压在床上来了一回，末了咬得我浑身是牙印。我说：你还要命不要，这么大的劲，那我没来你又咋活的？他说：那基本上靠手么。我骂了他一句，推他出了门，他一走，我却为我这憨丈夫哭了一场。陕西关中和青海油田相隔数千里，那些年里不是他回来休假，就是我去探亲，挣的钱一半就交了路费，尤其有了孩子，相互难以照顾，日子越发紧巴，但民办教师是无法调动的，我就想辞掉了工作也去油田。在油田住区，我给别人洗衣服和打扫住区卫生生活了十年。我哪里又能知道我在油田生活的那几年里，我的生父也就在青海的油田上！他所呆的那个热泵站我虽没有去过，但那里离我居住地方不过五百里路。在戈壁沙漠上相隔五百里算什么呢，作为一个女儿，自己的生身之父在那里受罪受苦，而我离得那么近却未能去照顾他，甚至去看一眼，每每想起来我心里就不是滋味。

我的命运就和我的母亲一样悲惨，我的生父生下了我而我还没有认得他的时候他走了，我和他在一个油田上还没有见过面，他又走了。活该我的命里是不该有个父亲的，叫一声父亲就是那么的沉重和艰难！

我的女儿是上帝对我的一种精神上的安慰和补充,她真的如花似玉,又性情温和。但她仍继承了外婆和母亲的悲惨,就在她十三岁的那年,她的父亲也死了。丈夫死时已经是一名很出色的汽车司机,那一天原本是他的休息日,来顺要开车去鄯善油田运一批物资,问他去不去,他就跟着去了。他走的时候有些感冒,清涕流得像滴水一样,我劝他不要去了,他说鄯善的萝卜干便宜,去了可以买一袋萝卜干。那时一个挣钱要养活三口人,他还要寄钱给乡下的父母,每顿饭就只好多煮些萝卜干充饥。他俩去了,他也真的买了一袋萝卜干,但他们在返回的路上车发生了无法修理的故障。而这次抛锚是在沙漠的深处,走是难以走出来了,只有在那里苦等。可怕的是就在那天夜里发生沙尘暴。那是十几年里最厉害的一次沙尘暴,飞沙走石,狼哭鬼叫,他们先是坐在驾驶室里,任沙石将车的漆皮一点不剩地刮去,到后来车就被吹翻了,艰难地从驾驶室的窗子里爬出来,一股旋风又将他们像树叶一般刮去了。说来也怪,他被刮走后摔落在一片胡杨林里,没想他在胡杨林里却碰上了也刮过来的师傅。两人抱了哇哇地哭,哭过了认定这么大的风沙里两人竟能刮在一起,预示了天是不灭他们的,就坚定了信心无论如何也要走出那片沙漠。但他们迷路了,走了一天,又走了一夜,企图寻着汽车和汽车行驶的那条公路,却怎么也寻不着。干粮没有带出来,水壶也没有带出来,第三天的上午他们就实在走不动了。为了保存体力,不至于被火一样的太阳把人烤干,他们在沙地上挖坑,挖得十指全出了血,终于挖到潮湿的沙层就爬进去,将整个脸贴在沙上,用口鼻吸那一丝潮气。这么熬过正午,太阳一过去两人又继续往前走。说着吃的,说着喝的,刺激着往前走。已经走不动了,只能像虫子一样往前爬。来顺已经爬到前边去了,我的丈夫还在后边停着不动,嘴张着如晾在干滩上的鱼。来顺说:你吃呀不?丈夫还不言传。来顺再说:你还喝呀不?丈夫还不言传。来顺说:你还和冬梅睡呀不?丈夫睁开了眼,爬了上来。爬了上来,丈夫竟开始说他和我在一处的事。事后来顺告诉我,丈夫把什么事都给他说了,甚至他问来顺:你说什么事最幸福?来顺说:你说呢?丈夫说:和冬梅睡觉。来顺没想到他会说这话,问:还有呢?丈夫说:歇一会再睡。来顺给我讲这一段事时，我没有怨怪丈夫思想落后，也没有脸红，只后悔平日里没有完全满足他的要求。他们就这么说着话爬爬停停，到了半下午，他们难以再说话了，先是尿着尿来喝，再后一滴尿也尿不出来，脸上的肉就一层一层往下掉，耳朵干薄，眼珠缩进去，看东西都模糊起来了。来顺说：咱们要死了，都是我的错，是我不该叫你搭我车的。丈夫说：到了这一步了还说这话？！油田肯定在寻找着哩。来顺说：能什么时候寻到呢，再有半天，咱们就都要死在沙漠上了，与其这样，两人死不如一人死，你还年轻，冬梅和娃娃还在等着你，你就拿刀子来捅一刀，喝了我的血吧！来顺的口袋里还装一把小刀，他递给了我丈夫。我的丈夫一下子把刀子撂到了远方，趴在师傅身上哭不出眼泪，就那么哼哼着。来顺确实是不行了，举起手来要拍拍徒弟的脸，手触着了徒弟的脸，手却软得像蛇一样伏在那里，人昏过去了。我的丈夫大声呼叫着师傅，来顺没有醒来，而他的呼叫也只有他自己能听见。他抬起了头，看着了蓝得像海水一样的天空，他知道天空原本是火烧云的颜色而突然变得如此蓝，是自己的视力发生了病变，不久就要像师傅一样昏过去了。但就在这个当口，他看见了蓝的天空上出现了一架飞机。是直升机！是油田上的直升机，他噌地站了起来，随即就倒下去，再站起来，将衣服脱下来使劲摇晃，又倒下去，就真的昏过去了。

　　这架飞机确实是油田来搜寻他们的飞机，当发现了我的丈夫摇晃着衣服，便立即锁定了他们所处的方位。救援车到了现场，我的丈夫和来顺已经人形大变，紧急抢救，才慢慢地苏醒了。在鄯善油田的招待所里，他们分住在两个房间，服务员用水为他们擦洗身子，隔一段时间喂那么几口水。我的丈夫不停地叫喊要喝水，伺候他的小姑娘就是不肯多给，但小姑娘因去上厕所，丈夫从床上爬下来，端了在桌子上的水杯把水喝干了。越是喝越觉得渴，他看见了屋角一盆擦洗身子的脏水，就扑过去竟把整个脸伸进去就喝。天知道他能喝那么多，一盆水全喝了下去，等小姑娘赶回房间，他已经死在脸盆架下了。

　　我的丈夫是渴死的，不是喝死的，他的死使我痛不欲生，但在那个年月，在那么个缺水的戈壁沙漠上，他毕竟是吃喝而死的，我恨他的过多吃喝,也庆幸他死时是吃喝饱了,幸福而满足地死了。

我和我的女儿又回到了关中平原的小县。从此,我不再是民办教师,也不是工人家属了,跟着公公婆婆在田地里耕作。我不怕当农民,我原本就是农民。我可怜的是我的女儿完全可以农转非了,到头来依然还是农民。同样的瓷片,洁白光亮,为什么有的贴在灶台上,而有的就贴在厕所里呢?孩子没有考上大学。当有人知道了我的生父是胡方,便鼓动着何不去找找他呢,以生父老干部的资格,还不能在西安城里为他的孙女寻一份工作吗?我就是这样去了西安。

14. 江岚

这辈子我仅拍摄的是一部叫《狂飙》的电影,我算不上成功的演员,但我却以《狂飙》成名。人生有许多事情莫名其妙,比如吧,韩文也是演电影,演过十二部,他一心想闯出声名却声名不起,只好改行从政,而我一夜成名,容易得使我总觉得不真实,世事在哪儿出了差错。记得影片上映后的半年内,观众给我的信特别多,每天从收发室用麻袋把信提回来,几个小时里我们的工作就是处理信件。韩文总是用剪刀剪开信封,然后掏出信页交给我,他是不阅读的,因为这是给我的信。但韩文却反对我看完信就把信撕了,而替我把那些信封都保留下来,三十封一沓,三十封一沓用皮筋扎了,整整齐齐摆放在书柜顶上。他说,这是一份荣耀,如同在战场上消灭了敌人,并不把尸体带回,只割下耳朵用葛条串了回来邀功一样。

"这些东西要留给咱们的儿子,让他也知道他的母亲当年是一名艺术家哩!"

"那他的父亲呢？"

"他的父亲是高干！我已经为我设计了，三年里由科长升到处长，再三年由处长升到局长，再再三年到部长……"

他把我撕碎的信纸装在一个竹筐里提到屋外的垃圾坑倒了，返回来又将一些摘下的菜根拿出来倒在垃圾坑。

"你瞧你，不会一块都拿去倒吗？"

"各是各的垃圾呀！"

韩文就是这样，始终一副文质彬彬的模样，做事按部就班，规矩客气。他的一生从未犯过错误，但也从未得到表彰和重用，任副主任后，好多岁月过去了，只是把副字去掉，部长仍然没有当上。他当然有意见，但在家里从不把单位的委屈给我说，他守纪律，也怕影响了我的情绪。他爱我这一点不用怀疑，从结婚的那天起，他就开始宠惯着我的坏毛病，比如懒惰，挑食，任性和发脾气。我以前也觉得找到他做丈夫是一种庆幸，我的同事和朋友们也常常在指责她们的丈夫时说：你瞧瞧江岚的丈夫，人家要资历是老革命，要模样是一米八四的个头，可人家在家里都干了什么，对江岚又怎么样？但我慢慢对不温不火、不冷不热的家庭日子厌烦了，我真盼望我的发火得到回应，他能急起来，大声对我咆哮，甚或摔破碗盏，我的生气不需要劝慰而需要发泄，我的无理不需要容忍而需要制服。但我得不到。我或许是贱的，是狗啃骨头，不为着骨头上有多少肉而兴趣在于品尝骨头上的一点肉味，或许是鸡，站在了麦堆上也是刨着吃的。但我是女人，女人是水中月，拨开水面了月就更深，是山头的云，登上山头云却还在远处。

"喂，你在干什么？"我冲着厨房喊，因为韩文在厨房里弄出很大的拍桌声。

"桌缝里有几粒芝麻。"

吃完饭韩文在厨房收拾碗筷，我看见了他一只手猛地拍着桌面，一粒芝麻就跳上来，立即另一只手伸过去接住了，放在那半碗剩饭里，他呼呼噜噜地往嘴里刨。

"那一粒芝麻能给你添多少油水？"我说，"让你把那点剩饭倒了，你又往嘴里塞！"

"浪费了不好。"

"吃到肚里就不浪费啦？！"

"我这胃好。"

"你硬是这么吃着吃成了平庸！你见过凤凰吃什么吗，它只吃莲实和醴泉，它所以是凤凰！"

我生气把小房门掩了，屋里安静下来，可过了一会儿，他开始敲门。当我们新迁了大的单元房后，就分开房间居住，他从不贸然闯进我的房间，进来时要轻轻敲门。

"进来！"我恨不得他一脚把门踹开。

他进来了，衣服穿得整整齐齐，头用梳子梳过，梳子就装在上衣的口袋里。他蹲下来帮着我分捡又一批来信，说：这些信封要保存的你怎么也撕了呢？我伸手去搓乱他的头发，说：你只管分捡，话那么多！

我继续阅读着撕开的信页，突然一封信一下子令我跌坐在了地板上。信不长，是这么写的："我看过了《狂飙》，饰阿芬是你吗？你的名字就叫江岚吗，如果你真的是江岚，又是早年在延安边区文工队的江岚，你还记得你有一个战友叫胡方吗？胡方是从延安到了陕南游击队，解放后转业到了成都，他现在常写些小诗和文章，当然的还在画画，他是擦像的高手，他为人擦过好多的像。那么，我告诉你，我就是胡方。如果你真是那个江岚，又还能记起胡方，且愿意与胡方联系，请你给胡方来信，胡方将感到幸福并深深地感谢你！我的通讯地址是成都市××街××巷×××号。"天哪，胡方还活着！无疑是一颗原子弹在爆炸，刹那间我感觉我粉碎在了空中。一分钟后，脑袋是麻的，四肢是麻的，我完全成了一堆木头，这木头安装起来了又稀里哗啦全散了。我呜呜地哭起来，韩文被我突然的举动惊吓，赶忙抱住了我问怎么啦，我鼻涕眼泪一齐下来，嘴张着说不出话来，他慌乱中掐我人中，我大喘了一口气说：胡方还活着！胡方还活着！"这哪里可能，这哪里可能？"懵懵懂懂之中，我瞧见韩文也愣住了。

"你看看信，这是胡方写的信！"

韩文没有接信。他能在这种情况下依然保持着他的文雅,不违反看老婆私人信的规则。

"你看么,你看这是不是胡方!"

韩文这才接信读了,眼睛发亮,激动地说:"哈,他真的还活着!咱们应该联系啊,战争创造了多少离奇的故事,竟然咱们就遇上了!"

这一天中午,韩文精心做了桌饭菜,他拿出了酒,要为我们的战友死而复生庆贺。结果,我们都喝过量,神志亢奋,就在我房间的那张地毯上做爱。对于做爱,我们已经习惯了在晚上,我有我的要求,铺上了干净的床单,他到床上了,又让他去拉闭窗帘,关上灯,又让他去卫生间洗涤,打开留声机放点音乐,而且训斥着他的胳膊没有放好地方,怎么这样瘦,垫得人疼。对大白天的做爱,韩文是不习惯的,他去拉闭窗帘,又要去洗涤,我却饿虎一样把他扳倒在地,不需要他有那么多的程序。他似乎有些不好意思,又是慢慢地轻轻地抚摸我,但我则是那样的疯狂和淫荡。

"你说话啊,你大声叫啊,"我说,"你权当在强暴我,你拧呀,咬呀,使劲地打呀!"

韩文却爬起来,软不沓沓,无能为力。

从那时起,我学会了用扑克预测的本事。我的邻居住着一位比我年轻的女人,嫁着一位很著名的人物,她就常常口里叼着烟在爬满青藤的窗里摆扑克卜测自己的命运。扑克是面面相互压着摆出六层,然后将余牌翻开数字为十三者取出,再是看取出的牌上下是否同数,以同数的数字逐一分析。世间的升降沉浮,人生喜怒哀乐,全在十三个数的牌里,女人是条蛇,潜伏于阴暗潮湿的洞穴边注视着自己的猎物。我向这女人讨教数字的密码,她却让我传授怎样御夫,原来女人们都可怜的为了情爱而活着,而正如张爱玲所说,华丽的棉袍里往往满有虱子。于是我们成了朋友,我学会了扑克预测术,并且创造性地重新赋予了数字含义,自以为掌握了胡方的一切动静。

胡方终于来到了北京。

我不能请他直接到我家里来，我也不会到他们文化系统召开会议的宾馆去，电话里，我们约定了晚上见面的地点是天安门前的金水桥上。

　　整个的白天，我惶惶不可终日。给韩文的一件衬衣上缝扣子，缝好了一看扣子和扣眼不对位，拆了又缝，又不对位，末了拿剪子剪缝线，竟把衣服剪了个洞。从书架上取书看吧，看不上一页就索然无味，插上去又取另一本，另一本还是没意思，搭了凳子往书架最上一层翻寻，韩文赶忙过来扶住凳子，我就训斥他：用得着扶吗？把眼镜递给我！韩文在书桌上寻来寻去寻不着，一回头说眼镜在你手里。眼镜是在手里，刚才上凳子时手捏了眼镜的一条腿儿，我却全然忘了。韩文说：你今日怎么啦，神魂颠倒的。我说：心有些慌。韩文上街去买菜，买回来了百合和芹菜。说：你想吃什么饭，我说：随便。饭做好了，我却什么也不想吃。韩文不停地劝我，说你瞧瞧这菜的颜色、形状，你还没有食欲吗？心慌可能是天太热，百合芹菜能下火哩。我就躁了，说我的胃不好就是你色呀形呀味呀的把胃弄得越来越萎缩了！我知道我这话说得蛮横无理，倒生出一丝内疚来，在他出门上班去的时候帮他理了一下衣领，他说："老婆这么关心我！"我一掩门，却呜呜地哭了一场。

　　我不知道我为谁哭。哭过了我摆开了扑克，预测着我去见胡方是吉还是凶，我盼望是凶，是凶我就不去约会了，或者约会了仅仅是战友的重逢。但我又害怕是凶。牌一页一页揭起，几个数字里全然含了吉庆之意。那么，我就去约会了，约会是一份缘分和天意。我坐在了穿衣镜前，脸面红扑扑的，拿不定主意梳怎么样的发型和穿怎么样的衣服，也无法想象胡方现在变成了何等的模样。当你想着另一个人的时候，那一个人也正在想着你，这个道理便是我那时突然地悟出的一种感觉。我打了一个喷嚏。胡方肯定也要打喷嚏。打开柜子，一件一件衣服在试着穿，一件一件的衣服都不令我满意，穿衣镜里我发呆发痴。末了选中了一件穿上后就坐在桌前读书，竟偏偏读的是《西厢记》，我觉得我是那张生也是那莺莺，也探出头来朝窗外看，看太阳很高，恨不得也拿了绳儿一下子将它拉下来。张生和莺莺是少男少女，而我呢，已经残山剩水，半老徐娘，而且有着韩文，时间再也不会倒流到延安的岁月，我同胡方难以再有组成家庭的可能了，那我这又是怎么啦？这个时候，我才明白在我的心里一直忘不了的是胡方，我的爱其实始终系于胡方。战争，永远要诅咒的战争啊，使我们丧失了爱情而只留着一段爱情的故事！当夜幕终于降下来的时候，我脱下了那一身旗袍，也未化妆，来到了天安门广场。

天安门广场上依然是灯火通明，游人颇多，我疑惑这么多的人来闲逛什么，好像他们都是在监视我，酝酿着一场大的阴谋。我努力地保持着平静，脸色庄严，但我立即有了小便感觉，只得闪入广场东边的公共厕所里。出来了，我觉得差不多耽误了约定时间，过了三分钟，走出了厕所，远远地看见了金水桥上的胡方。是胡方，一点也没错，但胡方已经明显地老了。

我们是相互看到对方而跑向对方的，但在相距三米远的地方却停了下来。我不清楚我为什么就停了下来，停下给他笑着，是那样的迟疑、难堪和一种羞涩。而突然间胡方扑向了我，他将我一下子抱起，我的身子就软了，没有一丝力气，像一团和成的泥，他的双臂使劲地箍着软泥，我在那一阵里变粗变细，凸起来又凹下去。他的举动引起了周围无数目光的惊讶，继而反感和愤怒，我只好咬了他一下胳膊，才挣脱出来。

"让我们为我们的见面庆贺吧！"

他仍然激动地对我说，对周围人的指责浑然不觉。他是从阴间走来的，他是上帝从天上降下来的，听见他这么说，我倒后悔来时只考虑了尽快能见到他，忘了给他买一些什么礼物，譬如帽子，围巾，最起码该送一朵花吧。他却拉了我往广场边的一家小卖部跑去，他跑得很快，我几乎踏不住节奏，是跟跟跄跄到了小卖部门口，他大声地说：来一包点心！一张百元的票子拍在了柜台上，眼睛却盯着我：我真没想到还能见到你！我说：从陕南传回来的消息说你们被杀害了你知道我是怎样地哭你，我把你曾经戴过的一顶军帽偷偷埋在了清凉山顶上，现在恐怕那里还有你的衣冠坟哩！他说：清凉山吗，是咱们分手的地方吗？我的脸红了一下。他说：我怎么会死呢，我带着你的东西，刀枪不入的！我说：

什么东西，这样有用的？他说你忘了吗，你真的忘了吗？我说我只记得我身上的伤好多天才好。他就在柜台下再一次拉住了我的手，悄声说：你还是你那个样么！

"同志，"售货员却说了，"点心包好了，请付款。"

"钱不是给你了吗？"

"钱在哪儿？"

"一百元不是就放在柜台上吗？"

但是，柜台上并没有钱。而一直趴在柜台边的一个青年吹着口哨。我看着他一眼，他别转了脸口哨还在吹着。

"我明明是把钱放在这里的。"胡方说。

"那钱呢，"售货员有些生气了，"难道我收了钱还赖你吗？"

"好吧，好吧，再付一次吧！"

但是，胡方再从口袋掏钱，却只有了五分的硬币，而我的身上也恰好没有钱。我们极度的尴尬。我先走出了小卖部，随后他也走出来了，身后是售货员的话：你骗得了别的女人骗不了我！

胡方撵上来，他还在说明明是放了钱在柜台上怎么就没有呢，我说可能是旁边那个青年趁咱说话把钱拿走了，但没有当场抓住，贼会口硬如钢的。胡方说：今日要不是有你在，我须弄个水落石出不可！就给我笑笑：穷光蛋了，只能吃水果糖了！摊开手来，是五颗水果糖。这是用那五分硬币买来的，他剥开一颗塞在我的口里。

我们走到了街边一处小公园边，那里有着供游人休息的长椅、双杠和吊环。还有跷跷板，一对小儿在玩着。

"甜不？"胡方问我。

"甜！"我说。

"我这颗也甜！"胡方说，"咱玩跷跷板吧。"

他走向了跷跷板，给小儿说着什么，最后是两个小儿各得到了一颗糖跑走了，他就向我招手。我们那时简直是忘乎所以，忘记了地点也忘记了年龄，我也走过去坐在了跷跷板的另一头，他一下子将我翘起来。我格格地笑，把跷跷板又压下来，竟把他撂跌在地上。他爬起来又坐上去压，慢慢节奏就掌握了，一上一下，上上下下，感觉我们是在坐了云。但是，一群孩子却向我们跑来，全向我们伸开了手，原来得了水果糖的小儿告诉了这些孩子，说我们发糖果的，他们就群鸟一样过来，叫着叔叔阿姨。这场面使我们难堪了，赶忙离开，从大街上又往东走，回到了天安门广场，开始绕着广场旅行。广场上的人渐渐地稀少了以至于空荡无人，我们还在那里转着。转着如地球围绕着太阳，如戴着暗眼的驴无休止地走磨道。我说着我留在延安的日月，如何地受到队长的骚扰和打击，又如何去了东北直到解放后在电影厂工作。他讲了他在陕南怎样日子艰苦，又怎样被俘又逃出来参加了革命，转业到地方后生活在成都。但是，我隐瞒了我和韩文组成的家庭，他也没有提到他在被俘后结过婚而解放后又与叶素芹已有孩子的事，我们只说我们的事。天安门广场的周长是多少，我不知道，我也记不清到底走了多少圈，好像我们就是从延安开始起步的，就那么一路走到了现在的天明。天明了，第一辆公交车驶过了天安门前的长安大道，我们突然都没话了，我紧张得有些气堵，为了掩饰，蹲下身去系鞋带。他也蹲下来，看着我系鞋带。其实我的鞋带并没有松，他的手去拉我的鞋带时，我把他的手拉住了。

"还记得延河滩上你第一次拉我的手吗？"

"当然记得。"

"现在我得拉你的手！"

我把他的手吻了一下，他的手指却趁势钻进了我的口中。待取出了那根口水淋淋的指头，我将我手上的一枚戒指戴在了他的指头上。

"这是我娘临死时留给我的,她说等你从陕南回来了要我带给你……这应该是你的。"

他接受了戒指。

"我要走了，"我站起来，看着广场上的路灯突然熄灭，"我得去上班了。"

胡方突然抱住了我，我也抱住了他，我们痛哭起来，以至于我的眼泪、鼻涕和口水弄湿了他的右肩。我掏出手帕，给他揩擦肩头的时候，我瞧见了一个老大娘就站在我们的不远处。她是清洁工，拄着一把大扫帚。我说：喂，你怎么老站在这儿？她说：我要扫地啊！我们终于分手了。我上班的地点是从广场往西去，他开会的宾馆往东，他送我了一程，我又送他了一程，如此送来送去，时间一分一分过去，天安门城楼的角上已经染上了一片金色的霞光，我们宣布背靠背，喊一声走，分头都走，走过十步了，我转过身来，他却还在那里站着看我。我说你怎么不走，他说你走呀，你一走我就走，我是强迫着不再回头，小跑着走开了。

15. 冬梅

我的母亲是这样告诉我的——

他一脸的书生气。在我的心目中游击队的人都是些土匪，长得歪瓜裂枣或青面獠牙，但他白白净净的却像个唐僧，我和我的那伙姐妹们初见到他都禁不住叫了起来。荆子关这一带的水土是养女不养男的，女的都苗苗条条的身架，水灵的大眼和红里施白的脸，男人却都黑瘦，但你爹竟然是一米八的个子，高鼻梁，双眼皮。我们便议论他真是胡家的儿子吗，胡家的儿子怎么是游击队的？可想一想，这方圆几十里，也只有胡家才能生出这么英俊的小伙的。我们倒为他可惜起来了。

你的父亲当然是五花大绑了的，他是站在东边的第三个，他们的司令是站在西边，依次是一个老头，一个青年还有一个女的，都衣衫破烂，浑身是血。那棵全镇最大的槐树枝叶像伞一样遮着白花花的太阳，你的父亲一身就花花斑斑缀了树荫。他一直是分叉着腿站着，拿枪的那个兵用脚踢他的腿，踢在了腿弯处，他扑通跪下去，但又挣扎着站起来，眼睛就死盯着面前的地上。地上有几滴血，红得像撒下的几瓣桃花。

我和我的姐妹们早在前一天就听说俘虏了一批游击队头目的事，但我们压根没有想到我们在落凤泉洗衣服时突然锣声响起，大槐树下的集市广场要铡人头了。

　　铡刀是从财东王长贵家的牛棚里搬来的，摆在槐树前的土台上，按铡刀的是区公所的黑牛和二虎。黑牛和二虎端了马勺在喝酒，酒顺着嘴角和下巴往下流，喝到最后了，嘴里有酒喷在自己的身上，喷在铡刀上。一个黑胖子就开始训话，说的是共匪怎样地烧杀掠抢，扰乱治安，如何就被瓮中捉鳖，今日就要正法示众，声嘶力竭地叫喊：开铡！立即有人就架了西边那个司令，司令满下巴胡须，看不见嘴，他被架到土台子上的时候呵呵大笑，架他的人企图去堵他的嘴，但没有堵住，笑声依然放浪。满场的人都闭住了气，谁也不说话，笑声从人们的头顶滚过，槐树上的鸟就都嘎啦啦惊飞了。他就被按倒在铡座上，他还在挣扎，脚在地上使劲蹬土，以至蹬出两个小坑，便有两个人从后边抓住了腿扼住，而同时前边有人揪着头发拉直了脖子，黑虎就猛地把铡刀按了下去。但铡刀并没有铡掉脖子，几乎连皮肉也没有伤着，只留下一个白花花的印子。人群骚乱了一下，似乎黑虎在嘟囔着骂，铡刀前边的人就把司令的身子拉成斜的，二牛和黑虎同时抓起了铡刀柄，说："就过去了。听说你能吼秦腔，你吼一声。"司令侧了脸，睁圆了眼睛骂："我操你娘的——"铡刀落直去，没有出血，头颅咕噜噜滚下来，从土台子上一直滚到我们姐妹的脚前，头颅的眼睛还睁着，嘴里发出了一声"×！"而铡刀那边的身子不动了，断颈迅速地收缩，忽地喷出数尺高的血柱到槐树上，又洒下来，溅在了二牛、黑虎的身上。人群啊地一声散开，我跌倒在地上就什么也不知道了。

　　当我醒来的时候，我是睡在家里的土炕上，我的父母大骂着我和我的那些姐妹：谁让去看了，女孩子家也去看杀人？我是整整在家躺了一天，而且十天里不好好吃饭，一端起碗就想起那颗嘴里还骂着脏话的头颅，恶心得就吐。我问我的姐妹：那五个人都铡了？

　　"铡了三个。"她们说。

　　"铡了三个？"

"那个女的没有铡，她做了保安队马排长的老婆了。"她们说，"胡家的小儿子，被带走了仍关在镇公所，听说胡家掏了五百个大洋。"

但我万万没有想到，第三天的傍晚，镇公所的人来到我家，和我爹叽叽咕咕说话，爹开始似乎不愿意，后来说：这事还要给翠翠说哩。来人一走，爹说了原委，我才知道他们已决定了把我嫁给胡家的小儿子。若是往常，胡家是绝不会要找我这个贫苦人家的女儿的，这也就是镇公所的人说服我爹的理由，但是，虽然胡方是胡家的小儿子，毕竟是俘虏了的共匪，我爹也就不高兴，说我们穷是穷却不会吃粮背枪当逛山的。爹不管是国民党还是共产党，他认作当兵都是逛山。可爹是草民，镇公所让你干什么你就得干什么，爹就认了。那时节女孩子的婚事是不能自主的，当天晚上我就烧水洗了身子，换上一套新衣裳被送到了区公所，就那样算是结婚了。

你的父亲对这一场婚姻是无可奈何，这我在那天晚上就感觉到了，因为他一整夜没和我说话，也没有上炕。我抱着枕头哭了一夜，天亮时要走，他却不让我走。我就说了：既然你是共产党，被俘了你就让人家铡了头么，就是不铡，哪儿死不了，也落你是一条汉子；你没有死，当然这是人家要留个活口作娃样子，那你已经和我结婚了，却这样待我？你的父亲一句话也不说，只坐在那里吃烟，吃得满地都是烟把。我就又哭，哭我爹太软弱，让人家把他的女儿当了一个工具，哭我的命苦，怎么嫁了个未被铡头的共匪，还被人家不理不睬着。第二天，镇公所的人拿来了报，报上登着我们结婚的事，说是游击队被剿灭了，铡头的铡头，反省悔过的反省悔过了，而且还登着游击队司令的头和你爹的一份悔过书。你爹大声喊：我没有写悔过书！我没有写悔过书！来人并不理他，而且把我们赶出镇公所，让住到镇上一间破门面屋去。这件事胡家肯定是暗中出了大力，你父亲也知道他能活下来全是他父亲的缘故，但他们父子的关系并没有从此得到改善，他不愿住到胡家大院去，胡家的人也压根瞧不上我这个穷人家的女子，我们的日子就那么有盐没醋地过下去。

你的父亲是整整半个月不和我同床卧枕，他始终不笑，直到最后出走，我都没有见到他笑过。他真正认同了这场婚姻，是我遇见狼而从崖上跌下来的那天。

我们居住的房子在镇东头,不远处就是山坡,你爹已挖开了一块地,准备着种些白菜,认了命就这么生活下去。可那些日子里,镇公所的人时不时到家来,让你的父亲画画。你爹还能画画,这是我没有想到的。他们让你爹画蒋介石的像,你爹就画了,画了许多张。这些画像一些被拿去张贴在了镇公所,一张又登在当时的报上。镇公所的人把报纸拿来的那天,你父亲的脸十分难看,人一走,他扑过来就打我。他把我的衣服一条一条撕烂了,还不解气,又把我赤身裸体地捆绑在那张宽条凳上,我只说他要杀我了,他却强暴我。这就是我们第一次做那种事,他像疯了一样,根本把我不当做人,尽力糟践,末了说:"这下你满意了吧,胡方没过美人关,胡方归顺了!你走吧,你任务完成了!"

我躺在那里,血从条凳上往下流,疼痛和羞辱使我哭得声嘶力竭,他却理也不理我。我就骂道:"你真是个土匪!"冲出门往崖上跑。

我真的是要死的,想着在崖头,闭上眼睛一跳就完了,可我跑出来天还未亮,风吹得我浑身打颤,脑子就清醒了,偏偏在崖前坡上碰上了那只狼,我站住了。我站住了,狼也站住了。我和狼在僵持着,我说,狼,你来吃吧,吃得骨头渣渣都不剩下,免得让人看见崖下的尸体而笑话我!但狼却掉头走了,它并不走远,就蹲在崖头上。我向狼走去,狼龇牙吓唬我,我走不到崖头去,我再说,你不吃我你就走开,狼还是不走。狼不吃我而狼又占着崖头,我就这么命苦连死都死不了,我只好又返回了屋。连着的三个晚上,我都是去了崖头,奇怪的是那只狼总是卧在崖头上,我返回时一脚踩空,掉在了一处深沟里,把腿崴了。天亮被人发现背回了屋,你父亲这才关心起我来,抱着我哭了。给我采药敷伤,把我认作了妻子,你就是那一阵怀上的。

油盐柴米的过了一年,我生下你,你父亲仍是没有笑过。有了你,家里多了一张嘴,日子越发苦焦,你爹开始谋划着怎样挣钱来养活我们娘俩。他总是给我说如果有钱,他就搭船到南阳或者武汉去做生意,但哪里有一笔做生意的本钱呢,我的父母是穷人,他又不与胡家走动,你爹就出去为人擦像了。但我哪里又能想到,你爹对共产党的心并没有死,他谋划着挣钱是他有另外的目的，终于逮住个机会又走了。

那是个冬天，连着下了十天的雪，落得把门前的老柳树都压折了，你的父亲白天没有出去擦像，天麻黑，煮了辣子杆儿汤烫泡冻疮脚，屋外响了一阵枪声。你爹要出去看，我把他拉住了，说是拉壮丁吧，一口气吹了灯，上炕就睡。天明起来，镇上的人都在议论昨儿夜里的事，才知道是保安团和一股游击队在丹江对崖的垭子上打了一仗。你父亲听了，黑着脸闷了半天，中午，我和他去你外爷家，我想你父亲听不得枪声，到了你外爷家一家人在一块会好些。才走到镇南，你哭得汪汪的，我抱着你喂奶，你父亲却坐在那里发呆，我说你咋啦，他说我看猫哩。是有一只猫钻进了一家烟囱里，一会儿又钻了出来，白猫变成了黑猫。我才要数说他，又是咣咣的锣响，河堤上有人担着人头走，那人头的嘴里都叼着生殖器。到了你外爷家，话就传来，说是游击队的政委病死了，被人埋在了一片蓖麻地里，担心新坟地湿土被发现，连夜将那片蓖麻地都犁过了，可是，还是漏了风声，家住在你外爷家隔壁的王三告了密，保安团便将那块蓖麻地挖了个过儿，挖出了政委的尸体，当下割了头，涂上鸡血，担往县上去领功受奖。你父亲没言语。到了晚上，我抱了你去王三家说话，一家人坐在火盆上温米酒，有人气急败坏进来说：百斗来了！王三脸色大变，立即从后门就走。王三的爹也要跑，已经来不及了，就到了门前的地畔上接百斗。百斗也是游击队的一个小队长，原在王三家当长工，看上了王家的四弟媳，四弟媳守寡后，一直没改嫁，和百斗成奸后，王三家的爹知道了，把那女人吊起来打了一顿，百斗也被赶出了门。百斗从那以后参加了游击队，常常带人来骚扰王家，王三的爹眼看日子不安宁，把四弟媳嫁给了县城的老连长，企图以老连长的势来压百斗。但百斗不怕老连长，动不动就来要吃要喝，拿这样拿那样。王三告了密，心就虚着，从后窗跑走后，王三的爹笑脸好语把百斗迎到屋里，兄弟长兄弟短地叫，并让炕上躺了，给烧大烟泡儿。百斗就躺在炕上吸烟，问：王三呢？王三爹说：王三前五天搭船去武汉了，武汉拈绸好，让王三给你捎一身拈绸裤子来！百斗说：是吗，那我就等着。听说王三发了三百银元？王三爹说：他哪儿就发了三百大洋，别人陷害哩，你也信着？

百斗说：没有了就好。抬起手来，从后腰裤带上抽出一撮绳，日地一声甩出去，绳头搭上了屋梁，一股尘土就落下来，百斗说：酒喝了，烟也抽了，我把绳留在这儿，王三要是回来了，你让他背了这绳来见我！起身走了，站在门前门后的几个拿枪的人也都走了。

我赶忙到了你外爷家，知道这里更不安生，和你父亲连夜又到镇上小屋。可就在第二天，我才在河边淘米，镇子东头又起了枪声，我忙钻进一条巷里，有急促的脚步似乎也往巷里来，我就闪进一个厕所藏了。刚藏好，却见王三从墙角猫了腰跑，跑着跑着，不跑了，面前站了一个人，是戴个草帽的，叫了声王三，枪就响了，王三直戳戳倒下去，额颅上一个窟窿，血便在墙上喷出个扇形。我趴在厕所里不敢动，直到一切都安静了，王三家人拿席哭着过来，我才往家跑，跑回家，你裹着被子在炕上哭，你父亲不见了。

我先以为你父亲就是躲在镇上的什么地方，因为你父亲的悔过书登在报上，为蒋介石画的像也登在报上，是不是游击队的人也要来处决他。直到天黑，没有听到你父亲被人打死的消息，但却也没见他回来，接连两天还是没个踪影。后来听开火锅店的掌柜说，杀王三的时候，他看见一人是到了咱们家的，但他不认识那人，多半是和百斗一起来的人吧，或许也拉了你父亲出去杀了，或许你父亲又跟着他们重新走了。而我始终不相信你父亲会被打死，他也不会再去游击队，他已经有了你这个女儿啊，可我和你外爷在镇上找了个遍，连镇外的沟沟岔岔的窝子都寻了，你父亲仍是死不见尸，活不见人。连着有半个月，我就背了你走村过庄地寻他，遇庙就进去烧香，见神就趴下磕头，盼他能回来，你父亲没有回来。直到解放了，镇上有人去了西安，说是在西安见到了你父亲，但他还是没有回来。

你父亲不认了胡家的人，也不认了我，可你毕竟是你父亲的女儿，如果有机会，你要去见见你父亲。他年轻时或许也不肯认你，可现在他也该是老了，上了年纪的人他是会怜惜亲骨肉的。你去寻寻他，但你不要提起我，娘的命就是和你父亲为生了你的这一层缘分，我现在是王家的人，死了也是王家的鬼。

16. 景川

　　我相信了每一个人的存在，都是有他存在的目的，这如同椅子就是为了配桌子，有茶壶就必会就有茶碗一样；我的一生必须是与胡方发生一些事的。那已经是"文革"的前夕，我独自一人调回了西安，在一家秦腔剧院还未正式上班，运动就开始了。任何运动从来都是年轻人的节日，可我被剥夺了参加任何派别组织的权利。当大街上锣鼓喧天地游行，没黑没明地骑着自行车去串联集会，去揪走资派，去抄收属于"四旧"的文物，古董、书画和明清家具，甚至已经是刀棍长矛、枪支弹药展开了各派组织之间的武斗，我依然龟缩在房间里，准备着要么谁也不理你，一块豆腐让你发霉变臭，要么随时都有人来敲门拉你出去陪游陪斗或对你发泄一顿咆哮、唾骂和拳打脚踢。可怜的母亲就那样过早的一头黑发全白了，白得如霜一般，她必须在每日的五点出门，去清扫整个居民区的马路和公厕，夜晚十点了方能回家。革委会里是发给母亲一个白袖章的，让她永远受到所有人的监视也让她永远受着羞辱和自卑。母亲一直是不让我知道她有白袖章的，但我隔着窗缝瞧见她出了门把白袖章戴上，回来了在门口把白袖章摘下装进了口袋，我的泪水就哗哗地流下来。母亲在外受到了多大的委屈她从不对我说一言半句，我问她的时候她总是说：好着的。然后就反复叮咛着不参加任何组织，不要有任何观点，少说话，权当是哑巴和傻子。而她却整夜整夜睡不着，为我的婚事叹息。有一天，她回来后反身就把门锁了，从口袋里掏出一张照片让我看，说为我找了个姑娘。我不去看照片，埋怨娘这是什么时候还谈对象。娘说，出身不好也不该就断子绝孙啊？我看了照片，姑娘黑胖黑胖，五官一般。娘说这是她十天前扫马路时遇见了一个远房的表姐，家是住在郊区的,谈起来她就托表姐给我物色对象,没想表姐是实诚人,果然在村里相中了一个,今日就把照片拿来了。娘问我:这姑娘怎么样?我说牙白。娘生气了:就只是牙白吗?吃饭穿衣看家当,只要人家不弹嫌咱,这么好的姑娘还有啥说的?!我听了娘的话,默然不语,娘就作了主,和表姐安排我去了一次郊区。姑娘是看上了我的个头也看上了我的城市户口,但她拿不定主意的是我的母亲有历史问题,她说她是正儿八经的贫下中农后代,她还要进步哩。表姐说我娘的问题很快就落实了,表姐当然在说谎,姑娘就提出要到我家去看看。我把这些情况告知了娘,娘却为难了,她曾背了我去找过革委会,甚至下跪求人家能否开一个假证明,就说她的问题即将落实,好让我的这场婚姻成功。革委会的人大骂了母亲一顿,她回来就对我说:"你到你表姨家住上一段时间吧,就说你外爷死了,我回乡下老家去奔丧,说不定过了一月两月,我的问题真就解决了。"

"那么,"我说,"娘,谁照顾你呢,他们要是突然向你要我呢?"

"没事的,"她说,"只要不打死我,我就赖活着吧。"

我悄悄地去了郊区。那个村子叫白茅草村。

但我怎么也没想到,在白茅草村我见到了胡方。

我的表姨家是白茅草村的一户地主,据说他们家兴旺的时候不仅在白茅草村有着上百亩良田,而且在城里开有两片铺子。表姨的公公一生娶过三房老婆,表姨夫就是大老婆的儿子。这样的人物他必然是无产阶级专政的重点对象,但表姨的公公幸运的是在解放的那一年就害病死了。运动的气氛毕竟是乡下淡薄于城市,而老地主生前人缘和遗孀们的安分使他们并未遭到大罪,他们伏低伏小地生活着,唯一的指望和乐趣是每日劳动回来坐在猪圈墙上看着猪在槽里哞哞哞地吞食或懒洋洋地躺在太阳下让你骚它的肚子而舒服得四肢伸长。猪是母猪,有着黄瓜一样的嘴和两排黑葡萄状的奶头,它已经两天来在圈里哼哼唧唧,将圈里的草叼出叼进。表姨说:是时候了,明日拉去配了种,但愿这一窝能生下十个猪娃来,我就可以借你二百元给你的对象买手表和自行车了!表姨的话果然是对的,这次配种,母猪真的就生下了十个猪娃来,但我没有借表姨的钱，因为我的对象又告吹了。

我是和我的对象拉了猪去配种的，她的牙真的又整齐又白，我问她：你的牙怎么这样好啊？她说：牙好却没肉吃！生产队长就披着褂子一晃一晃过来了，他横着脸问我：你是谁？我说：我是我。他说：你为什么和圆圆在一搭？我说：我们在谈恋爱。生产队长就让圆圆去开会，圆圆说要去给猪配种的。生产队长就说啦：开会重要还是配种重要？！圆圆便跟生产队长走了。我气得要骂，但我不敢骂，猪在那里拉屎我一脚踢在猪屁股上。

配种站其实是邻村一个孤老头子的家，他饲养着一头种猪。一般的猪活着的目的就是为了让人吃肉，交配却是种猪的工作，而且还能吃好的，我那时倒恨我活得不如一头猪！到了老头子的家门口，我把母猪拴在门前的树上，又把一小口袋的包谷放在了台阶上，喊：配种的，配种的！屋里钻出一个人来，双手粘着面粉，气呼呼地说：给谁配呀？

"你是怎么说话的？"

"你又是怎么说话的？"

我们相互指责着，但同时张了嘴却愣在那里，他认出了我是景川，我也认出了他是胡方。他把我抱住了，粘着面粉的双手拍着我，我的身上立即这儿一块白那儿一块白。

我们全然不顾了一切，进门去喜欢地讲说青海分手后的各自情况，我才知他是随学习班到这里劳动改造的。"给你吃些啥呢？"他说，"老侯这儿可没什么能吃的。"他开始翻屋子里的木柜，翻出了半瓶酒，让我喝了一口，他也喝了一口。原本喝一口就罢了，可说着说着又一人喝了一口，半瓶酒只剩下少半瓶，他有些为难了，说老侯是啬皮，肯定要骂的，竟从水桶里舀了水灌进瓶中，然后照原样埋进柜中的一堆杂物里。我说：老胡不像以前的老胡了！他说：是吗，这就改造好了，能和贫下中农打成一片了！

猪在门前的树下哼哼不停，我们才想到了还要给猪配种的事。种猪是头一脑袋红绒的家伙，神气傲慢无比，我把母猪拉着在栅栏外走了几个来回，它理也不理，母猪却急躁得后腿哆嗦，跌了一下站起来，又跌

了一下站起来，又跌倒了。胡方进去踏了种猪一脚，说：干这事你还懒呀？！种猪就立起身，吭吭地发粗声，又卧下不动了，且连续地哼哼不已，如老太太们的絮叨。胡方指挥着我将母猪牵进圈来，又是转，种猪重新立起，像是敷衍一项事务似的一跃身前蹄搭上了母猪的背，猪鞭一时竟寻不到地方，精液水淋淋地往下滴。胡方急了，忙去帮助，两厢刚一对应，种猪就下来了。

"它看不上这头母猪哩！"胡方说，"或许配上了，或许没配上，晚上它还是吭吭唧唧，你拉了再来，我让老侯不再收钱和包谷的。"

胡方的手上又粘上了猪的肮脏东西，他抓起一把草在揩着，让我进屋吃烟喝水，然后他继续在案板上擀面，擀杖打得案板咣咣地响。

母猪到底是没有配种成功，它吭唧了一夜。第三天早晨我牵着猪又去了一次。原本牵猪可以从村后的一条小路上直接到邻村，但我绕了一个大弯经过村前的打麦场，因为圆圆的家就在打麦场边，我希望能见到她，她果然在门前的桑椹树下捡桑椹吃，吃得嘴紫黑紫黑的。她问：昨儿没配上？我说：你半路上走了么。她笑着用桑椹掷我，掷得我衣服上有了三个黑点，就随我一块去老侯家。我在前边用绳子套着猪的脖子往前拉，她在后边用树枝儿打猪的屁股，一上了那条包谷地中的大路，猪就不用赶，颠儿颠儿往前跑，我说：它倒寻得着地方！圆圆没有笑，却问我：政策上是不是孩子的户口随母亲？我说：有这么个政策。她说：那将来孩子还是农村户口了？我嗯了一声。她的脸色就黑下来，说：那你得在城里给我寻个工作哩！我的心紧了一下，不知道是该应允还是该拒绝她，一时嘴里舌头大支吾不清。两边的包谷长势很好，黑黝黝的像树林子，中间的路直直地伸过去在远处形成一个尖儿，瞧得见对面有人走过来，一边走一边掏着尿在路上写字。圆圆低声说了句：他来了！迟疑着要钻进包谷地去。我说：你这么怕队长？！队长就瞧见了我们，把裤子系好了，说：又去配种呀？我说是，他就淫邪着笑：这母猪到底是要生猪娃嘿还是图快活呢？说罢就拉住圆圆手，要她跟他去刷标语。圆圆为难地对我说：这咋办？队长说：这有啥商量的，生产队的人还不由生产队长管啦？！我又气又恨拿眼睛瞪队长，却问圆圆：你跟我走呢还是跟他走？圆圆说：那你先去吧，隔一会儿我来找你。我那时真的是火了，说了一句："那你不要来啦！"独自把猪赶到了老侯那儿。

老侯热情是热情，模样长得奇丑，世上是夫妻生活长了相互面貌就长得相似，他长期和种猪在一起，也是满脸皱纹又粗又深，嘴噘得老长。胡方也在，见我情绪不高，问是不是当表姨的埋怨第一回没给母猪配上，我说了我来白茅草村的目的，而几次遇见队长，连和对象说个囫囵话的机会都没有。胡方说了一句"你到底没得到陆眉呀"不再多说，老侯却在对我说了配种这营生的生意不错后，大吹这头种猪几乎天天接活，这一带所有的猪都是它的子孙。

"我可没老婆！"老侯说，"猪的老婆多了，养猪的人就会没有老婆，所以不乐意胡方住在我这里，再住下去他也是个光棍！"

"你胡扯！"胡方说。

"你有老婆？这么长时间了没见你老婆来过也没听你说过么。"

"我没老婆我怎能到这儿来？！"

"你谋着我这儿吃喝好么。"

老侯的吃喝好是真的，猪配种一次除付两元钱外，还得给公猪带包谷，至少一升，多则三升，老侯是种猪出力他吃利。胡方因腿跛住在了老侯这儿，他的任务是除了每天从村外割草拉土垫圈外，又得将圈里的粪起出来再用茅房的尿水合拌了堆成粪堆。这些任务胡方完成得很好，闲下来就画画，屋子里的箱盖上已经垒起了厚厚一沓。这个村里的人差不多都让胡方擦过像，胡方也是有求必应，被画的人指点着画得像与不像，然后卷着送回去而被放在箱盖上的画谁要拿也就拿走了。胡方就靠这点手艺落下好人缘，公社里负责管教的人也没有对他过多指责。他得意地对我说：人是要有个手艺哩，你学学针灸吧，能针灸更受欢迎哩！我没有学针灸。

我在白茅草村呆过了三月，我和我的对象见面越来越少，终于一天傍晚，表姨本家的一个侄儿悄悄告诉我，他在村后的废砖瓦窑里发现了队长和圆圆"狗连蛋哩"。我不知道"狗连蛋"是什么意思，问过表姨，表姨脸色大变，叫来侄儿询问，证实了，她打了侄儿一个嘴巴，却对我说"狗连蛋"就是发生男女关系，她怎么也想不到会有这事。"你嫌弃不嫌弃？"表姨说，"你要心大度大了，我找她谈谈，能成就早一点结婚，夜长了梦就多。"我脑子一时转不过弯，说：你说咋办？表姨说：要依我，你忍了，权当找了个寡妇。表姨就去找圆圆谈了一次，回来却坚决让我不和这女子再来往了：原来圆圆被队长霸占着不是一次两次有性关系，而是霸占了已有三年。

这一次失恋对我的打击很残酷，甚至超过了和陆眉的那一次，因为陆眉是大学生，人又长得漂亮，而圆圆除了牙好身体健康，别的没一样能入我的眼，我竟还是不能成功，我对我的婚姻实在是绝望了。我蒙头睡了一天，吓得表姨坐在炕沿上不断地劝说，不时地拭拭我的额颅，翻翻我的眼皮，说：景川，你没事吧？我说没事。我知道她害怕我神经了，和贵生一样。贵生是村里的疯子，他的疯病就是因一次又一次的婚姻不成犯病的。他是夜里和他受鳏的爹睡在一个炕上吵架，末了对爹说他不再找媳妇了，他把他那东西割了。他爹以为他说气话，没有言传。他又说：我真的割了，给我个媳妇我也不要了。他爹点了灯往炕下一看，贵生的那根东西真被割了扔在那里，还一跳一跳地动。从此，没了尘根的贵生就疯了，见人就说他不要媳妇了，还解了裤子给人看。表姨听我说没事，她仍是不放心，要我不要睡了起来吃饭，我吃开饭她还在说：姨胆小，你可不敢吓我啊！表姨的啰嗦，使我决定回城去，可这个时候国家出了大事，周恩来总理逝世了，社会上什么样的消息都有，政治空气骤然又紧张了起来，我只好继续呆在白茅草村，隔三差五地去找胡方。

我去胡方那儿，屋子里却坐着公社革委会的主任，主任在指示着胡方画一张周恩来的像，能画多大就画多大，说是公社要召开一次悼念周总理的群众大会。胡方反复问着主任：我能画吗？主任的口气很坚决：咱们公社什么事情都落后于别的公社，这次悼念会要搞大，搞出声势来，你只能画好，不能出错，这可是政治任务！胡方倒紧张得头上出了水。

第二天，胡方约我同他去镇上买油光纸和各种颜料。来回十二里路，胡方走得很慢。

"那个戒指还在腿里面吗？"我问他。

"长了个大包，"他说，"你看是不是变形了？"

"是变形了。你把它取出来吧，真要把腿弄残了就划不来了。"

"疼着好，一疼我就想起她了。"

"……她现在在哪儿？"

"不知道。"

他看着我苦笑了一下，却说了一句：现在是坐不成飞机了，一过安检，仪器就会响，人家会以为我是带了凶器的。

为了完成公社革委会主任交给的任务，胡方收集了大量的报纸上周恩来的照片，整整一个下午坐在那里只是看，吓得老侯也不敢再让猪配种，悄悄出来对我说：画个像就这么难的？我说：看给谁画哩，当然难！老侯说：照这么画，三天五天里我那种猪得闲着了？我说：这话你给主任说去。他捂了我的嘴，说我的爷呀，你可不敢害我！胡方终于画开了，我从没见他画得这么认真，先在四张粘在一起的油纸上画出方格，然后再一个格一个格落笔，整整一个白天才有了个大轮廓，人就累得趴在了地上。

为了犒劳他，我领他去表姨家去吃饭，两人刚走到屋前的斜坡上，表姨的几个本家嫂子在一堵山墙根压着一个老太太夺什么。我近去见被压在那里的是表姨的三嫂，一个残了一条腿的疯婆子，我说嫂子你们这是欺负残疾人么！嫂子们说：给三婶脱脏衣服哩，衣服脏得看不过眼了，不压着脱下来她就不洗哩。但疯婆子在地上嗷嗷地叫，使劲攥拳。嫂子们就把那只拳往开掰，瘦得如烧火棍一样的胳膊便拉直在半空，指头被一根一根分开。疯婆子突然长嗥了一声，像是杀猪，刀捅进了猪的脖子里的叫唤，叫唤到一半就停止了。我打了个寒噤，再看时，疯婆子掰开来的掌里是一个小纸包，小纸包里边还是一个小布包，小布包打开了，是一对用红丝线系着的金耳环。

回到表姨家，说到刚才看到的一幕，表姨骂了一通我的那些表嫂们造孽，说你这三婶命苦，掌柜的娶她的时候，她是在城里药铺熬药的丫头，只有十六岁，领回来就在村口土地祠前送了她一对耳环便算结了婚。

如果她能生个一男半女也就好了，可她偏没生育。掌柜一死娘家没势力，这家族里就容不了她，人就疯了，加上十年前在屋顶上晒红薯片时，从梯子上跌下来断了一条腿，活得更没了个人样。"这都几十年了，"表姨说，"可怜她还把那耳环留着！"

胡方是一句话也没有说的，来的路上他说他要吃三碗包谷糁面条的，只吃了一碗就不吃了。到了晚上，画了一半，胡方却提出领他去看那个疯婆子。他的想法和我不谋而合，自见了疯婆子我就想起我娘了。我们再没有说话，过了村畔那片土场，又到了一面缓坡下的牛棚里。表姨说过，三婶原有两间房子，三年前却一场雨淋坍了，村人让她住到生产队牛棚边的一间空房里，也是为着晚上有人能照看着牛。牛棚的院子很大，没有院门，院内栽着十几根拴牛的石柱，月光清冷，这儿那儿的蛐蛐在曜曜地叫。我们悄悄进去，刚走过那间土屋，没了窗扇的窗子上挂着一张皱巴巴的白色塑料纸，一角已经破了，我往里望了一眼，月光从纸的缺口照在炕上，三婶面窗坐着，正好和我目光相遇。突然地脸对了脸，使我吓了一跳，但三婶没有惊乍，动也不动，看着我。我说：三婶！三婶还是不动，脸青如鬼。胡方便从怀里掏出一个菜团子，从纸破处塞进去，三婶却一下子抓过塞在了口里。她抓菜团子时连胡方的手一块抓住，以致使胡方的身子在窗台上碰了一下。我咳了一声，再看三婶，菜团子已经没有了，我不知道她是怎么一下子就咽了下去。胡方又掏出一个塞给她，这下她是双手撮着三四口就吃了。胡方再塞一个，她还是立即吃了。胡方说你慢点慢点，从怀里又再掏出两个，三婶的手就伸了出来，已经把一个抓着吃，一只空手在空中摇，这下是梗了梗脖子，那只空手摇得更厉害，后来嚓啦嚓啦抓着窗格响，但我把胡方拿着最后的一个菜团子的手捉住了。

"不敢再给了，她会吃死的！"

三婶发出了恨声，两只手全从窗格伸出来，十指分开，在空中抓，像风里的干树枝桠。

在返回的路上，我奇怪胡方哪儿来的五个菜团子，胡方说是晚上吃饭时从表姨家厨房里偷拿的。果然我回去后，表姨正在厨房寻找丢失的菜团子，我说可能是猪在厨房吃了吧，表姨提着棍就打猪，骂谁把猪放出圈了。

第三天的早上，公社已经在大喇叭里宣布开追悼会，革委会的主任早早来配种站取周恩来的画像，胡方总算按时完成了任务。追悼会开得声势很大，报社的记者都带来了，拍了许多照片，而且第二天就见了报。可是不出五天，市革委会来了一个专案组，调查这次追悼周恩来大会的背景，因为北京方面有了文件，悼念周恩来活动要按中央部署举办，以防别有用心的人利用群众的朴素感情破坏文化大革命，干扰无产阶级的革命路线。问题是相当严重的，公社革委会主任忙不迭地检讨，而将召开悼念大会的起因归罪于了胡方。

"胡方画了一幅周恩来的画像，那画像大极了，是四张八尺油光纸那么大的。"主任说，"是看见了那幅画像，大家伙儿才起了开个悼念会的念头。"

"胡方，胡方是谁？"

"就是从市里来劳动改造的一个'牛鬼蛇神'。"

"果然背后有黑手！'牛鬼蛇神'画那么大的像，难道你们就嗅不出那其中的气味吗？"

"我们上阶级敌人的当了！"

胡方因为熬了几个晚上，害了红眼，老侯去卫生站给他买眼药水。老侯买眼药水刚回来，看见一群人把胡方带走了。

批斗的会场是在村中的小学校里，我是不能去的，托表姨去，表姨也不敢去，害怕自己出身不好，谁要说一句坏话，就免不了也得陪斗。我又让老侯去，老侯回来告诉说，批斗会有批斗会的老套式，即受批斗的人先交代罪行，交代完了，主持人问下边的群众："交代得老实不老实？"回答是："不老实！""不老实怎么办？""实行无产阶级专政！"就有人上来扇嘴巴子，绳捆索绑，或许在腿弯处踢一脚，让他跪在地上。胡方是交代了他画了周恩来的像，但这是接受了任务的，是……一个人便上来呵斥，说他在画像期间为什么去看望地主的小老婆，并给送去吃喝？胡方问了一句"你怎么知道"？那人说是听地主小老婆说的，胡方只得叫苦，把头低下。那人又让胡方抬头看着他，胡方不抬，说："我是红眼。"那人硬要胡方抬头看他，胡方就看着他。他骂道："果然是红眼，你要把红眼病传染给我吗？"以白茅草村的说法，害红眼病的人是不能和别人目光对视的，对视了就传染。于是胡方便被破布蒙上眼睛遭受拳打脚踢。小学校的墙外是一条大路，来来往往的人多，能听得见墙内的惨叫声，主持人就让一边弹着放在教室里的一台旧风琴一边指挥着打胡方。风琴弹奏的是《欢乐的草原》，胡方的头被揪着头发往墙下撞，血就在墙上溅着。

到了晚上，胡方回来了，是老侯背回来的。第二天一早老侯就来寻我，让我去劝劝胡方，因为胡方回来后再不说话，眼睛总盯着屋梁，屋梁上吊着挂笼子的绳索，他害怕胡方自杀。

"有知识的人心小，"老侯说，"我可不想把我的房子变成凶宅！"

"他顽实着哩，死不了的！"

话是这么说，但我还是赶忙去看了。胡方的额上一个洞，粘着鸡毛，腿肿得有碗口般粗，但胡方却又在那里画起画了。他是坐在那个草蒲团上，一条腿侧放得直直的，正画着柜台上的那些陶瓦罐儿。屋子里光线阴暗，罐子上闪着幽光，他的鼻尖上也闪着幽光。我坐在他的旁边没有说话，他也不和我说话，画纸上出现了一只罐子，又出现了一只罐子。我那时心放松下来，给老侯挤眼，意思是你该干啥干啥去吧，知识分子好处是顽固韧性大，他不坚强却也不易折断，死不了的。老侯出去了，在猪圈里大声吆喝种猪，但我又突然觉得胡方一声不吭地这么画陶瓦罐儿，会不会憋得脑子出毛病呢？

"不画了不画了，"我说，"要画你给我画像吧，或者你画一张王有才的像，你还记得王有才那个老东西吗？"

胡方不画了，拿眼睛死死盯着我，竟恨恨地说："我没骨气，景川，咱总想适应社会就是适应不了，想有个作为偏让你作为不成，记吃不记打啊，落到这一步，也是活该！"

在我与胡方的交往中，这是他说话最硬的一次，我永远记得他这句话。

17. 訾林和胡方

火葬了尸体，胡方的骨灰盒就存放在了那里的灵堂内，我去了永宁宫疗养院，收拾他居住过的房间，整理遗物。叶素芹因为悲伤和劳累，她的肝病又犯了。她没有去疗养院，打来电话：把老胡的衣物就在那里烧焚了吧，他那些东西拿回来，我瞧着心里难受，如果他地下有灵，他也不愿意将他拿出去的东西再拿回家的。胡方的衣物也真的没有什么好的，我只留下了笔墨纸砚和一些书，这些或许可以留给胡亥，也可以给我和景川留些纪念物。我企图把江岚写给他的信能找出来，但抽屉里没有，床铺下没有，那一只皮革已经发硬皱裂的皮箱里也没有。后来我在景川的那所屋子里见到了江岚，江岚痴呆呆地坐在地上，面前是一个脸盆，脸盆里满满的灰烬，我以为她是在为胡方焚化冥钱，她说焚化的是多年来她写给胡方的信。原来胡方从疗养院到这所房子来的时候，所提的皮箱里全是江岚给他的信，他可能要让江岚再看看她写过的所有信件。而江岚将其焚化了，是要他继续带着那批信到另一个世界里去吗？我们永远不能知道那些信的内容了，我想，那一定是美文，但我们没有福分欣赏。然而我在永宁宫的房间里收留了几尺多高的画纸，那些纸上全画着陶瓶和陶罐，且陶瓶和陶罐的形状一成不变，仅仅角度不同。可以想见，他是长年累月地对着一只陶瓶和一只陶罐不厌其烦地画，重复地画。这令我震惊又浩叹不已。当在院的角落，那一棵枯秃顶的梧桐树下，黑烟滚滚地烧焚了他的一大堆衣物，我最后一次坐在房间里他曾经坐过的旧藤椅上翻阅那些画纸，在画纸中偶然地发现了其中的四幅背面有文字。有两幅是放在画纸堆的底层，地板上的潮气使纸面泛黄变硬，有水渍印出一块一块痕迹，某些文字模糊不清，而放在最上面的两幅，明显的是他最后离开这房间前写的。胡方没有记日记的习惯，在他所有的遗物中的稿纸上、笔记本上从来没有记载他和江岚的事，但这四幅画的背面却密密麻麻都是这方面的文字。我读着是那样的激动和伤感，如孤身在山中突然发现了一个石洞，产生了无比的好奇，打着火把钻进去，可这些文字记载的事使我陷入了极大的疑惑，似乎从未听他提及过，又犹如我在石洞里迷失了方位，甚至寻不到继续往深处的道路也寻不着了来时的入口。房间的北面窗顶上是一张织得很密的蛛网，一只黑色的蜘蛛吊着一根丝垂下来，静静地就在半空。这蜘蛛一定是胡方养的，或者在他的保护下人蛛共于一室。我死死地盯着蜘蛛，觉得那是一个问号，是一个密码的键钮，我叫了一声"胡老！"声音渐渐地被四壁吸收和销蚀，安静下来，隐隐地却产生了一种古怪的振动，传递着黄昏和荒园隐藏的恐惧。突然间，一群野鸽从窗外的树丛中惊起，拍打的翅膀撞击着屋檐，飞过了枯树顶和浓浓的黑烟。

事后，我将这四幅画拿给了景川，问：你知道不知道这些事？景川的回答是不知道。我也询问了江岚、胡亥，甚至叶素芹，他们也搞不清楚。我就怀疑胡方生前一定患有精神方面的病的。但我又否定了自己，那最后的一段文字里却怎么写着他火化后的事情呢？我就毛骨悚然起来，觉得胡方的灵魂还在，如气体一般就附着于越来越朦胧的房间里，在注视着我读他的隐私。

江岚把一切都讲给了儿子，她相信着儿子，儿子也理解了她。但是韩文说出了"我可以退出来"的话，具体而明确的两条路的抉择，使她拿不定主意，当再一次来到儿子单位单身宿舍与儿子长谈，儿子已经开始反对了。儿子的理由是父母的年纪这么大了，晚年离婚并不合适，父亲肯定遭受身心的打击，他可以从这里搬回家去照顾父亲，可你要去西安与胡伯生活吗？谁又来照顾你？何况胡伯也是那么大的年纪，身体又不好。

"我理解你的感情，我也为你能有这样的感情而感动的。但是，你想过吗,相思和真正的生活在一起又是另一回事,胡伯也会像你一样吗?"

"他会的,"江岚说,"我想他一定会的。"

"那我得见见他。"儿子说。

"他现在就在涿州开会,过几天可能来北京的,你见到了他,你肯定能喜欢他,也能信任他。"

说话的那个晚上,北京城里正是百年不遇的暴风雨,雷电声嘎嘎嘎犹如炸弹就丢在楼顶上爆响,闪电不时地划过夜空,瞬间里照亮了房子的一切。江岚将阳台上的一盆野葱草移到了房间,野葱草盆很沉,她差点滑倒在地板上。下午来时她路过市京剧院去看望了一个朋友,这朋友患了多年的糖尿病却好了,她打问治病的药方,因为韩文也患上这类病。当她得知用野葱草熬荷包蛋汤能治好的,就特意索要了一盆野葱草。江岚将野葱草移进了屋子,自己也觉得自己难以说清,心里已经铁定了要和韩文离婚,却也更是挂念着韩文的糖尿病,难道儿子也看出了这一点才第一次与她的意思相左吗?江岚疲惫地坐在床上,儿子的长发被十指揉搓着像一堆茅草,窗子关严了,斜着的雨点在哗哗吧吧敲打着玻璃,雨水就从窗缝流进来,放在窗台上的一沓书就全湿了。儿子的心里却想到了另外一件事,那也是一个风雨交加的夜晚,也就在这间房子里,他和白天刚刚从日本归来的妻子进行了最后的晚餐。闪烁着艳红颜色的葡萄酒使他喝醉了,他流着泪求妻子能收回离婚的协议,但她拒绝了,而且起身就走,他紧紧地抓着她的风衣,风衣从身上脱落了,她在门口说:我得走,我回宾馆去!他抱着风衣跌坐在地板上,一直听着她的脚步声顺楼梯越来越小,直至消失。宾馆里住着老丑而富有的日本商人。现在,儿子仄目看了一下还挂在墙角的风衣,故意留下了一件对爱情的质疑的物证,他面对了母亲。

"那你能不能给他打个电话,让他今晚来。"

"今晚来,"江岚说,"这么大的雨?!"

"我也是谈过恋爱的,如果自己心爱的人在召唤,下刀子也会去的。娘，你是没有这个信心吗？"

"我当然有信心！"

江岚拨通了我的电话，她并没有告诉我北京城里正在下大雨，我也没有说涿州的会议很紧张，涿州也在下大雨，她说她有许多话要给我说，能否连夜就到北京××街××巷×号来，我说我马上就到车站去，你等着吧。我推开窗子，外面依然风大雨猛，我觉得我很幸福，也很勇敢，如果天上下刀子最好，或者地震。离开了涿州，我在心里说，世上任何事情付出了就是付出，唯独爱情，越是付出得多越是收获得多。

江岚放下电话，对儿子说："怎么样，他不是要来了吗？"

但是两个小时过去了，我没有到。又过了一个小时，我还没有到。儿子并没有说什么，江岚却坐不住了，她打开窗户，又关好了窗户，她开始点燃那个小煤油炉，问儿子：你喝酒吧，我给你炒个鸡蛋。儿子说我不想喝。江岚又吹灭了煤油炉，再一次趴在窗口，说："从涿州到这里如果坐车方便，需要三个小时，下雨就……"

"是这样吧，娘，"儿子说，"再过两个小时，胡伯如果能来，你们的事怎么着我都支持，如果两个小时还没来，那他就是不会来了，事情便罢了。"

"他会来的，孩子！"

北京城南的一间小小的斗室里，母子开始安静下来，再没有走动，也再没有说话。挂在墙上的钟声在一声声走着秒步，屋外风雨交加。

两个小时很快就要过去。

"是三点五十了吗？"

"是三点四十七分。"

这时候，隐隐地有了脚步声，似乎从地深处传来，也似乎来自胸腔，江岚捂住了心口，但她分明是听见了脚步，而且由轻到重，由东向西，突然消失了，突然门被轻轻敲动：笃！笃！笃！

江岚和儿子同时走到了门口，开门。我提着一个雨伞的把柄，落汤鸡一般出现在那里，立即门口的地板上出现了一个小的水潭。"天啊！"江岚叫了一声把我抱住，我瞧见她的泪直流在脸上。她并不避讳抹我头发上的雨水，抹我脸上的雨水，发颤的声音对着儿子说："我说他会来的，我说他会来的！"

我告诉了他们半夜里根本就没有了班车，我是从涿州的宾馆跑到公路边等待过往的货车，好容易挡住了一辆，车却在××街发生了故障无法开动，我就步行着赶过来，风雨太大，我的伞被掀飞了伞布。我说，我知道你们一定是等得太急了，可三十里的路实在难以很快赶来。

儿子打开衣柜给我寻找他的衣服让我换上，他蹲在衣柜那里翻寻了很久，江岚再一次抱住了我，她使劲地亲我，将我的舌头似乎要连根吸去似的。儿子，儿子，多么聪明的儿子，他是故意慢腾腾地埋头寻衣服，要将时间和空间留给我们。最后，他轻轻地咳嗽了一下，我的舌头又回到了口里。

18. 江岚

九月的成都，阴雨使所有房子的墙壁生上了绿苔或黑毛，落叶搅着稀泥将路面弄得肮脏不堪，我尽量靠了屋檐下走，疾驶而过的三轮车还是把泥水飞溅在身上。心里不干净，嘴也不干净，人乱如蚁，都在骂，骂天气，骂三轮车，骂别人也骂自己，骂的都是龟儿子。我整整折腾了两个小时寻到他的家，指望着能换上双干净鞋，喝一杯热茶，给他发一通委屈，他的家却被警察包围了，一辆警车长声不歇地在那里怪叫。我立即被带到一棵一半身子用砖砌着的老槐树下接受盘问。

"你是他的什么人？"

"战友。"

"从哪里来的？"

"北京。"

"你知道胡方的问题吗？"

"他怎么啦？"

"他被国民党俘虏过，是叛徒，反革命分子！"

"我听他说过在陕南时曾被俘虏过，但他后来又参加了革命呀，被俘后他并没有出卖过谁呀，怎么就是叛徒、反革命分子了？"

"被俘的同志都遭杀害了，他为什么没被杀害？国民党的报纸上刊登过他的悔过书，发表过他为蒋介石画的头像……"

"……"

"我告诉你，你马上离开这里，只能对你有好处。"

"能让我见一下他吗？"

"不行！"

"能将这红枣交给他吗？"

"不行！"

我提着的是一小篮红枣。这红枣是陕北的一个老乡去北京时给我捎的。我们在陕北的那些年，胡方最喜欢吃的就是红枣，有一回文工团去清涧县演出，返回路过一片枣林，我俩摘了一兜坐在树下吃，吃了多少已记不清，枣核儿吐得树周围到处都是。后来口里还要，肚子里装不下了，他就站起拉下树枝，挑着最好的枣咬那泛红的一半，然后放开树枝去，剩着半边的枣就弹在了空中，乐得他绕着树蹦跶。

"为什么枣一半红一半白？"

"红的是太阳晒的。"

"那你整天在太阳底下跑，脸咋是白的？"

"白有什么好，白枣没人吃。"

他又拉下了一根树枝，只咬那些枣的白面。说："我怎么有一种感觉了？"

"什么感觉？"

"我想亲你!"

我拉下一根树枝向他弹去,树枝打在他的头上,他还在说:"我想亲你!"我看了四周,战友们都在山峁的背面吃枣,而在我们前边三米处落着一只鸟,我把鸟赶走了,说:"你亲吧,只能亲一下。"他一下子将我抱住,凑上嘴来,但他没有亲我的脸,却亲住了我的口,我将嘴里嚼着的枣顶出来,我的枣堵住了他的嘴。

在以后,我每每在市场见到卖枣的,甚或出差到任何地方见到了枣林,我就想起了那一幕。当我准备来成都的前一天收到捎来的陕北红枣,我还念叨这是一种天意,可等我千里迢迢把枣带到胡方的门口了,哪里会想到竟发生了这样的事?!

两个长得很丑的警察蛮横地推着我离开,我百般地解释和乞求,他们就是不让我靠近。世上长得漂亮的人大致上都一样漂亮,长得丑的人却各人有各人的丑。我盯着一个圆脸一个长脸丑得距离很大的两个警察,又气又恨,胡方便被人反扭着胳膊从屋门口走了出来。胡方的头发扑撒在额前,耳朵根流着血,在说:为什么抓我?为什么抓我?他的头发被揪住,使劲往后抓,他的头就仰起来,喊不出声了。"胡方!"我大声叫了一声,提着篮子冲过了警察的警戒线。

他是站住了。斜着头看我。猛地挣脱了一时发怔的警察向我扑过来。他用力过猛,反扭着胳膊的警察被甩到了泥水里,而在后边抓他的人,手里抓着的是一把头发。我们马上就要扑到一起了,更多的警察却跑过来再一次将他扭住。他咆哮着如一头狮子,还是向我扑,扑过来,以至于连那一伙警察也带着过来。有警察就用腿钩住了身边的树,他被牵制住了,而同时腿弯处挨了一脚踢,扑通跪倒在地上。我迅速地将一颗枣塞给他,他的手还在身后,嘴就伸过来将枣嚼住了。立即,警察从他嘴里掏枣,掏不出来,捏他的腮帮,卡他的脖子,他把头竭力往回缩,扳也扳不直,如一根弯头的铁棍,翻过来头是弯的,翻过去头还是弯的。最后他被高高地抬起来往警车里塞。他的一双泥脚蹬在了车门口,还是回过头来看我,嘴里仍还嚼着枣,喊不出话来。接着我看见了他伸直了脖子,脖颈凸起一个小包,他最终将枣囫囵吞下肚。而同时,一木棍磕在那蹬直的腿上,他窝蜷下去,车门哗啦关了。

我就那么见到的他。我昏倒在他家门前的石板路上。醒来的时候,没有一个人,枣撒落了一地,已经全被踩扁踩烂了。我为他哭了一场,我能安慰我的是毕竟他入狱前我见到了他一面,毕竟他是吃到了我千里之外带来的红枣。

我没有立即离开成都,整整十天,我在大街小巷游逛着,企图能捕捉到关于胡方的消息。成都是一座消费性的城市,那里的人们喜欢搓麻将,泡茶馆,或端着一竹盘的瓜子没完没了地摆"龙门",尤其在这雨季里。我痴痴怔怔地进了一家茶馆,满屋子的酸臭气,人们各自在说着什么,但我什么也听不出,嗡嗡一片。我坐在屋角落的阴暗处吃茶,雨还是那么下着,盯着旁边墙壁上潮气蚀成的黑斑,心里十遍百遍地诅咒着这个城市,想着在哪个地方黑屋子关着胡方呢,这会儿是在审问着他还是遍体鳞伤地缩在黑屋子的草铺上,他在想到了我吗?

"汪吃嘴,有什么好听的事吗?"

我终于听见了有人在高声吆喝,抬起了头,茶馆的门口正走进来一个留着小山羊胡的人。他似乎对于刚闪面就受到欢迎而得意着,拱了一下拳,落座了,一边捋着头上的雨水一边端起送来的茶碗抿了一口,说这场雨真好,下了三天,还要下下去,门前的海棠多精神,红也洗不褪啊!众人就说吃嘴你真会卖弄,要听你的新闻哩谁让你文绉绉的酸人?叫汪吃嘴的就笑了,说:我哪儿有新闻?南街口医院里一个妇人生下了个孩子,孩子是人头猪身子。东城门外王家巷开杂货店的老王死了,你知道是怎么死的,气死的,他的麻将要和的是独钓一张幺饼,他捏着手里幺饼捂在额颅上,就是等不来个幺饼,待别人和了,问怎么都不放幺饼,同伙说你把幺饼在额颅上按出了个印儿还在,谁还给你放?!老王到镜前一看,额颅上的幺饼印儿还在,一口气堵上来就栽倒了死去。众人并不笑,瘪了嘴说,旧闻旧闻,下葬时你还去建议放一副麻将装在棺里,谁听这些?!

"那就没新闻了!"汪吃嘴说。

"你表哥在警察局,听说又抓人了?"

"是抓了叛徒、特务、反革命，要听他的罪状呢还是要听他和女人的事？"

"这样的人还有女人？"

"坏人都是光棍啦？！"

"你说吧，你说吧，和他好的是啥子女人？"

"逮他的那天，从北京来了个女人，提着一篮子枣儿……"我猛地怔住。这汪吃嘴难道说的是我？支起了耳朵往下听，他果然说是胡方和我的事。他说的一点没错，完全是我和胡方在胡方家门前发生的事。他说着说着，说到了胡方囫囵囵吞噬了那颗枣儿，到牢里的第二天早上大便时，枣核就差点把胡方的命要了。这枣核特别长，两头又尖硬，不是竖着顺了肠子下来，而是横着，一努劲，卡在肛门了，怎么也屙不下来。胡方就憋得嘴脸乌青，伸了指头去肛门里抠，抠是抠着了，却越抠枣核尖越划割着肛门里的肠子，血就流得如水注一般，只好动了手术。

"哈，去年东石条巷的王先生吃红烧肉，没嚼烂就往下咽，卡在喉咙里上不上下不下做了手术，今个是犯人吃枣卡在肛门做手术，你说怪不怪？"

我站在了汪吃嘴的面前，问："后来呢？"汪吃嘴看了一下我，却端了茶碗喝茶，茶还烫着，他一遍一遍吹开碗面的白气。我跪了下去，摇着他的膝盖：后来呢，他后来呢？

"疼么，人总是要吃饭吗，吃饭就得拉屎吧，他每拉一回屎就疼得像杀猪一样地叫。"

"医生呢，为什么不给他请医生？"

"把他命保住就了不得了，还再请什么医生？可他有止疼的咒语，一疼就念'将来将来将来'……"

"'将来'？是不是'江岚'？"

"是'将来'！嘿，他还有'将来'？！"

"他念的一定是'江岚'！"

"'江岚'是什么意思？"

"江岚是一个人，就是给他送枣的女人。"

"那就有意思了，那女人害了他，他还叫那女人的名字？！"
"那后来呢？"
"哪儿有那么多的后来？听你口音，你不是川人？"
"我就是江岚！"

我一说出口，我原想能得到汪吃嘴和茶馆里人的同情，或许会告诉我更多的情况，也会告诉胡方是关在了哪个监狱而去探望，但我没有想到满茶馆里的人都呆住了，鸦雀无声。汪吃嘴久久看着我，张着满是黑牙的嘴，随即站起来就往门外走。我再叫他是伯，他也不回头。

还有一件事我不得不说，是我在成都见到了叶素芹。我常常想，如果我们不见面，我或许永远会心里安宁，但上天要折磨我，偏偏让我们离奇相见，见了便从此再无法走近。

那是无法打听到胡方关押在哪里，坐在锦江边上哭了一场，决定了返回北京，但我的身体不舒服起来，而且护垫上有了少许的血。我是怀着身孕来成都的，那时孩子已三个月，只是我个子高，不显身子，谁也不知道我是个孕妇。我赶去了一家医院检查。妇科室外摆了三张长椅，人几乎坐满了，说来也怪，那日来检查的全都是孕妇，差不多的孕妇都有男人陪着，单身一人的只有我和我旁边座椅上的一个女人。那时候，没有B超，无法看出是怀了男还是怀女，或者胎位不正，我前边的几个孕妇低声议论着各自的反应，显得很兴奋。我没有说话，我旁边的女人也没有说话。她个子矮矮的，满怀臃肿，不停地吐唾沫，吐得脚前脚后没一块地方是干的，旁边就有一个留着小八字胡的男人训道：你吐得烦人不烦人？！女人说：我又不是有意要吐的。小八字胡瞪着牛眼：别人怎么不吐，你以为你还是了不起的人物呀？！话说得难听，我掏了手帕给女人，让她就吐在手帕里，她说了三声谢谢。医疗室是孕妇轮流进去的，待小八字胡将他的妻子送进了医疗室，自个过来对我前边的一个刮刀脸男人说：我老婆肯定怀的是男娃！刮刀脸说：酸男辣女，你老婆那么爱吃辣，恐怕要怀女娃哩。小八字胡说：四川人谁不爱吃辣，那都怀女娃啊？大夫刚才问一个孕妇，是你在上头的多还是你丈夫在上头的多，她说她在上头多，大夫就说那怀的是女娃了，你想想，我是在上头的多，那便怀男娃了。刮刀脸就笑。小八字胡又说：生男生女这还罢了，大夫又问过另一个孕妇是在上头多还是在下头多，她竟说她丈夫爱在她的后头，大夫就不言语了。你知道大夫为啥不言语了？刮刀脸说：为啥？小八字胡说：她可能要生下个狗崽子！两人哈哈地笑，而且用眼睛看吐唾沫的女人。女人黑了脸，站起来就走了。小八字胡更放肆了，说：瞧见了吧，她一定也是丈夫在后头的！我实在看不下去，说：你还算不算个人，这是人说的话吗？小八字胡说：你是谁？我说你甭管我是谁，在这么个地方你别胡说八道！他说：我是胡说八道，我是有意让她听的，你知道她是谁吗？我说：是谁？他说：她丈夫才受了法，是个反革命，反革命的孩子是不是狗崽子？

　　在那一刻里，我立即感觉到走了的那个女人可能是胡方的妻子。女人的感觉往往神奇呢，我相信我的直觉。遂离开了座椅到医院大门口去，那女人就在大门外的一棵苦楝子树下嘤嘤地哭。

　　"你怎么在风地里哭，对孩子不好。"

　　"他流氓，欺负人！"那女人说，"他是我们那条巷道的，他可以骂我，骂我的丈夫，但不可以骂我孩子！"

　　"你丈夫是姓胡吗？"

　　她睁大了眼睛看我。

　　"是不是叫胡方？"

　　"你认识他吗？"

　　这就是叶素芹。我们就是这样认识的。我告诉了我曾是胡方的战友，如何来成都见他，而不幸的是他出事了。叶素芹说她那天正上班，等回来胡方人已不在了，听邻居说来了一个女的提了一篮子的红枣，"没想到是你，"她说着，从我的肩头上揿下一个线头儿，我们两人抱头就哭了。

　　那天，我们都没有再做检查，两个孕妇相互搀扶着去了临近的一家饭馆吃抄手。叶素芹的情绪一直不高，饭也吃得少，她详细盘问了我的情况，我除了没有讲到我和胡方延安的恋情外，把什么都告诉了她。她就又哭了起来，说：你们是战友，可你是北京的干部了，胡方却成了反革命，我的命就这么可怜，嫁了个反革命偏还怀了他的孩子，与其孩子生下来是狗崽子，不如我把他做了。这是我最担心的事情，她果然有这么个念头，在那差不多两个钟头里我都在劝慰她一定要坚强，一定要保住孩子。"不管胡方为什么事被抓去，你要相信胡方是个好人，或许他的问题是哪儿弄错了。"我说，"即使胡方有罪，孩子有什么罪？你想想，有了孩子胡方就有新的希望能活下去啊！"叶素芹最后是答应了我。在付饭钱时，她要掏，我不让她掏，两个争执了好长时间，她就邀请我去她家。我没有去，我们约好明天来医院检查。

但是，第二天我离开了成都，我心里明明白白在这个时候应该去照顾叶素芹，给她说些宽心话，可我的感情里却并不愿意和她多呆在一起。叶素芹是不漂亮，当我得知她是胡方的妻子时，我第一想法胡方怎么娶的是她。我生出一丝高兴是因为她没有我漂亮，我完全可以战胜她的，而随之就想，她不漂亮却成了胡方的妻子，又有些许的妒意。我毕竟是女人。我说不清我的心思，我也难以把握住我自己，就在天未亮赶到了火车站。

现在，我们是都老了，太阳照在阳台上的时候，我常常坐在藤椅上回想往事，那一幕奇遇就浮在眼前。我倒后悔那时没有去她家，一是在她最需要人帮忙时帮她，二是如果呆上几天，我们的关系或许就成了友好的朋友和亲戚。

19. 景川

河从两座山崖的夹缝中出来，路却从夹缝中进去，无法想象夹缝进去的路并没有沿着河岸，而是提升到了半山腰，在那里蛇一样地绕。车速非常快，每在转弯处飘然转向，似乎完全凭车的惯性，自如得不露痕迹，如一个处事圆滑的人。但车上的人全都吐起来,已难以欣赏这儿一户人家那儿一丛柏树下的几堆坟丘。半个小时后,路落下了河滩,河滩也越来越宽,竟是一条大川,这就是响河源。响河是丹江的一条支流,叫响河源的地方在大山深处为平坦的坝子,给谁说谁都不肯相信,可它真真实实,是我在陕南见到的最美丽的山水。

杨门墩同意领我们去苏维埃政府旧址参观,膛过了清浅的流水到了河那边的滩上,令人兴奋的是,滩上一片一片灿烂的像蝴蝶一样的花。这种花类似沙漠里的蒿子梅,茎秆却没有蒿子梅那么纤细,而且长满了锯齿样的刺,你一走近便粘惹一身。但这种花是臭的,若拔下一束编成花环戴在头上,或者缠在腰里,风情是风情,立即有一种捏死了甲虫所散发出的气味,同时你的脊背上、腿上突然奇痒,继而疼痛,才发现这里仍有牛虻,隔着衣服吸血。牛虻是嗅着花草的气味来的,花环却成了扑赶牛虻的掸子。"门墩,门墩!"我叫着向导的名字,杨门墩回过来朝着我笑,他叮咛我不要采花,越采花牛虻越多。怪事,不叮别人专叮你,怕都是些母牛虻!杨门墩一幽默,我们就相处得轻松了,我摸摸他的长脖子,脖子上的喉结大得出奇,也尖得出奇,怀疑是不是患了瘟瓜瓜病?杨门墩就提示山里人喉结都大,山里人住得分散,要长声招呼,嗓子好喉结就大了。他捏着鼻子学公鸡叫,叫声果然亢然洪亮,那远处的村里立时有无数的公鸡母鸡都响应了。

我是在路从半山绕下来的一处弯道上遇见他的,他在山岩下砍荆条。山岩上有许多砍荆条的人,他们附在岩上砍,像壁虎一样。砍下一堆,用葛条捆起来,推跌到公路上,然后从山上下来,将柴捆放在停在路边的拉车上运回。因为风景好,又快到了那个小镇,我是下了车步行的,一捆荆条就带着土石从山上往下跌,吓得我藏在一块巨石后。杨门墩就跑下来了,招呼我说:吓着你了?我气呼呼地说:你要是今日把我砸死了,看我怎么和你说?!他说:你死了还能说话?我才知道话说错了,自己也笑了。他就问我是不是要去镇上,去的话,可以坐他的车子。

"砍荆条是编筐吗?"我坐在拉车帮上,公路是缓缓地往镇子的低处去,他双手扶了车把,脚步一点一点,车就向下冲去,人便浮起来,像做着杂技表演。

"烧柴。"他说。

"烧柴就全是这荆条吗？"

"这里没有煤，世世代代就在山上寻柴火了。"

"满山就那么些荆条子，砍完了以后烧什么呀？"

"烧什么，那谁知道？"他说，"我们这儿以前可是大森林哩，国民党时期烧过一次，烧了一个月，以后就没了林子，年年长些荆条，年年砍呗。先还在家门口砍，现在家门口的树根疙瘩都挖光了，只好跑这么远。"

"国民党时期烧过一次，是为了开荒种田？"

"为了赶游击队。"

"游击队是游击的，用得着烧山？"

"虱在羊皮袄的毛里，你怎么捉？"

"游击队赶走了？"

"把司令捉住了。"

"是在一个叫王家坪的村子吗？"

"是王家坪苏维埃政府旧址，现在是革命教育基地。"

他说的正是我要去的地方。我希望他能领了我去，但他笑了笑，却把我拒绝了。他说你们城里人总是去那里参观，你们参观有吃的有喝的，参观回去了还拿补助，我们山里人可得扒拉着过日子，没那个兴致。

我没有再求他。

到了小镇。小镇真小，就那么几排房子，若不是房子的墙是白灰搪的，门口刷着标语，挂着乡政府的牌子，而乡政府门口有几个吃食和杂货的小摊，一些衣着明显不同的人在那里买着煮熟的玉米棒子啃，这里和山里大的村庄没有任何区别。我没有下车，门墩拉着荆条继续往前走。走过卖蕨根粉的摊点，几个人围着看一只被卖的猫。门墩在叫：又卖猫喽？

"门墩，捎脚了？"猫主说。

"捎毬脚呗！"

"你在骂我？！"我伸脚踹了一下他的屁股。

门墩回头冲我一个鬼脸，说："买猫不？那猫多好，城里值大钱的，在这儿也就百十元。"

真的，我是喜欢猫的，但我立即能看出放在猫身边的那只喂食的碗是件古董。我跳下来，门墩也跟过来了。我站在那里看猫。门墩说，我给你介绍卖主了。我站着不动，看猫，目光却瞥着那猫食碗。那是只明代的碗，虽然碗口有一点残，但绝对是一眼货！在这么个山地，民间里还有这么件古董，我激动得有些发抖，我不能让别人看出我的失态，再不正眼看猫食碗，慢慢地蹲下去，逗弄着猫。

"好猫，"我说，"多少钱？"

"三百元。"

"太贵了，一只猫哪有这样的价。"

"你真心要，那就二百九吧。"

"二百元！"

"不行，你不要用手摸，猫毛就脏了。"

"二百二。"

"给二百六吧，图个吉祥数字！"

成交了，我付了二百六十元把猫抱住，要站起来了，我说：我在城里住的，路远，路上得喂猫的，顺便把猫食碗拿上喽，卖了牛还在乎一条牛缰绳吗？

"噢，这可不行，这碗是不卖的。"

我说给加十元钱吧，他还是不卖。你给多少钱也不卖的，他把碗装在自己的怀里。他不卖碗，我就没必要买猫了，可要退猫，他有些火了，一副凶相，大声叫喊屙出的屎还能吃进去吗？我当然和他吵起来，他最后同意他可以掏一元将猫再买回去，理由是一个姑娘出嫁了，即便只结婚一天而离婚，那再嫁的聘金就该打折了。

我抱了猫又坐在门墩的架子车上赶路，我说门墩呀，这猫送了你吧，权当是搭车费，你们山里人太刁蛮，算我倒霉。门墩说你怕不是买猫哩，你看中的是那碗。我吃了一惊，说：我会看中那个碗。门墩说这你心明肚知，这是明朝的碗，值万把元的。

"原来他是在钓饵呀！"

"那也是让你们城里人教会的。那人是爱养猫，先前他家有古董，但他并不知道是古董，给猫当了喂食碗。结果有城里人说买猫，顺手把那碗拿走了，在苏维埃政府旧址给人夸耀捡了个大便宜，又到处在山里人家搜寻还有没有什么古董。山里人就明白了，开始诱饵城里人，他就故意拿了另一个古董放在那儿，等识货的买了猫要拿碗时，碗是坚决不给的，猫却就卖个好价钱。"

我后悔得嗷嗷叫。

"我不要你的猫。"他说，"以前吃了亏的，都是黑了脸闹，你没闹，你是好人，就凭这一点，我可以领你去苏维埃的旧址。怎么样，山里人并不都刁蛮吧。"

柴火拉出了有三里地，门墩将车停在了路边，领我涉过了河，往对岸的一个小村子走去，那就是王家坪了。村子建在半坡上，村口的人家山墙边有一棵空心柳树，绕过树，漫坡上铺着石板，两边都是猪圈和厕所，有鸡就在那里卧着，人走过去便飞了，一阵乱叫。上了漫坡，一个大门楼子，虽破旧了，但门口蹲有石狮，门楼上饰着砖雕，墙上的黑木匾上写着"王家坪苏维埃政府旧址"的字样。进了院子，简陋的一个小四合院，有两棵核桃树，枝丫交错，荫凉遮到屋后凿出的后坡根，院地上生满了绿苔，稍不留神就得滑倒。堂屋的门锁着，透过菱花窗棂，看得见里边一张八仙方桌，四把椅子，东西两台土炕。一处极著名的旧址是如此残败和冷清，我多少有些后悔此次来的必要性了，把猫放在院子，它喵喵地叫，我说：去吧，就在院子里捉老鼠护文物吧。院门口一声咳嗽，进来了一位老者，将一口浓痰吐在墙上了，自称他姓汪，是这里看管房子的人。"我在地里锄草哩，得知有人来参观了就赶过来。"他说，"欢迎参观！"门墩说：汪伯，这你得好好介绍情况，这位同志可是买了你外孙的猫的。老者说：他又在镇上卖猫了？要骂些什么，看了看我，又看看那猫，却笑了：人说城里人精，我看脑子里有水，水大得能养鱼哩！

老者是极认真的，他打开了房子的锁，让我在土炕上坐，介绍这里是陕南游击队在当年建起的第一个苏维埃政府的房子，游击队员常来，就睡在这炕上。"坐在炕上是不是感觉有一股豪气？"他说。又让我坐在八仙桌边的椅子上，说这张桌子是会议桌，游击队许多大事就是在这桌子上决定的，桌上的那一盏豆油灯也是当时用的。又指着门后的鞋耙子，说他那时小，跟着游击队跑，但他会打草鞋，杨司令穿过他的草鞋，胡参谋也穿过他的草鞋，他打的草鞋结实，又不磨脚。

"胡参谋，"我怀疑那鞋是老者把他家的东西塞进来也当作了革命的文物，"是那个叫胡方的吗？"

"你了解那段历史？"

"我在西安和州城里了解了一些还活着的老革命的。"

"你见到的是谁，他们怎么说的？"

我其实那时哄了老者，老者却紧张起来。他严肃地告诉我，打游击的时候，他还是个娃娃，没有背过枪，却放过哨，他现在仍是农民，从不想给自己树碑立传的，但他清楚游击队的领导先后更换过三次，每一次都有一班人马。如今大部分人都死了，留下来的就写革命回忆录，偏夸自己那一班人马的功，贬损另一班人马的过，事实便歪曲了。

"我不是任何一班人马的，"老者说，"别的事我不敢说，可谁在这儿住过，谁从来就没来过，我能说得清！你问那个胡参谋吗？"

"是胡方吧！"

"是胡方胡参谋！人那时很年轻，白白的，会画画，他在王家坪画过许多像，当年这屋子里就挂着他给杨司令画的头像。七·一四事件后，国民党来人把这屋子里什么都砸了，头像也撕了。头像要能留下来就好了，杨司令是个长脸，他连一张照片都没有。但杨司令被铡头牺牲后，胡参谋却没有死，听说现在人还在西安。"

"他们被俘就在这里吗？"

"是在这里，那是三更天吧，杨司令一帮从北山下来，当晚吃过饭都睡在这两个大炕上，敌人就从后边山上和对面河滩围了过来。放哨的战士恐怕也是疲劳了，打了一个盹，可就在打那个盹，被端了哨。屋里的人听见枪响，扑起来就往外冲，已经来不及了，只要一翻过龙松崖，就能钻进那一片黑松林子里鬼也寻不着了，但他们没能翻过去。杨司令举了望远镜往远处望，一颗子弹就打过来，正好穿过了双手，腿上又中了一枪，他就在龙松下被俘了。"

"我在西峡的时候，听说过这样一个情况，"我说，"说是游击队内部发生了内讧，政委要求把游击队带到西峡去，司令却坚持在这里，两人意见不合吵起来。政委就策反司令手下的几个骨干，要威胁司令走，司令大骂了政委，甚至要杀掉他，政委就领着一部分人连夜跑了，敌人得到消息，便围剿了过来。"

"瞧瞧，这话又胡说了，"老者气又来了，"有的人就想给那个政委翻案，也是为了表自己的功，对立面都死了，就由他们来说了。"

"这些我不管，我也不是要来写这段历史的，可矛盾是有吧。"

"当然有，司令第一次来这里是养伤来着，他就带着胡参谋和几个警卫员。房子是王家坪的一户地主的，给他当长工的一个人后来投奔了革命，地主将人家的祖坟挖了，司令一伙人来后就把地主一家五口打死在前边的河滩，住在了这里。杀地主一家人时，那个小儿子给我磕头，让我能说说情，饶他一死。我说你说实话，挖人家祖坟时你去了没有，他说他去了，但挖了几镢头就担茶水走了。我说，那你不也挖了几镢头吗，这情我就不好给你说了，你想吃啥，哥给你到家拿去。这小儿子最后是被一砖头拍死的。司令他们在这里住下后，伤一个月后养好了，有个风水先生来过，说这地方好，尤其村后龙松崖上有龙松是预兆着要出人的。若在这里住多少年，将来便能当多少年大官，司令就信了他的话，住下不走了。事情也怪，司令住下后，一切都顺当，打过几次仗，仗仗都赢了。司令就让胡参谋画像，给他画像，把像挂在屋子里。政委有意见了，说要挂像应该挂毛泽东和朱德的像，把胡参谋叫去训斥，问画像是什么意思，要在陕南搞独立王国吗？和毛主席朱总司令平起平坐呀？！胡参谋把画像取下来。司令却勃然暴怒，正在镇上吃饭哩，一听消息一碗热饭连碗摔在地上，骂道：为什么不能给我画个像？我就要画，怎么着？便回到王家坪当着政委的面让胡参谋画。胡参谋画得不准确，鼻子画得太小了，不行，撕了重画，画好了贴在墙上，从此，司令和政委结下了疙瘩。这就不说啦，反正是司令在这里住过了两年,一直到七·一四事件发生。"

"风水先生不是说这里住多久将来做多久的官吗?"

"他若能活到现在,肯定是大官了。"

我提出能否去龙松那儿看看,老者很殷勤,和门墩就领我到了村后的坡塬上。坡塬上有百十亩左右的一个平台,崖边果然长着一棵古松,树老得满身起手掌般大的皮,一揭一片,树却不高,几乎是顺着崖坡盘旋扭折,末了又回头往崖上长,其形真的如龙。

"胡参谋给司令画像的时候,司令是坐在那树根上的。"老者说,"我记得清清楚楚,胡参谋每天下午就在那儿画,要司令一会儿坐着一会儿站着,司令就骂:你是趁机会摆布我呀,一张像你画了多少天啦?胡参谋就笑笑,他话不多,但我知道,胡参谋那时并不想画,司令让他画,他就画,他是和司令一块从延安来的。原本他要回延安的,司令没让他走,说你跟着我没错,我把事情弄大了,你也就大了,延安是根据地,咱这里也发展一块根据地,将来陕北陕南夹攻,整个陕西就全是共产党的天下了。胡参谋就那么留了下来,像画成后,为了不褪色,需要白矾水涂一遍,山里没有白矾,还是我出山去县城买的。"

"胡参谋就画过那一张画吗?"

"他画得多了,光司令就画过十几张,还给村里好多人画过,但司令后来批评了他:啥人你都画?!他就不画了。"

"村里还有没有谁保留着当年画过的像?"

"你是来收集革命文物的吗?"

"那倒不是,我只是问问。"

"没有了。敌人围剿过来,司令的那些像当时就毁了,司令一杀,村里人谁还敢保留游击队的东西?我后来是去了县城王家钱庄当伙计,解放了回来当农民,我曾经去找过县上的领导,我说我是为革命出过力的,能不能安排我个吃公家饭的事。我还拿了个小本本,本本上有胡参谋当年给我画的像,那位领导却将小本本当下投进火炉里烧了,他说:你还提姓胡的,不要再给人提啦,姓胡的是反革命在牢里蹲着哩!一直到前几年,这房子要做革命景点呀,才让我来照管,可看管这么个景点,真不如去管一个庙,东山岭上的那个庙香火钱多得很哩!"

我拍了好几卷照片后,与老者告别,老者说:有收获吗?我说:有,只遗憾没有搜集到胡参谋当年为人画的像。老者说:你跟我合个影,拿回去就可以证明你是来过王家坪苏维埃政府旧址呀!我和老者就合了影。合影毕了,我说再见,老者说:就这样走啦?我明白了他的意思,掏出一包香烟塞给了他。他接受了却对杨门墩说:这么贵的相机人却小气。杨门墩说:猫不是给你留下了吗?你可以让你孙子再去卖啊!

我和杨门墩再涉过河去的时候,杨门墩似乎对我好奇起来,问我是什么人,怎么就能知道胡参谋?我告诉说胡参谋是我的一个朋友,杨门墩就说:那他还活着,怎么不回来,和毛主席一样。我说:这怎么是和毛主席一样?杨门墩说:毛主席离开延安后就至死也不回一次延安,延安是他最困难时呆过的地方,他不愿意触景生情。我说:你这么理解呀,那么这里人还在念叨着胡参谋吗?杨门墩说:说是说过,可都是笑话那个司令和胡参谋,司令坚持要住在这里,不但没将来做大官,连命都丢了,而那个胡参谋偏偏就为他画像哩。杨门墩话这么说,我就没话再对他说什么,分手后我独自返回到小镇,卖猫的人仍坐在蕨菜根粉的摊点前,怀里抱着一只猫,猫已换成黑猫,喂食碗还摆在那儿。我给他笑笑,他认出了我,也给我笑笑,我们各自明白着,但谁也没有说话。

从王家坪回到荆子关,我是没有把这次行动在电话上告诉胡方,想想他与我这么熟,什么都说给我,却就隐瞒了他在王家坪为司令画像的事,我无法猜测他当时的心理,是出于司令的威逼还是真相信了司令将来能做大官的话?再想想,如果他不为司令画像,司令和政委就不会闹矛盾而出现游击队分裂,也就不会有七·一四事件和他以后一连串的遭遇了。

说来也巧,第二天,我在荆子关就遇见了一位算命先生。当时镇街上围了一堆人让一个算命先生算卦。我一走近去,他就要给我算,我说你能说出我是干啥的我再让你算,那人说你这是不信任我么,我可以告诉你,我原本是了不得的人哩!我说,是你长了副冬瓜脸吗?他说我的下边,你明白吗?就是生殖器上生着一颗痣哩,下边有痣的人能当皇帝的，当不了皇帝也是四妻五妾哩！我抬起屁股就走，他算什么卦，下边生一颗痣就当皇帝呀能四妻五妾呀，我下边是生着三颗痣的，现在还不是单身一人？便作想当年那个风水先生就是这样日弄了游击队的司令，司令又日弄了胡方的。

　　夜里，我在日记上这么写着：几时一定要动员胡方回来一趟，让他到王家坪旧地重游，他若见到那座房子，那棵龙松，不知会有多少感慨！如果也能见到那老者、门墩和卖猫的人，会不会来兴趣也为他们画像呢？

20. 胡亥

　　孩子仍然在医院里，每日我陪伴打完吊针，又买了饭送去，便百无聊赖地给我的一位诗友打电话。这位诗友曾去西安签名售书过，我很好地接待过他。诗友很快就搭了出租车过来看我，他的样子更酷了，头发全部染成了黄色，对于孩子的病，他劝我要想开些，以哲学的意义去看问题，人活着的目的不就是为了死吗？何况这点小病，大不了将来换肾，他与一个专门经营肾器官的人是哥儿们，提供货源没问题。我没有嫌弃他的话，他的作风就是这样。他邀请我去参加他们的一次艺术沙龙，地点在一片高楼大厦后边的一栋小楼上，沙龙的主人并不是个诗人却是一名小说家，而且是女的。房间很大，铺着红的地毯，四面墙壁也涂了红的颜色，客厅里只有一把明式的椅子，椅子上放着一双软底绿帮绣花鞋，散发着一种强烈的性诱惑气息。我的到来，女主人似乎很冷漠，我的朋友介绍说这是西安著名的胡亥，她一脸的慵懒，"是吗？"把手伸给了我，她的手很软，很凉，但她却当着我的面与我的朋友拥抱了，互相还亲了额头。参加沙龙的人陆陆续续都来了，其中有留着胡子的诗人，有在脑后扎个小辫子的画家，有剃着光头却一身名牌西装的小说家。一会儿进来几个又高又细的仍穿着细高跟鞋的女子和花衫子的男人,又有外国人,刺鼻的香水味儿我受不了。这些人来了,嘀嘀咕咕与她说一阵耳语,又走了,我的朋友埋怨着怎么你也认识这些人?女主人说:他们是模特和歌手,就住在隔壁,你不是整天要见识同性恋吗?我还通知了一对。我的朋友就笑了笑,开始与来的那些人介绍我,他当然不是要介绍我,而是给我介绍着他们,这些人的名字有的我知道,有的我不知道,当介绍到那个裤带系得很低,几乎随时会掉下来的人,原来他就是诗人××。"这可是国内最著名的诗人!"我的朋友说,"你知道他?"我说当然知道,如雷贯耳喽!"你说说你读过他的什么诗?"我却一句也说不出来。"你肯定说不出来,谁也说不出来,但他确实是谁也不知道他写过什么却谁都知道他是著名诗人的诗人!"大家就哈哈大笑起来。我那时很尴尬,但我看得出来,那位著名的诗人并没有一丝愧意,他说:这是我的悲哀,也是中国诗人的悲哀,在中国像我这样的诗人很多,真正的诗是不被当时的社会所接纳的。我点点头,开始啜我的红酒。那天的沙龙,当然是没有主题的,但他们都争着发言,几乎全在义愤汹汹地咒骂着诗坛,咒骂诗坛存在的霸语,将在诗坛上享有盛名和拥有权力的作者——骂了个狗血淋头。北京的沙龙比我们西安的沙龙骂得大胆,用语也刻毒,这让我受启示不浅。他们骂过了就开始喝酒,结果满地的空酒瓶子,男女们也言语轻佻起来。女主人是朗读了她的小说的一段,人就醉了,先躺到她的卧室去。我实在困得要死。我的朋友便让我也到她的床上去睡一会儿。我怎么能和她睡一张床呢?我去厕所里抠喉咙吐了一堆污秽,推开了另一间卧室门,那个更年轻的诗人正和那位留了短发的女散文家一丝不挂地绞了一堆,我怔了一下慌乱地说:我走错门了。就往出退,他们说:把门带上!我把门带上了,出来竟真的走错了门,把女主人的卧室当作了客厅,女主人躺在床上,看着我说:你也醉了吗?要睡只能睡在那头,别抠我的脚,今天我可没那个兴致的。

这一觉睡醒来的时候,窗帘在掩着,阳光映得房间如一间烘炉,我恍若隔世,不知身在何处,想了好一会儿,方清醒我原来是醉过了一场。爬起来，所有房间里没有了人，到处是狼藉的杯盏，红酒空瓶，诗人的愤怒和咒骂似乎还搅着烟雾弥漫在空气中，令人发呛。那张明式椅子上的绿色绣花鞋软软地扑沓着，像一对青蛙，旁边一张纸：睡猪，醒来后自己找吃的吧，出门别忘了把门关上。我去了洗手间洗脸，那便盆的小凳子上放着一沓正写的文稿，看了一行，便又把晾在墙架上的内裤拿过来抖了抖，重新挂好，心里有怪怪的感觉，拉闭门就返回了宾馆。

宾馆房间的过道上却站着韩文。

韩文是带着一只狗的。

韩文一再地向我解释，他并不是来干扰我的，他想着等江岚回来后一同来看我的，但江岚没有回来，而他家的狗却病了，他是领狗去看完病顺路经过了这里。

现在，我给你说说这条狗吧。这条狗当然不是土狗，但绝对算不上是什么名贵宠物，说它大不大，说小不小，毛色呈白色，稍微偏点黄。我初见到这条狗确实不可理喻，江岚和韩文都是京城的上流社会中人，尤其眼前的韩文，西服是那样整洁，领带的夹子十分考究，上衣的口袋里还露出一点叠得整齐的手帕，怎么就宠养这么一只丑狗！但是，当我蹲下去抚摸狗的脊背，我抚摸狗的脊背完全是为了尊重韩文而出于礼貌，可就在面对了狗头，我发现了狗的眼睛是非常的漂亮。世界上恐怕再也没有这么漂亮的狗眼睛了，它清澈明亮，尤其眼睑线生得黑而细，比年轻爱美的姑娘们画出的眼线还要均匀。我看着狗，狗也看着我，它似乎在微笑。真的，狗会微笑，我第一次见到狗在微笑着。我说：嗨，你好！它鼻子里嗤地发出一声，竟后腿直立起来，将一只前腿举起来，我们在握着，相互摇摇。

韩文说江岚不在，他更加精心地照料着狗，但绳从细处断，偏偏狗就出事了。他说今早上市奇石收藏协会开会，奇石收藏协会原本是一些奇石爱好者们的民间组织，他担任了会长，正筹备一次奇石的展览。只说会议很快就能结束的，所以没有带着狗去，没想会议却开炸了，是一部分人蓄谋要改组协会。我是在乎一个会长吗？可我毕竟是最早发起成立这个协会的。这个会长也是大家选出来的。我行使会长的职责难道就是专权吗？更难听的是，说我把退休前的行政机关作风带进民间组织！我生气退席回家了，可哪里料到狗却又在家里病了！韩文蹲下去，把狗抱起来，用他的鼻子碰狗鼻子，狗打了个喷嚏却挣脱了。我看着韩文，心里却想，他退休前在单位担任过什么职务我都不清楚，可能官位不大，而在奇石收藏协会受人反对，说不定他真是把当年做官中的作风又死灰复燃了，是他要重过当官的瘾呢还是当官当惯了养成了一些坏毛病？我说，有矛盾很正常，官方的民间的你见过哪个领导班子是团结一致的，退休了玩奇石怡怡性就是了，何必认真呀，老伯心情不好又忙着给狗看病，还来看我，实在叫我过意不去啊。韩文说："不说这些事啦，咱叔侄见面，就把那主任呀会长呀的帽子都撂下，咱说咱心里话，在北京还习惯吧？"我望着已经跑开的狗，说："习惯着的，你说狗是病了？"韩文就轻声唤道："狐子，狐子！"他叫的是狗，我一时脑子里没有转过弯，发了一个怔，因为我的朋友也常常这么称呼过我。韩文也意识到不应该在我的面前这么唤狗的，脸上有些愧疚，嘴里立即发出嗷嗷之声。

走廊那头的狗一颠一颠地折返过来，门一开，跳上我的床铺，连翻了三个跟头。

"狗欢实着么！"我说。

"它是想江岚了，给我装病的。"

韩文说，江岚出差了几天，狗是把他折腾坏了，他得每天傍晚领了它去户外溜达，回来还得给它洗澡。昨天夜里，它哼哼唧唧的，他起来骂了它，它竟把屎和尿在房间到处拉。他气得打它，它汪汪的声比他还厉害。他听不懂狗话，又真害怕它要在家里胡闹，只好又给它说好话，劝它安静。今早生了一肚气回来，一进门，它是病了，不吃也不喝，卧在江岚的床上发蔫儿，他喂了食，它一吃就吐，而且浑身发抖，眼睛也睁不开。吓得他赶忙抱了往医院跑，兽医检查了，怀疑是吃了不干净的东西。

"拉过稀吗？"兽医解开穿在狗身上的小袄儿，用听诊器听腹动脉的跳动。

"没有。"

"是没有，"兽医把小袄儿重新穿好，狗软得像一团面，抖得更厉害了，还吐了一口东西。"你给它交配过吗？"

"这不可能，大夫。"

"它是不是接触过什么狗？"

韩文紧张起来了，难道是在他经管期狗跑了出去？江岚是特别讲究狗要干净的，真的与别的狗有染，那事情就坏了。韩文说："你是说它怀孕了吗？"

兽医再一次掰开狗的嘴巴，又掰开狗的尾部，把眼镜卸下来看着狗，狗抖得越发像害了疟疾。兽医盯着韩文了。

"你是狗的主人吗？"

"我家的狗。"

"你一直带着它吗？"

"我老婆带的。"

"你老婆呢？"

"她出差了。"

"噢，"兽医说，"它是想你老婆了。"

"你说什么？"

"你不是它的主人，它想它真正的主人了！"

兽医的话刚一落，狗汪地叫了一声，从桌子上站起来，极敏捷地跳在了地上，并跑出门，站在了门外。狗真的是想念了江岚而装病威胁他的。韩文是又气又笑，他领着狗往回走，骂狗你装病么，阴谋一经揭穿你怎么就不装了？狗低着头不吭，韩文又告诉说：好了好了，我玩不过你，江岚很快就回来的。这时候他才发觉，他经过了我居住的宾馆，就问狗愿意不愿意上楼去见见战友的儿子，狗汪汪连叫了数声，几乎不是他领了狗，而是狗领了他跑进了宾馆。

"江岚一回来，"韩文说，"我就给你打电话过来，你到我们家一定得坐坐。"

"你先替我向伯母问好！"

我拍了拍狗的脑袋，狗皱着小黑鼻子把我这儿嗅嗅，那儿嗅嗅，竟温顺地倒伏在我的怀里。我说："我家以前养的狗会装病的，你小东西也会装病呀！"

我们家以前是养着一只狗的，但狗是土狗，样子很丑。我父亲把它从青海带回来，我母亲怎么也看它不顺眼，说城市里养的狗最差也该是个哈巴狗，哪有这么大的一条土狗？她曾经让人把狗的眼睛蒙了，用车拉到南郊扔到一条土壕里，出奇的是狗又跑了回来。我的母亲也曾唆使家属区的孩子让把狗打死，谁打死谁去吃狗肉，但狗非但没被打死，还咬伤了那些孩子，结果孩子的家长来寻父亲论理，父亲才把狗寄养在他的一个同事的四合院去。这位同事是个狗迷，他使多种的狗杂交，竟使我家的那只狗产下一窝狗崽，狗崽就再不长个，完全成了模样很怪的一种小宠物。父亲又把小狗崽带回来一只，母亲仍是反对，吵闹了一场，父亲抱了狗住在了他那间霉而窄的平房里。我是在小平房里玩过那条狗，那条狗是条公狗，在它又与别的狗交配后产下崽便死了。"文革"开始后，父亲从小平房搬回来住，但他没有再带狗，我问过他，他说：送人喽！

"这狗的爷爷也是你父亲托人带来送了我们的。"韩文说。

我愣了一下神，口里支吾着，心里却什么都明白了。我再一次把狗的前腿抬起来，使劲往高处举。我不知道这是我家那只狗的第几代子孙，它是在退化了，没有了它的祖先的强壮和凶狠，但我仍闻见了我家那只狗的气息。如果一道名菜，譬如说东坡肉，是活动的文物，那么，我更愿意认这只狗就是我家原有的那只狗！我说：喂，你认得我吗？

韩文说：你到底是诗人，诗人话说得有趣。它可能嗅出了你身上的气味，不，你胡家的气味，瞧它对你多亲热！

我立即把狗放下来。

送走了韩文，当天我搬迁了宾馆，三天后带着孩子返回了西安，我到底没有在北京见到江岚，也从此再没有见到过韩文和那条狗。

21. 江岚

　　胡方两次来到了北京，我都没有尽到地主之谊。第一次是没有喝过我一口水，也没有吃过一顿饭；第二次是从青海调回到了西安后来的。我那时已经准备好了，请他到我家去，但从电影院出来，话不投机，便不欢而散了。

　　看电影是他提出的，因为当我们从他居住的宾馆出来，发现了旁边的一家电影院门口正贴着演出《狂飙》的广告，"咱们要感谢这部电影呢，"他说，"影为媒么！"就去买的票。

　　我是不愿意看这部影片的。因为我的演技粗糙，也正是演过了这部电影，我对自己失去了信心，再没有出演过任何角色。但胡方不行，他说他不管这部电影的质量艺术，只要看那个穿着破烂而秀气逼人的农妇哩。

　　"真人都在你面前了还看影子？"

　　"可它对咱们有意义！"

　　我们坐在了影池里，谁也不认识我，谁也更不认识他。影片是十多年前的黑白旧片，那个农妇美美地跑过一片高粱地，遇见一个土坎子，身子一跃跳了上去，然后是一个近景，她瞧见了开在坎沿上的一朵苦菜花。胡方悄声说：就是那一跃美极了，那侧影使我想到了延安的清凉山上。邻座的就有了说话声，一个说：呀呀，多大的眼睛，像鸡蛋一样！一个说：别那么大声！一个又说：农家的老婆有这么白脸的？白得像面粉！一个就说：你当炊事员的就不会说别的吗？胡方先是吃吃地笑，后来他撅了嘴向我暗示：昏暗的光线里，就在我们的前排，坐着的是一对少男少女，他们压根就不是来看电影的，一直都拥抱接吻。我低声说：

咱们现在老了。没想他凑过来耳语，才说了一句"谁说的"就拉住了我的手。我的手在他的手里揉搓着，后来又拉到他的嘴边。突然，影池里的灯一下子亮了起来，是换片子了，我们赶忙分开，但已经迟了，我听见了嘘声，知道四周的人在嘲笑，羞得脸一发烫就离开了影院。胡方紧跟着也出来了，他问：你怎么就不看了？

"你还不嫌丢人现眼？"

"丢人现眼什么啦，年纪大了就不能有爱情？"

"咱这是爱情？"

"怎么不是爱情？"

"是偷情。"

我这么说着，是我从不愿说出口却一直压在心头的话。自与胡方联系恢复后，我是无法禁止不去想念他，但我又不得不思考我们的关系到底是什么？胡方没有出现前，我们的家庭虽不能说幸福美满，却也安静，胡方的出现，且在天安门广场度过了那一夜，我有了负罪感，曾在一个时期待韩文特别的好。这一点，连韩文都十分吃惊，对我说了一箩筐的感激话。韩文越是百般地感激我，我越是对我们夫妻关系产生了怀疑，便拿他的短处比胡方的长处，越比他越短。我一再提醒自己比较当然不能这样比较，但脑子里一想到他们两人，满脑子里仍是胡方的长处和韩文的短处，于是心里充满了悲哀和烦躁。我的脾气就是从那个季节变坏的。但是，我和韩文毕竟是现实生活中的夫妻，吃一锅饭，睡一张床，我这样做算什么呢？如果没有战争，韩文是多余的，现在却是胡方多余的了吗？与胡方见过一面又通过了无数封信，我们从未涉及过这方面的问题，我无法说出来，我也知道他竭力回避着，似乎两人是生活在真空里，只会热烈而热烈地倾诉着各自的思念。我不了解胡方是怎么安妥自己灵魂的，或许男人家的心胸大，是走到哪儿算哪儿的态度，而我却像一只气球在欢乐地飘着，却无时无刻不担心着碰了什么尖利的东西突然戳破了它。有一个相声里的段子，说一个睡在楼下的人常常受到住在楼上人弄出的响声的干扰，他总是在楼上咚的一声响后，就等待着第二声响，但第二声一直到天亮没有响，他就睁大了眼睛整整坐了一夜。我就像那等待第二响的人。现在,我是憋不住了。他定定地看着我,脑袋沉重了,垂下去。这是我们谁也不去触动的话题啊!

"去我们家吧,"我突然地同情起胡方了,觉得我的话残酷,也是我又要逃避了。"我要好好给你做一顿饭的,你还喜欢吃小米汤里煮面条吗?"

"去你们家,"他说,"这行吗?"

"怎么不行?"

到这个时候,胡方才问起我的家庭,什么时间结的婚,丈夫是干什么的,我没有正面回答他,却反问:你先说说你的情况吧。他显得是那样消沉,说他的夫人是他在转业后组织上介绍的,四川人,个子不高,急脾气,但人挺能干的,一名行政干部。他还说:已经有小孩了,是个匪小子。

"你呢,"他抬头看着我,"现在轮到你了,你不会还是一个人吧?"

"你记得韩文吗?"

"韩文?"

"韩文是我现在的丈夫。"

我只能老实地告诉他,我是和韩文结了婚,我们是从延安到了东北后组成家庭,一块又到了北京。

"你和韩文结了婚?"

胡方惊愕地说了一句,脸色已经涨得通红,他在质问着我怎么和韩文结婚,样子有些凶,好像站在他面前的不是刚才他还在殷勤讨好的我,而是一个做错了事的小孩子。质问过了,又质问怎么和韩文结婚?我知道总有一天要说明这话的,这一天现在到了,我说:是和韩文结了婚。他一扑沓坐在了地上,地上很脏,他坐在了一只香蕉皮上,又从地上站起来,在口袋里掏纸烟,扑扑腾腾地吸,然后眼睛一闭,一颗眼泪明明显显从脸颊上流下来。我赶忙去给他揩泪,自己也终于俯在他怀里哭了。但是,胡方没有搂抱我,他弯下身在地上揉灭了燃烧的纸烟,再没起来,就蹲在那里又点着了另一颗纸烟,说:"也好,这也好。"

我知道,胡方的心情是极复杂的,他清楚我这般年纪不可能不结婚,可他一直不愿问起我的家庭,而接触了这个问题,他是希望着我的丈夫是他永远也认不得的一个陌生人，可事实却是韩文，他曾经的战友和朋友。如果是别人，胡方是能接受的，而韩文，却使他勾起了许多回忆，现在我们重逢，又这么数次的约见和无穷无尽的信件往来，他怎么能面对韩文呢？

"我几次想对你说到韩文，但话到口边又咽了，说出来你我都难堪。"我说，"但是，当你第一次和我联系上，韩文就知道了，他为你还活着十分高兴，你到家里来，他也一定会热情接待你的。"

"可我怎么去见他，"他说，"他一切还好？"

"还好，前几年患了糖尿病。"

"他应该早死！"

他话一出口，我便不高兴了，他也觉得他不该这样说，抬起头看着我，检讨他说错了，请我能理解他的心情，原谅他。但他断然拒绝着去我家。我怎么劝他，他都不听，末了说：我去干什么，那个家本来是我的，可鸠占鹊巢。我去受辱呀还是和他决斗呀？我不去，那是你的丈夫，那是你的家，那是你的孩子，我去干什么？

"这是我的错吗？是韩文的错吗？你不是也有你的老婆你的家你的孩子吗？"

胡方站起来扭头走了。

我站在那里喊他，他不回头，走下了电影院的台阶，消失在熙熙攘攘的人群中。我伤心地流泪了，以为我们的关系就这样从此再一次断去，至死也不会再续上了。战争使我失去了他，这一失去，我们只能是战友，是朋友，是同志了。我的命运是如此的悲凉。既然已经失去了他，为什么又要重新的相遇呢？我回到了家，韩文已经做好了晚饭，他一直坐在饭桌前等我，我下班回来从来没有这么晚，他就惶惶不安，害怕我出了什么事了。因为我的胃不好，常常犯了就疼得死去活来。他是给单位挂了电话，单位下班了，已没人接，他就怀疑我在回家的路上犯了病，却不知在路的什么地方。当我敲开了门，他喜欢地就帮我脱下风衣，又拿来了拖鞋，我却鞋未脱就进了我的房间，砰地把门关了。

"岚，你怎么啦？"他敲着我的门，轻而急切。

"我有些累,你吃饭吧。"

我倒在床上呜呜地哭。

韩文听见了我的哭声,他更加不安,不停地敲我的门,问是病了还是在单位受了谁的气啦。他总是那么喋喋不休,不依不饶要我开门。我把门打开,劈头盖脸地向他发火:你烦不烦?你还是个男人不是男人,你就这么啰嗦,你管我是病了还是受谁气了,你会不会让我安静一会儿?唉!韩文可怜地回坐在饭桌前。

我重新把房间门重重地关上,这一夜我没有脱衣服,甚至连鞋也没有脱,蒙着被子就睡了,我不知道我该恨谁,恨胡方,恨韩文,恨我自己和我拍成的那一部电影以及我到这么大的年纪了还经受这么一场感情的折磨!迷迷糊糊到第二天醒来,开了房间门,韩文竟就蹲在我的门外。天神,他是一整夜就蹲在我的房间门外的!他缩作一团,双目通红,眼角是豆大的眼屎,是那么的憔悴和苍老。说老实话,我心里长期以来都装的是胡方,可韩文却自始至终地爱着我,那一刻里,我痛极了,深感到对不起他。胡方是那样的不理智,这一事实或许是好事吧。我可以回到现实中来,踏踏实实和韩文在一起了。我说,你怎么不去睡,你是要折磨你呢还是折磨我,我厉声斥责他,却把他拉起来,嚎啕大哭了。

十天后,胡方却寄来了一封信,他在信中诚恳地检讨着他的冲动。他说他完全把我当作了延安时期的江岚,自从离开了延安,他这种感觉一直如此,所以他的心从来没有和他现在的老婆在一起。当见到我后,这种感觉越发强烈,他已经无法呆在他那个家里,而当听到我的丈夫是韩文,便无法容忍这个现实。但是,他还在说,现实毕竟是现实,他不能改变现实,只能屈服,现在他冷静了,从虚幻的世界里走了出来。但是但是,他在信中就这么用词,说他能坚持五天不再和我联系,却坚持不到十天,他的脑子如果还活动着他依然无法不想我,要是没有我的出现,他或许就浑浑噩噩地生活下去,可命运使我们又相见,他就不能那么可怜地像土拨鼠一样的活着,我成了他唯一的精神支柱,正是精神上有这种支柱,使他在青海度过了那么多年。他在信中的最后一段写道:我祝愿你和韩文幸福地生活在一起,我不敢再奢望更多的东西,只有保持我的相思，如果我们的寿命还会长，你的家庭里剩下你了，我的家庭里剩下我了，就是再老，头发稀薄，牙齿脱落，行走不便，我也会来找你的，向你求婚。在信的末尾，他还写了一首诗，他的诗写得很长，很年轻。写诗的那页纸的背面，他又加了一段：岚，我的话或许对于韩文和我的老婆不公，但相信我毫无恶意，你我就好好活吧，为你也为我保护你的身体和心情，以及每一片指甲和每一根头发。

不去想他，再不想他，又怎能不再想他？当我每天早晨醒来，第一个想到的人就是他，他来了这一封信，我未熄灭的热灰里火星又亮了起来。我好矛盾啊。我没有像他信中所说保护好每一根头发，而是三天里头发掉得一洗头脸盆里就漂一层。我去向我的一位最要好的女朋友请主意，她说了一句话使我不再痛苦，她说：咱们都是为别人活了半辈子了，为什么不为自己活一回呢？于是，我给胡方回了一封信，我称他是冤家，是魔鬼，我说，做不了夫妻那是命运，咱们就做情人吧。这字眼说出来是那么绕口，但这是这个时代唯一给我们的恩赐，我听你的话，好好活吧，为着那一天活下去！

但是，现在我还活着，他却死了。

我们是不能做夫妻的，夫妻的生活使我们只能死亡。

你一定要看那首诗吗？那我就背诵给你，他的文化水平并不高，我也惊讶他竟能写出这么好的句子来。

   一见心相倾，
   再见意缠绵。
   早起思倩态，
   晚念其名眠。
   旁人不知我，
   笑我失尊严。
   水清发蓝色，
   情到痴时颠。

叹不常厮守，
徘徊身影单。
人送美人金，
我赠云一片。
化作檀木梳，
为尔挽发卷；
化作鞋与袜，
供尔步生莲。
身暂寄他屋，
神终归其坛。
盼得鸳鸯配，
从此不羡仙。
若是事难全，
相思等晚年。

22. 訾林和胡方

　　火葬了尸体，胡方的骨灰盒就存放在那里的灵堂内，我去了永宁宫疗养院收拾他居住过的房间，整理那些遗物。叶素芹因为悲伤和劳累，她的肝病又犯了，她没有去疗养院，打来电话：把老胡衣物就在那里烧焚了吧，他那些东西拿回来，我瞧着心里难受，如果他地下有灵，他也不愿意将他拿出去的东西再拿回家的。胡方的衣物也真的没有什么好的，我只留下了笔墨纸砚和一些书，这些或许可以留给胡亥，也可以给我和景川留些纪念物。我企图把江岚写给他的信能找出来，但抽屉里没有，床铺下没有，那一只皮革已经发硬皱裂的皮箱里也没有。后来我在景川的那所屋子里见到了江岚，江岚痴呆呆地坐在地上，面前是一个脸盆，脸盆里满满的灰烬，我以为她是在为胡方焚烧冥钱，她说焚化的是多年来她写给胡方的信。原来胡方从疗养院到这所房子来的时候，所提的皮箱里全是江岚给他的信，他可能要让江岚再看看她写过的所有信件，而江岚将其焚化了，是要他继续带着那批信到另一个世界里去。我们永远不能知道那些信的内容了，我想那一定是美文，但我们没有福分欣赏。然而我在永宁宫的房间里收留了几尺多高的画纸，那些纸上全画着陶瓶陶罐，且陶瓶陶罐的形状一成不变，仅仅角度不同，可以想见，他是长年累月地对着一只陶瓶和一只陶罐不厌其烦地画，重复画。这令我震惊又浩叹不已。当在院的角落，那一棵枯秃其顶的梧桐树下，黑烟滚滚地烧焚了他的一大堆衣物，我最后一次坐在房间里他曾经坐过的旧藤椅上翻阅那些画纸，在画纸中偶然地发现了其中的四幅背面记有文字。有两幅是放在画纸堆的底层，地板上的潮气使纸面泛黄变硬，有水渍印出一块一块痕迹，某些文字模糊不清，而放在最上面的两幅，明显的是他最后离开这房间前写的。胡方没有记日记的习惯，在他所有的遗物中的稿纸上、笔记本上从来没有记载他和江岚的事，但这四幅画的背面却密密麻麻都是这方面的文字。我读着是那样的激动和伤感，如孤身在山中突然发现了一个石洞，产生了无比的好奇，打着火把钻进去，可这些文字记载的事使我陷入了极大的疑惑，似乎从未听他提及过，又犹如我在石洞里迷失了方位，甚至寻不到继续往深处的道路也寻不着了来时的入口。房间的北面窗顶上是一张织得很密的蛛网，一只黑色的蜘蛛吊着一根丝垂下来，静静地就在半空。这蜘蛛一定是胡方养的，或者在他的保护下人蛛共于一室。我死死地盯着蜘蛛，觉得那是一个问号，是一个密码的键钮，我叫了一声"胡老！"声音渐渐地被四壁吸收和销蚀，隐隐地却产生了一种古怪的震动，传递着黄昏和荒园隐藏的恐惧。突然间，一群野鸽从窗外的树丛中惊起，拍打的翅膀撞击着屋檐，飞过了枯树顶和浓浓黑烟。

　　事后，我将这四幅画拿给了景川，问：你知道不知道这些事？景川的回答是不知道。我也询问了江岚，胡亥，甚至叶素芹，他们也搞不清楚。

我就怀疑胡方生前一定是患有精神方面的病的。但我又否定了自己，那前后的一段文字里却怎么写着他火化后的事情呢？我就毛骨悚然起来，觉得胡方的灵魂还在，如气体一般就附着于越来越朦胧的房间里，注视着我在读他的隐私。

无法联系。到哪儿去联系呢？退回的信封上写着：查此地址没有此人。是搬家了呢，还是也在这场"文化大革命"的运动中已经去世了？我问谁去？与其这么的受煎熬，重新把我抓起来就好了！

但我还得活下去，好好地活，因为无法知道北京的消息，我就有活着的必要和希望。白日的劳动，漫骂，羞辱，我已经是疲了，那个胖子老张有他对付的招儿，一上游街示众的卡车，头一低就瞌睡了，他这种本事我是学不来的。我有失眠症，正常的晚上都睡不着哪还能在批斗中间打盹呢？但我的办法是调整思维，比如你坐在屋里，屋外是没完没了的电锯声，聒得你心慌意乱，几乎要疯了，但你开始欣赏它，将其声拟为是在呼叫你熟悉的人的名字，那果然是在叫熟悉人的名字，你便觉得有趣和好笑。白天里就那么终于过去了，回到宿舍，土屋子里没有电光连一只墨水瓶做成的煤油灯也没有，四周一片黑，黑夜中我是自由的夜游神，可以走南行北，可以上天入地。邻床的马老头总是长吁短叹，或者时不时发出一种长声的"啊"字，他是在伸懒腰，睡在床上了还在伸懒腰，似乎那一声发自全身的关关节节处的"啊"可以吁出所有的郁闷和痛苦。这何必呢，马老头，不就是那一点事吗，大不了不再当那个领导么！在位上的时候，你是那样的刚愎自用，嘲笑着知识分子软弱，可现在你是一疙瘩胡基一经雨泡就成汤糊了，你连青海热泵站上的那个王有才都不如！我胡方是不会痛苦的，因为我有我的秘密，我可以从我到延安的第一天想起，直想到我离开延安的那个下午，我把所有的细节都想过了，想过了就不知不觉地睡去。我现在才知道人是需要爱情的，需要的不是床第之上的颠鸾倒凤，需要的是一种想象的享受，它实在是人生旅途上的一袋供咀嚼的干粮啊！但这秘密我没有告诉马老头。睡过了一觉,我又醒过来,马老头已经坐在床上用报纸卷旱烟末儿。他吸了一枝又一枝。我没有动弹,因为刚才的梦里我见到了江岚,我们是坐在一个茶社里,我坐在桌子的这边,她坐在那边,中间是那只茶壶。已经是坐了半天也说了半天,两人都疲乏了,头靠在椅背上,身子慢慢往下溜,茶壶就挡住了对方。我伸手去移茶壶的时候她竟也同时用手去移茶壶,我们突然地全没话了。一对情人的话说着说着突然都没有了话,那就有问题了。果然她走了过来,说:咱为自己活一回吧!她说话的时候满脸通红,说完就去了洗手间,我知道她去洗手间是一种掩饰,等她去后,我结算了茶账就站在洗手间门口等她。等她出来,然后我往楼上的房间走,我没有告诉她去干什么,她也不问去干什么,就跟着我,我们就在房间自自然然地做完了一场爱。我从幸福的梦里醒来,猛地想起民间的一种说法:梦都是反的。

她是死了,我这么认为着,她肯定是死了。她死了,我还活着干什么呢?我开始准备着我的死。

我是不怕死的。年轻的时候,死亡随时都在身边,死亡却与心遥远,那是枪声一响老子就上战场了。现在却与死越来越近,这或许是我的身体老了,身体在提醒着恐惧。我也明白活着的目的就是为了死去,花开了,花虽然是虚幻之花,但毕竟是花,花灿烂地开放过,再活着还有什么意思呢?就是受那些唠唠叨叨的吵骂吗,听那些无限上纲的批斗吗?我的生命活着在追求自由,我的生命也就在这种自由中死去。我爱的也爱我的那个人已经死了,我听得见牵扯生命风筝的那根线在嘣儿嘣儿地断裂着,我得准备着我的死。

马老头在离开牛棚的前三天已经死了,他是在那天晚上被叫去到砖瓦窑上背砖死的,死在土屋后窗吊着的绳上,舌头吐得有一拃长。我怎么去死呢?离开了那个土屋,我不可能再学着马老头的样子上吊在后窗上,我到楼顶去。我爬上了八层楼顶,我的家在四层楼,黎明起来,家人还在睡着,我踢了拖鞋,不,拖鞋有响声,就换了双胶底运动鞋,这种鞋走起来如猫一样无声无息。我开门,用水浇一下门轴，使门开起来也无声。然后我轻轻拉闭了门，门是不能敞开的，小偷往往在这时候活动，若小偷恰好上来，潜入进去偷东西不好。我往楼的八层顶去，五层六层七层八层，层层的门都紧关着，有老鼠在楼梯上跑动。今年的老鼠是这么多，虽然家家门口放着一些染成红色的浸了毒药的麦粒，但老鼠还是多。一个老鼠就在八层的第一楼拐角上伏着看我，它不怕我，或许它知道我是要自杀的。人将死，其心也善，我没有用脚去踩它。老鼠原来并不丑，甚至是那样可爱，我给它微笑了一下，抬脚跨过了它，回过头来，它还在那里伏着，而且也看我。再见，我说。

　　我坐在了楼顶，黎明的空气是多么清新啊，城市的上空朦朦胧胧，街灯泛着黄光，已经有班车在远处行驶了，突然发着紧急的刹闸声，灯光的照射下，有清洁工在扫马路，惊慌跑散。让我再看这个城市一眼，对，七点钟，七点钟报话大楼上的钟声就响了，我对了一下表，还差两分钟，我就在钟声敲响的轰鸣中跳下去了。我把手表摘下来放在身边，孩子是没有表的，这表得留给胡亥。我点燃了最后一颗纸烟，其灰色的烟缕就从指间袅袅而起，两分钟后，我的身体就从这里跌下去，灵魂却袅袅上升了。

　　但是，我在吸完纸烟时打消了这样一种自杀的方式。

　　因为我作想七点钟从这里跳下去，头朝下脚朝上，据说即使立着跳下去，落地时仍是头朝下脚朝上，跳下去肯定是发出一种巨大的声响的。这声音立即会使人听见，或许有人已经在起床穿衣，他们偶尔会瞧见一个什么东西从上而下经过了窗外坠落下去，而且撞落了窗台上的花盆，接着是咚咚的沉闷声和砰砰的清脆声。他们要先骂一句：妈的，撞了我的花盆，接着在极短的时间里跑下楼来观看，看到了破碎的花盆和窝了一团的我。跌下去的我脑袋裂了，眼珠迸出来，红的白的脑浆喷在地上，而胳膊、腿、腰，一节节骨头都断了。或者脑袋还没有裂，却一下子陷进了腔子，肚子从胸腔下破烂，肠子流出来，冒着热腾腾的臭气。有人就喊了：胡方自杀了，胡方自杀了！

喊声会惊醒叶素芹和孩子的,他们跑下来一看见我的样子便昏倒,孩子还年幼,这样的惨相会使他永远难以磨灭。为什么就吓着孩子呢,我的死让他们永远阴森吗?

我掐灭了烟头,也决定了不能这么死,而且不能在家里死去。我慢慢地走回到了房间,孩子已经起来蹲厕所了,他一边走出来一边紧裤带。

"爹,你出去锻炼了?"

"嗯,"我会这么说,"你怎么不拉水呢,大便了不拉水吗?"

"我想你也要上厕所的,拉一次水不是节约吗?"

我回到了我的房间,还在想着我该怎样死去。

我开始去医院开安眠片,我说我失眠得厉害,必须靠药片才能睡觉。医院里一次只能开出十片,我是去了三个医院开了三十片全装在一个瓶里,我带着它去了单位。

单位的办公室里只有一张床,是我不想回家时候就在那里睡的。现在已经下班,楼道里没有了人,我关好办公室的窗子,也插上了门锁,我把三十片安眠药全倒出来,一片片数过,是三十片,然后分三次吃下。好了,我将要死去了,药效会立即产生,我应该在这最后的时候写份遗书吧。我开始写:亥儿,我去死了,爹没有等你真正长大爹要去了,爹是不称职的爹,你可以骂爹,恨爹,把爹从心里彻底抹去。我还给谁写信呢?给党组织?党组织已把我开除了,我已不是了党员,我没有了给党组织写信的资格,而死后党组织会下一个文件,认定我是畏罪自杀,死有余辜。写给叶素芹一封吧,她毕竟是生活了半辈子的老婆,我的火化她肯定少不了要去火葬场的。素芹,在这个时候请让我对你说一句:我对不起你!如果几十年里我伤害了你,苦了你,请你原谅我。我把两封信平平展展放在桌上,用墨水瓶压住,然后躺在了床上,盖上了被单,静静地睡下,我把腿微微蜷着,嘴唇紧闭,这样形象会安详些。我知道我很快就睡着了,不省人事,然后不知不觉地发硬,停止呼吸而死去。

我睡下了五分钟，但我并没有睡着，脑袋反倒越来越清醒，我想，人死的时候应该是能看见鬼的，那么，在大槐树下铡死的游击队司令呢，在青海热泵站的王有才肯定早死了，怎么没见呢，还有马老头，还有江岚，江岚你怎么也不来迎接啊……鬼呢，鬼呢……

我慢慢地迷糊了，我慢慢地死了。

23. 景川

我是在永宁宫疗养院赶写一部油田题材的话剧时，介绍了胡方去那里居住的。永宁宫是五十年代为省市领导修建的别墅区，七十年代它便衰败了，改成了疗养院。那里离西安城区六十里，外部环境非常好，但房子的设备已经十分落后，去的人很少，以至一幢一幢小屋之间荒草半人多高。好的是幽静。胡方来这里的理由，是他给宣传部的报告里说要写回忆录，宣传部下发给胡方单位的文件是，讲明要给老干部提供物质上的便利，支持他写回忆录，胡方就很顺利地来了。他来的时候几乎把他所有的日常用品都带了来，我笑着说：你是要写十几本回忆录呀？老头狡黠地说：你真的让我写回忆录呀？我那么早就参加了革命，现在有条件了还不该享受享受？以后的日子里，他的确没有写什么回忆录，却搬来了几个出土的汉陶瓶罐，每天都在那里耐心地画。

疗养院的人少，便开了个小灶，请了两个农村妇女做家常饭，每顿开饭前就敲铃。铃敲过后，我肯定拿了碗站在胡方的小屋后窗处喊：吃饭了，吃饭了。然后用筷子在空中夹飞动的蛾子。胡方随即从小屋出来，也拿了碗，笑嘻嘻地，说：又要吃饭了？咱这日子是不是太腐化啦？蛾子总是夹不住，举手一拍，它掉在地上，手上有一片银粉。我说你也是命贱，和你一块在延安的人现在差不多都是高干了，人家人参燕窝地吃哩，你顿顿萝卜丝混面片就腐化了？我们拿着碗去灶房，他突然记起了什么，又跑回小屋，出来时提着保温水瓶，顺便要灌一瓶开水的。穿过那片枝丫交错的树林了，走过荒草埋没的砖铺的小道，蛇就常常爬在那里。

　　这期间，訾林是来过几次，晚上，我们就到胡方的小屋去聊天。我会和胡方谈起青海油田热泵站的事，自然就说到那个王有才，胡方就拍着脑说他前几日梦见王有才了。是他正在小屋里坐着，一回头，一个人在窗外向他招手，他明明看清是王有才，跑出来却什么影儿都没有，醒来就疑心是不是王有才死了？这么多年了，王有才八成是已经死了，他的灵魂会来这里要见我们吗？他说得很认真，导致我毛骨悚然了，以至于我回到我的小屋，总觉得门口的那棵枯了顶的老栎树像是王有才站着的模样。以后的日子我就对这院子疑神疑鬼，天一黑便关了门，又四处察看屋内，甚至把床单撩起来看床下有没有钻进来的蛇。在一个晚上，天气突变，大雨哗哗地下起来，先是前半夜雷电还在西北方又闪又响，后半夜雷就在院子的上空嘎喇喇爆炸，一个电闪，屋里屋外明晃晃的，然后就黑得伸手不见五指。我开了窗子大声喊胡方，没有回音，而又一声炸雷几乎就是在屋顶上，我紧忙关了窗子，盖了被子睡在床上。雷似乎再没有离开疗养院的上空，不断地爆响，院子里便有了倒塌和断裂的声音。我就那么整整一夜未能合眼，天亮了，雷电驻了，我还蒙头在被窝里等待着又一个雷电的出现。胡方却来叫我去吃饭了，他在我的小屋外喊了几声，后来推门进来，说是他小屋后的那棵树被雷电劈了，树拦腰断的，断了的树干差一点就倒在他的小屋上，但紧贴着墙壁倒下去，把一个老鼠砸死了。

　　"哦？"我吓得目瞪口呆。

　　"那老鼠成道啦。"

　　"成道啦？"

　　"古人说过，朝闻道夕死可矣。"

　　"雷电可能是去劈你的，却劈着树又砸死了老鼠。"

　　"我不会死的，我罪还没受够哩。"

我跟了他去灶房，沿途惨不忍睹，所有的花草都倒伏了，树被劈断几棵，更多的歪东倒西，连同吹折了的枝丫堵塞了那条砖铺的小道，一个笼筐般大的鸟巢掉在污水渠里，有三只麻雀死了。早餐照旧是萝卜丝和包谷糁稀饭，我却没有了口味，而且肚子开始鼓胀。

这个时候，又发生了一件事，我就完全病倒了。

因为肚子鼓胀，我放下碗去旁边的厕所里解手，突然间听见厕所外边有麻雀在叫，不是一只在叫，是一群麻雀在叫，叫声越来越大，就又听到胡方在喊：快拿竿子来！我没有排泄下粪便，提了裤子出来，原来是院墙边的油毛毡棚上一条蛇在吞食着一只老鼠，老鼠已经只剩下尾巴了，尾巴还在摆动。我一向是害怕爬行动物的，尤其是蛇，而且蛇在吞鼠，猛一看见，浑身都起了鸡皮疙瘩。胡方就用竿子去捅蛇，蛇继续在吞，蛇的身子里就凸起一个大包，被捅得从棚上掉下来。掉下来的蛇因身子里有个大包而无法爬动，头尾在跃动着，样子十分恐怖。胡方又在拿竿子打蛇的头，一边打一边骂：我让你吞，我让你吞。蛇就开始吐老鼠，竟然把老鼠囫囵囵又吐了出来。吞进去的老鼠又能吐出来，这使大家都惊呆了。胡方稍一发怔，蛇就爬动了，极快地钻进墙根的石缝。胡方用脚去踩蛇尾，没踩住，蛇尾不见了。

"老鼠还能活的！"胡方说，不允任何人走近，"它过一会儿就活了。"

这一幕使我看得惊心动魄，肚子越发鼓胀，不想吃饭，回到小屋就睡下了。

我就是这次病倒住进了医院，从此在相当长的时间里，成为西安市文化系统的著名病人。

住院期间，照顾我的只有訾林。病是因雷电夜和蛇吞老鼠的惊恐而导致了胃病复发，訾林每天将饭菜送到病房后就开始感叹我独身的可怜，竟连着三次将三个女人领了来让我相见。第一个女人来了以后很客气地在病房站了一会儿借故就走了，事后给訾林发了脾气，说怎么能把她和我联系到一起？第二个和第三个女人倒是给訾林回话是还可以，我却一口回绝了，因为一个是左眼被烫伤过，半个脸的皮都皱起来；一个则是訾林单位从乡下雇用来看管自行车棚的，她在病房里看报纸的一则关于一个银行女会计如何利用工作之便贪污了二百万元的犯罪消息后，说：瞧人家这么个条件！出院后，訾林仍埋怨我不该回绝那个看管自行车棚的女人。

"她是要以我做桥板，你还没看出来吗？"

"你做桥板又怎么啦，你可以有个家呀！"

"我没吃过猪肉也见过猪走路了，胡方有家的人吧，可他那个家还不如没有个家。"

提起了胡方，訾林便来了兴趣。訾林对胡方充满了神秘感，提议我带他再去拜访胡方。于是在我出院后，我们又去了永宁宫一次，而且住了一礼拜。訾林对我说胡老头神经兮兮的，怎么一天两次都要往院门口的收发室去？

"他的信多。"我说。

"一个老头子交往这么广？"訾林还是奇怪，"你看见他房间里药瓶子了吗？"

"他是有高血压。"

"他放着好几种滋阴壮阳的药哩！"

"你胡说！"

当我在胡方的小屋柜顶果然看到了那些滋阴壮阳的药瓶，我说老胡你气色好得很么。胡方虽没有提及那些药的功效，却给我推荐一种中老年人的健身秘诀，即每天睁眼醒来，不要立即起床，而是手抓了睾丸一握一放三十次，然后搓揉裆部。胡方要我当场练习，我有些不好意思，訾林就试着做，三搓两揉的竟是裤裆顶了起来。胡方说：这功不适应于你，景川，你真可以练练。我说我不练了，没个老婆练着干啥？我看见胡方凝重地看着我，然后支使訾林去灌一壶开水去，问我：景川，你实话告诉我，你没有性欲啦？我说：你是不是也觉得我应该有个家了？胡方说是得有个家，我也琢磨你也是有了年纪的人，又没有现在年轻人的开放，若再单身下去，对身心都不好哩。我看过一个资料，说"二战"后，欧洲有相当一部分人失去了性功能，追究原因都是曾在纳粹的集中营呆过，咱们没有失去性功能这已经是幸运了，可你这样下去又怎么行呢？说话间，小屋外的山草地边站着门卫，手里拿着信给他招摇。胡方立即跑出去，把信看了一眼就装进了口袋，然后回来继续和我说话。他问我有没有和什么女人联系着，心里是不是还有陆眉的阴影，他是笑着的，手却一直在口袋里握着信，眼珠并不专注看我。我说了曾经给我介绍过几位，但都不合适。他说你要注意，上了年纪考虑的事情多，但考虑的事情多了就会冲淡或消磨掉人性最基本的冲动。末了问訾林最近在写什么，小伙子是蛮有天分的，但和胡亥一个毛病，有些华而不实。我说你说得对，訾林是眼高手低，做事也冒失，他现交识了许多画家，这次来还想让你给他画一张画的，如果现在能画，他灌开水回来，你就给画一张吧。胡方说，我这画也入的他的眼呀？要画就明日再说吧，你坐着，我去卫生间一下。

胡方是进了卫生间，砰地关了卫生间的门。等了一会儿不见他出来，待訾林把开水都提回来了，他还没有出来，我就高声说老胡你在厕绳了？他说我便秘。我说那我们先去我的小屋了。他说那好那好。我和訾林出来，经过那棵雷劈了顶的树下，而卫生间的窗子并没有关上，我朝里瞥了一眼，胡方是穿着裤子坐在马桶上，正看着信。

晚上在灶房里吃饭，胡方的情绪十分好，提了一瓶酒要招呼我和訾林喝。訾林还说：胡老，今日怎么啦，有什么喜事啦？胡方用筷子敲着訾林的头：你这小子！却附在我耳边低声叮咛：饭后，你到我屋里来一下，就你一个人。

我如约而至，他立即关上门还拉了窗帘，看着我，突然脸红了。

"是说信的事吗？"我说。

"你这么鬼的！"他说，"是她来信了，你说我现在怎么办？"

"可你什么也没有给我说过呀！"

"我这是投案自首哩！"

他开始给我讲关于江岚的新的故事。他说"文革"结束后他终于和江岚又用信联系上了，他之所以要住到永宁宫来，就是为着收发信方便，他们已经通过了几十封信。"这些我都没给你说，不是要瞒你，怕你要笑话。"他说，"你不怪我吧？"我说："不怪的，其实你说了我也高兴的。"他一下子兴奋异常，站起来把外衣脱了，脱了又觉得有些凉，重新把外衣披上，开始再说他的故事。说得比刚才详细，而且还要阐述对写信的感觉，认为现在年轻人的互相联系多是打电话，甚至过节、拜年，连电话也懒得打，在传呼机上留一句"给你拜年"就是了。信是可以反复念的，文字与文字之间甚或文字背后是含有丰富的暗示，你能感受到写信人当时写信的心情、神气和姿势的，虽然如今的信件邮寄已经快捷得不得了，但你能体会到古人说的"家书值万金"。他这么讲着，就给我背诵信中的一些话语，尤其背诵到某一个细节的描述，他两眼放光，说每封信都是一首诗，写信才知道他是一位诗人而江岚更是一位诗人。他又一次背诵起来，将眼睛都闭上了，手指在轻敲着椅背，摇头晃脑。在那一瞬间，我感觉到他完全忘却了他是对着我在背诵，我是没有的，压根没有。看着他失态的样子，我抱住了他，老头太可爱了，却暗暗为我生活的单调和苍白而可怜。我拍着他的肩说我为你们的爱情深深地感动了，年轻人恋爱是美好的，老年人的恋爱更是美好！我倒了一杯水，也给他倒了一杯水，相碰了，为他的幸福而干杯。

"我还有个事哩。"胡方突然说。

"什么事？是幸福我会把它一分为二，是痛苦我会把它合二为一。"

"我现在最大的愿望就是想去一趟北京！"

胡方要去北京！我愣了一下后立即表示好得很，应该去，越快去越好，我来负责买车票和准备东西。胡方是第一回过来握住了我的手，说"谢谢"说了三遍。

三天后，我和訾林叫来一辆小车把胡方拉进了城，我陪同他去理头，而且鼓动他染了白发，买了衬衣、西服和领带，又买了一双名牌皮鞋。我问他应该给江岚带些什么东西，譬如西安的腊牛肉呀，柿子软饼呀，他迟疑了半天，结果买的净是些儿童吃的零食。后来竟抛开我私自去了对面一家炒货店，买到了两包陕北的南瓜子，高高地向我扬着，然后踮着跛腿从来往的车辆中间躲躲闪闪跑过来，说：江岚最爱吃这种瓜子哩，她不用手，瓜子从嘴角这边塞进去，瓜子皮会从嘴角那边吐出来。

在第四天的下午，我将买好的车票送到了永宁宫，胡方却突然地告诉我，他决定不去了。

"不去了？"我惊愕地叫了起来，"什么都准备好了你不去了？"

"这么大的年纪了，千里迢迢去，这……"

"谁说你什么了？"

"没有人知道这事，倒是我觉得怪怪的。"

他窝在椅子上不再言语，末了看着我，急促着说：你能不能替我去看看她？

我哭笑不得起来，没有想到他会有这样的念头。我是可以去一趟北京代表他看望江岚，但毕竟是另一回事，胡方却说什么也不愿去北京，他反复动员我，甚至说出来回吃住费用全由他付，还要给我一笔钱的话来乞求我。我最后是答应了。但我不愿意带他买的一大堆的食品，他有些失望，给她带些什么呢？他把柜顶上的药取下一瓶，药片倒出来，而手在头上揪，揪出了一撮头发塞了进去，然后拧紧了瓶盖，交给我：她会认得这是我的。

头发是十三根，三根黑色，十根白色。

我来到了北京。北京的街上刮着大风，行人包了头巾或缩着脖子侧身走，我向一位五十岁左右的妇女打问：你们北京的天桥怎么去呀？她大着嗓门热情地为我指点，什么穿过前面的大街了往右，右边那个栽着广告牌的胡同一直穿过了往左，再经过一个拐巴胡同，继续走，遇着一个大楼了往右，右边是两个胡同，两个胡同并排着但却越走越斜得远了，从有棵杨树的那个胡同进去，出了胡同就是了。我这口音在上海或广州问路是没人理的，而北京人到底是北京人，我连声道谢。但是她把路线指点得清清楚楚了，却开始给我上课了：同志，以后问路不要说"你们北京天桥怎么去"，北京是我们的，也是你们的，是全国人民的北京，所以你来到了北京，你就说，嗨，咱们北京的天桥在什么地方呀！她给我长篇大论地讲道理，我站在那里走不是，不走也不是，还得给她笑着点头。她说：第一次来北京吗？我说：以前来过，十几年没来了。她说：咱们北京变化大吧？我说：大！她说：你不会说普通话？我说：不会。她说：要说普通话哩，中央首长不说普通话，可人家是中央首长，普通人就得说普通话，普通话好学呀，你不会拼音吗？当她扭头看见了一个孩子拦着行人讨要的时候，她又在喊二小子你是要丢咱们北京的脸面吗？我赶紧就跑走了。

  我站在了天桥北的那一片居民楼前等待着江岚的出现，我们约定的接头标志是她拿着一张报纸，而我的手里握着一个小药瓶儿，但江岚的身影迟迟不见。我突然觉得这样的见面类似电影里常见到的特务接头的镜头，便哑然失笑，把玩起了小药瓶儿。我那时简直是昏了头，明明街上有风，偏没有想到风是会将头发刮走的，所以打开了瓶盖，倒出那一撮头发要瞧稀奇，一股风就忽地把头发刮没了，这让我大惊失色！受人之托，重于泰山，没有了胡方的头发我将拿什么东西交给江岚？一时急得额上冒汗。我懊丧得蹲在路边，望着街面，无数的男男女女，穿着皮鞋的布鞋的脚来来往往。我看见了短墙下停着一辆三轮车，车上坐着一个人，也是灰白的头发，正拿着一个小瓶的酒往嘴里灌。我想到了一个狸猫换太子的主意，就走过去说：大爷！他说是西北来的吧，听口音是西北来的，怎么叫我大爷呢，瞧着我这头发灰白吗，可我才四十六岁。我说实在对不起，我想借你一样东西。他说借我东西？一脸茫然，又笑了：借钱我是没有的，你喝酒吗，来喝一口，二锅头的！西北油田上的人是豪爽的，我没有想到北京街头也有豪爽的人，接过了酒瓶喝了一口。他显得很高兴，立即从怀里掏出一个小油纸包儿，小心地打开，油纸包里是一大块豆腐乳，又有一根牙签，说：来一口吧，蛮有味道的。他用牙签戳起一小块放在了他的嘴里，又戳了一小块让我吃，说：借什么东西？而我这时候却不好意思说要剪他一撮头发，吭吭叽叽了半天，勉强说出了口，他感到奇怪，反复问剪一撮头发的原因，末了说：你说的是真事吗，天下还有这般故事？我成全你，是要一根还是一撮？我说一撮，一小撮。他揪，揪不下来，我就掏出口袋里的水果刀来。我的水果刀是在青海时从藏民手里买来的，不但比一般刀子长了一倍，且锋利无比。我掏出来了，他竟有些害怕，本能地将身子往后仰了下去，倒霉的是警察跑来了。

是一个警察突然地跑了过来，跑了过来责问我是干什么的，把刀子收没了。

"你为什么收我的刀子？"

"带刀子上街就有抢劫的嫌疑！"

"可是，可是，"我有些火了，"我也是带着强奸工具的，难道也是有强奸的嫌疑吗？"

被激怒的警察便把我带去了派出所。

我是在派出所第一次真正见到了江岚，她是接到我的电话后火速赶到了派出所救赎了我。江岚在年轻时是美丽的，《狂飙》里我见过她的倩影，而已经年老了的江岚却依然美丽。各个年龄段有各个年龄段的美丽，这就是所谓的天生丽质了。她颇有风度地安慰着我，我仍是懊恼着自己，我是没出息的，没有完成胡方的委托，但我却如实地将青海热泵站工作时胡方保藏戒指的事叙说给江岚。江岚说了一句"他没有告诉我这些"，眼圈发红，虽然竭力在我面前掩饰着，眼泪还是禁不住落了下来。

"他腿现在怎么样？"

"有些跛。"

"他不想让我看见他的跛腿的……"

我突然地理解了胡方之所以改变了来京的主意，我也后悔说出了胡方腿跛的话。她口里喃喃着，我听不清她说了些什么，她将那个小空瓶子要了去，摇了又摇，装在了口袋。

"你回去后不要说头发丢失的事，就说我收到了，是十三根吧，十三根黑色的头发。"

"是白发，十根白发。"

"他头发白了吗？"

"差不多是白了。"

"老了，我们都老了。"

24. 叶素芹

　　你提说那枚戒指？胡方是有过那么一枚戒指的，我那时真傻，压根儿没有想到那戒指是江岚送他的。他第一次去北京开会回来后，手上戴了一枚戒指，戒指的样式并不好看，而且分量也轻，我曾经问过他：你买的？他点点头，说是在旧货市场上买的。我还说我都没有戒指，你一个男人家戴什么呀？但他没有把戒指给我。从那以后，我们就时常吵架。我承认吵架时我的嗓门比他高，样子也比他要凶，这就是女人的可怜处，女人还能有什么制服丈夫的办法呢？别人家的妻子对丈夫百依百顺，我是做不到的，因为我也是干部，政治前途还比他要好，经济又独立，闹起矛盾了我只会以比他声还高还凶来巩固我的地位。但我的好处是闹过了很快就过去了，他却不吭不声而阴沉个马脸，一直到一个礼拜，甚至半个月才能平息下来。我忍受不了他这种沉默，忍受不了他不管我如何气得放不下而就坐在那里画画。他能整夜整夜地对着一个装盐的瓶子画三十张，四十张，我扑过去把那盐瓶砸了，把那一沓画撕了，我砸盐瓶子和撕画的时候，他不发火。他若能过来揍我一顿，揪我的头发，踢我的腰，我或许还会好些。可他不，他就默默地看着我砸，看着我撕，坐在一边了盯着手上的戒指。我就又扑过去，夺他的戒指。

　　"那戒指是你老婆，是你娘？"

　　"是我的命！"

　　他就说那么一句。他的话永远不多，出口却能气死你，像是用镢头在你心上挖。我们就在屋里夺戒指，我夺不过，抱住他的腿，抓他的下身，我明白这样做是有些那个了，夫妻吵闹哪里有好口好手呢，他哎哟一声，我就势夺过了戒指。

"咱们是过不成了,"我说,"我就把你这命砸了去!"

我在寻找着锤子,没有寻着,抓起小板凳就要砸,他狼一样扑过来压住了我,把戒指夺过去,说:"你是要我死,那我就死给你看吧!"

他把戒指吃在了口里,而且使劲地往下咽,咽下去了。

吞咽了戒指那是要出人命的,他把我治住了,我当下愣在那里,动不了手,也骂不出口,慌忙过来掰他的嘴,嘴里空空荡荡,就喊邻居来送他去医院。胡方起身是把门关了的,说我如果再喊,他就一头撞死在墙上。我吓得没了主意。邻居闻见我们的吵闹来敲门,敲了一阵敲不开,说:你们还让我们安静不安静啊!就都走散了。我那时完全是软瘫了,我想起几年前我单位一个同事的孩子误吃了一枚一分钱硬币,是喝生菜油后屙出来的,我就将家里的油瓶拿出来逼着他喝。他不喝。我说,你要死我也同你一块死,拿了个指甲剪也塞在自己的口里,他这才把生菜油喝了。这一天里,家里是安静了,我哪里也没有去,就一直守在家里,我害怕他真的出了事。

胡方吞下戒指后,这是多奇怪的事,竟没有什么异样,喝了生菜油也没个动静。莫非那戒指在肚里根本没事,或许他吞在嘴里并没下咽,趁我不注意又从嘴里取了出来?但我不敢说他,也不理会了。

第二天,我去上班,中午回来,胡方又会在那里画画了。胡亥悄悄告诉我,他爹在厕所里用水淘洗自己的粪便,在粪便里寻着戒指啦。

从此,我没有再见到过戒指,戒指的事也慢慢地忘记了。

如果说这次吞咽戒指是我把他逼急了,但他确实是自杀过一次,这是訾林后来告诉我的,而且说胡方还把自杀的事记在一张纸上。我向訾林索要过那张纸,訾林搪塞说景川拿着,我到底没有见到。可我纳闷,胡方自杀我怎么一点都不知道呢?訾林说胡方自杀,在青海劳改没有自杀,"文化大革命"中受多大的罪也没有自杀,一切都过去了,都好了,他自杀什么呢?就为了我不同意跟他离婚?我那时正是患肝炎最厉害的几年,夜夜肚子胀得睡不着,更可怕的是患了肝炎任何人都与你疏远。住院是住在隔离病房里,打完了吊针后你只能在圈着铁栅栏的小院里活动,出了院单位里的领导和同事来看你,他们不和你握手,不坐凳子,不喝水，你想我那时是怎么个活着，如果说自杀，那应该是我去自杀而不是他一个大男人啊！

25. 訾林

我将江岚和江岚唤作狐子的狗接回到了景川的那套房子里，老太太说你快歇歇吧，我去洗漱一下，就进了卫生间。我赶忙安装 VCD，将带来的光碟播放开来。老太太出来了，她是梳理了头发，又化了妆，换上了一身淡绿色的服装。她送给我一盒巧克力，说是给我的孩子买的，顺便瞧了一眼电视上正播放的图像，震住了：《狂飙》？电视上放的？

"不，是光碟。"我说，"你先在这儿看，我去把胡老接过来。"

"你哪儿弄来的碟？"

"胡老托我去电影资料馆录了带子，我又制了光碟。"

电视里江岚从一片小树林里跑了出来，她是一个少妇，高挑挑的个儿，梳着一个髻，刘海很长，在树林子里跑，树枝不停地牵扯着她，她驻了脚步，一张俊俏的脸占满了整个屏幕。老太太哭了。

我搭上了出租车，告诉说：去永宁宫疗养院！

出租车已经驶出了城南门口，我突然让出租车又往东四道巷开。我自信我的脑袋是够用的，我得先去找胡亥，让胡亥去约他同父异母的姐姐，我是希望他们也能去接了他们的父亲，也能去看看他们都知道却未谋面的江岚阿姨。对于外界，这是件极秘密的事情，但作为他们应该让知道。更何况，最近我才为胡方外孙女寻到了工作单位，胡亥的姐姐能亲口将这喜事告知胡方，也让胡方高兴高兴。出租车停在了胡亥住屋的大院门口，正碰上胡亥的女儿。激素使孩子的脸变成了大面包模样。我问你爹在家吗？回答是昨天就住到××宾馆去了，北京来了一位诗人，他做全陪。

我赶到了××宾馆，恰好在过道上碰着领着三个女孩的胡亥。我是一眼就能看出那三个女孩是妓女，我拦住他，他说你等等，就敲开他房间斜对面的房间，一个长发而疤脸的人把门开了，微笑地迎接了三个女孩，门就关了。胡亥把我领到他的房间。

我说："胡亥，你拉皮条了？"

胡亥说："拉什么皮条，大诗人都有崇拜者，人家是诗歌爱好者！"

我说："没听说妓女都爱诗呀？"

胡亥就笑起来，说北京来的诗人朋友是离不开女人的，需要我给他找，他不是要一个，而是一次得三个，这位诗人是个天才，样子丑是丑些，诗却写得惊世骇俗。我问那疤脸有你写得好吗？胡亥说凭疤脸的性功能你就该知道比我强了多少，性和艺术创造力成正比的。我告诉他：江岚来了，你得去看看她。他一时怔住了，连说了三句：她来了？这是真的？她来寻我爹了？站在那里似乎还要说什么，但终于什么声音也没有。

"你不是很同情和支持你爹吗？"

"我不干涉我爹的生活。"他说，"可是，爹也让我不可思议。他与我娘关系不好，对我娘厌烦了，我也曾给他们提出没感情就离婚了吧。是的，我也是结过婚的人，爱情是有时间的，夫妻几十年那是会销蚀人的生命力和创造力的，但是，我爹现在是把情人当作老婆使用，那太累了，没意思了。"

胡亥原来这样看待他的父亲，使我吃了一惊，我说你是写诗把你写得偏颇了，你不了解你爹这一辈人生存的历史，不了解这一辈人的真正感受。杯水主义，嫖妓女，泡歌厅小姐，没有情感，只有肉欲，不是做爱，只是要干，不问名，不知姓，讨价还价，事一毕走人，难道长期这种男女关系不觉得无聊吗，难道不为了你父亲和江岚一生的相爱而感动吗？

"我母亲骂父亲是流氓时，我从来没有怀疑过父亲的道德，我承认父亲比我的品格高，但时代不同了，我们不能承受生命之累啊！"

"这么说你是不愿意去见江岚了？"

"你也看见了，我走不开呀，我之所以在朋友的房间斜对面又开了这个房间，就是怕朋友那儿万一有个什么事儿，我好保护啊！"

"你是站岗放哨的！"

我生气地离开了，胡亥追出来，塞给我一本书，你看看这些诗，你就明白我为什么崇拜他了，书是一本《关怀》，疤脸的诗集。我把书在电梯口送给了服务员，径直去了永宁宫。

永宁宫里，胡方却仰面躺在床上唉声叹气。

"我女儿她来了。"他说。

"是不，这太好了，我还想着怎么寻着她，让她也去见见江阿姨的。"

"我谢谢你，訾林，外孙女的工作一着落，我什么担承的事都没有了，这真的得谢谢你和景川啊！你需要我老头子给你办什么事吗，我能给你擦个像吗？"

"以后再说吧，她人呢？"

"已经走了。"

"这么快就走了？"

"我老婆把她气走了。"

"叶阿姨她也来过？"

原来胡方在永宁宫等我的消息，他想着江岚来了肯定是需要花一些钱的，便打电话让单位把他的工资送来。电话打到单位时，正好他的女儿到单位去找他，财务室的人就让他女儿把工资捎到永宁宫来。巧不巧是他的女儿刚走，叶素芹也到单位去领胡方的工资，得知情况后就追到永宁宫，两人自然是大吵了一顿，女儿气得满脸泪水的回去了。"你越来越胆大了，连工资都让私生子领了，好吧。姓胡的，咱们现在是黄河里宰羊，刀割水洗！我再也不会来了，你死在这儿臭在这儿也不会来了！"叶素芹离开时站在小屋门前的草地上恨恨地说。胡方呼地甩了一下门，却瘫坐在椅子上，喃喃不休：好么，那好么，我就是死了也不会让你来的。

我帮胡方在那衣橱里寻找了干净的裤子，又提了开水，重新让他清洗头发，胡方像孩子一样听我摆布，询问着江岚的情况。我看得出来，他是极力掩饰着他对江岚的关心，不愿意在这个时候将一种急迫表现给比他年龄少一半的一个晚辈面前。他不多问，我偏就不肯多说，他到底是耐不住了。

"你说偏偏这个时候她就来闹了呢？是她有什么预感吗？"

"真有预感她就不回去了。"

"那就是心虚。"

"你不是说是人就是要享受作为人的快乐和烦恼吗？"

"是的，是的，江岚情绪还好吗？"

"她倒蛮精神的，我从未见过一个老太太了还那么充满活力，她穿着半高跟皮鞋，一住下就又换了套衣服，还化了妆，没一点倦态。但是你好像不激动的。"

"是吗？你小子是不是该写一本追踪我们的书了？"

"写你们也是爱神化身的啊。"

"我们在你眼里怕是有了病的人了。"

"这话说得好，胡老，爱情就是一种病！"

胡方哈哈笑起来，他已经忘却了吵闹的烦恼，在镜子前扭转了身子看重新换的裤和清洗的头发，却再一次叮咛：谁的事都可以跟踪去写，千万别写我，即使不写明这事也不能写！他的再一次叮咛使我多少有些不愉快，自从我出版了那本跟踪的书后，许多人将我视作了可怕人物，似乎与他们接触，我就要写他们隐私的。胡方的眼里，我是与胡亥一辈的，思想前卫，放浪形骸，其信任度自然不能和景川比。

"胡老，你是老革命了，你是革命第一呢，还是首先在活人？"

"我一辈子把人没活好。"

"对么，我是活着才写书，并不是为了写书才活着。"

"可我总放心不下，你叶阿姨怎么……"

"那不可能是预感！"

"那她是知道了消息？"

"这更不可能。"

"……"

"胡老，我不能不批评你，你一辈子之所以事情没有弄大，恐怕就吃亏在优柔寡断上了。"

"那咱就走吧！"

我俩走出了房间，我帮他锁门，他却又坐在了门口要冷静冷静，他觉得心跳得厉害。

第二天，我去菜市场购买了一大堆蔬菜送去，江岚是又换了一袭长裙和一件大红色的衬衣，头发在脑后梳成个髻，显得极其高贵优雅，却蹲在胡方面前为他擦拭皮鞋。我一进门，胡方就要往起站，江岚说不急不急，用小刷子把鞋帮沟缝的灰尘又刷了一遍，一边说男人的鞋一定要干净的一边给我沏茶递烟。我说，哈，胡老现在是帝王的生活了！胡方就给我笑，说：鞋漂亮是漂亮了，只是这两腿不齐，路也不平了。江岚又往厨房里洗苹果了，我问还需要些什么，是否再去超市买些方便吃食去？胡方回头望了一下厨房，低声地说：不用买了，能吃多少呢，今晚上我仍回永宁宫了吧。我吃了一惊，才住了一夜就回呀？胡方说他总觉得哪儿不对的，今早下楼去倒垃圾，总有人在看他，眼神怪怪的。"这儿人多眼杂，不踏实的。""你放一百个心吧，有什么事？什么事也没有！可怜了一辈子，好容易有这么个机会你就好好生活一段，准备过上一月半年的。景川他快回来了，就是他不回来，吃的用的全由我包办，有事你给我打传呼，我随叫随到，只要你老能欢乐！"我说欢乐的时候，故意眨眨眼，胡方就脸面刷地通红，说："还还愿罢了，人都老了，还有什么欢乐么。"他说得真诚，说完了又给我笑，笑得皮肉硬硬的。我突然想，怎么会这样呢，是他不好意思对我多说什么，还是相思了一辈子而真正到一起了反倒紧张恐慌和不适应？我是有这方面经验的，对一个女人太是爱了，或者面对的女人如菩萨一样美好，自己却不行了。也许，胡方毕竟是老年人了，心有余而力不足，感到了一种难堪和失望吗？

"我是不是给你弄些那个……"我说。

"哪个？"

江岚端着洗好的苹果来到客厅，我赶忙接住了果盘，但她一定要给我削苹果皮。她削皮的动作很熟练，削出的皮一直连着，从手上垂掉在了地上。胡方却抓起一个苹果就啃，说：营养其实都在皮上的，我连皮吃吧。江岚赶忙从他手里夺过苹果，说现在果农都喷农药，洗不净的。

瞧老胡多会过日子呀,昨晚我上卫生间,让他给我拿卫生纸,他撕了那么一点,就那么一点!她笑起来,笑得很开心。

"你江阿姨是北京人,她讲究哩!"

"睡前不洗脚,饭后不刷牙,那怎么行,訾林,你说是不是?"

"訾林,你听见了,这可是交给我的任务喽!"

看着他们亲热地说笑着,我就起身告辞了,胡方送我到了楼梯拐角,我告诉他过会儿就把那东西给他送来,胡方竟还在问什么东西?江岚已穿好了鞋出来,说:老胡,你怕见人,你就在屋里吧。送我一直到巷口的是江岚,还有那只叫狐子的狗。

26. 景川

从陕南赶回到西安,我没有立即去我的那套单元房,胡方和江岚的这段日子并不需要干扰,我准备是把带回的那批胶卷冲洗放大,完全要给他一份惊喜的。但是,才在新屋中放下行李,那个介绍人就来了。

介绍人一进来就仰躺在沙发上,叫喊着脚疼哩,口渴哩,让我拿拖鞋过来,把茶沏上,开始抱怨我出差不给她打招呼,她空跑了几次。"我给她说了,这次人仍不在家,事情就吹了,别人都是踏破鞋地寻我,还没见过我接二连三地找你!应人是小,误人是大,你得去她家坐坐,模样你上次见过了,家里的实际情况你要亲眼看过才是,咱都是明人走明路,婚姻大事来不得布袋里卖猫!"我想起了还在陕南时,訾林打来的电话,脸上便有为难之色,我说:"这人您真的熟悉吗?""当然熟悉,她爹的小名我也知道。""可她是妓女,你也知道吗?""什么?"她站在那里眊了眼,立即五官扭动,愤怒起来。"姓景的,事情你可以不愿意,但你绝不能这样污蔑人!妓女帽子是随便给人戴的吗?我把一个妓女塞给你，我是什么人？！"我赶紧给她赔不是，但我不能说我是委托了訾林作过了调查。"实在是对不起，一个朋友这么说的，或许他张冠李戴了。""你今日去得去，不去也得去，你看看她是正经人还是妓女！？"事情到了这一步，我只好跟她去了，我在饭馆里请她吃饭，瞧她还是气咻咻的样子，心里就责骂了訾林的情报不准确，也怨恨自己的说话不注意。到了那条曲里拐弯的巷子的深处，再从那座楼梯进了黑黝的过道，我是感叹了居住在这里的哪能不是城里的贫民呢？推开了一间屋门，介绍人让我把门快关上，因为斜对面便是厕所，以防臭气吹过来。她是正在帘子后的客厅里为植物人的丈夫擦洗身子，猛地见我们进来，慌忙就起身招呼，脚把水盆也撞翻了。

女人依然是衣着鲜亮，梳着很时兴的发型，但我可以说，这是我多年来在这个城市所见到的最贫困家庭。她似乎很难堪地让我们坐到套间里边的床沿上，不断地说：让你们笑话了。说完就偷偷瞥我一眼，去热水壶里倒水，从抽屉里翻寻着纸烟。纸烟是打开盒封时间很长了，烟末干得往出掉，我点燃了一枝吸着。

"你瞧见了吧，家就这么穷，"介绍人说，"她要是你说的那种人，也不至于这么穷吧？"

我慌忙拿眼睛示意，不要让她再说下去。

"她丈夫是不小心从楼上跌下去的，如果是工伤那就好了，偏偏是楼上渗水，他去涂一层水泥就跌下来了。她要是个心狠的人，早离家出走了，就是不出走，将那植物人虐待上十天半月，他也没了命，可整整五年了，他身上连个褥疮也没有！"

女人是善良的，这从她的眼神里就可看出。介绍人在说话的时候，她自卑地坐在那里，一声不吭。

"你觉得呢？"

"我知道了。"

"话都说在当面，主意你得拿定。我也不需你立即答复，若害怕了，全当没有这桩事，若还有考虑的余地，我和她商量了这么两个方案：一是结婚后她带着植物人进你的门，她没有孩子，你就是再找任何人，可能没个小姑娘嫁你吧，找二婚差不多都拖个油瓶，你就把植物人当成个油瓶是了。二是你嫌植物人住在你家不好，也可雇个保姆仍待在这房子里，给保姆讲明，人要伺候好，将来植物人一去世，这房子的产权就归她。我想这样的保姆也不难找吧，你们只每月把植物人的生活费供上。"

介绍人把要说的话说完了，女人还是没有多说话。我也没有多说话。我们就起身要离开。我临出门时是去看了看植物人，摸他的头，他无知无觉。我将身上所有钱，是八百元吧，掏出来放在了他的枕边。女人看见了是坚决不肯接受，拿起来要退给我，我们就在那里推让，我瞧见了门后的衣挂上挂着一条衣服，将钱装进了衣服口袋，就发现了衣服下还挂着两副胸罩和一条内裤，我赶忙跑出了屋。

"我高兴能把你领来！"女人送我们在巷口了，她转身回去，介绍人对我说，"你能把身上的钱全掏出来，我知道我没有给我的苦命朋友介绍错人，我也知道你是同意了这门婚了。"

"这是大事，我好好考虑一下。"

我的脑海里闪现出的是两副胸罩和一条内裤的色彩。胸罩一副是粉红色的，一副是墨绿色的，极其艳丽。而内裤则是纯黑色，前边呈三角状，中间绣着一朵白花，后边是一条细带。我的疑惑里，如果那女人脸上搽了粉，而且看出她的睫毛是贴上去的，那是为了见我，美为悦己者容，我是完全理解的，但胸罩和内裤却并不是为我的到来才买来的吧？空贫如洗的女人却有这么时兴和性感的胸罩内裤，这些却都该是妓女们才用的东西啊！

我给甞林拨通了手机。

"你在哪儿？"

"我在西安。"

"回来啦？"

"回来啦！"

"我的天！你总算回来了！你知道了吗？"

"你是说女人吗？"

"那女人真了不起！"

"是吗，那你赶快过来！"

"是在医院了？"

"在街上。"

"街上，你到底在哪儿？"

"我在北大街咖啡屋。"

"错了，全错了，出事啦，胡老出事啦！"

我哪能想到胡方会突然病成这样呢？在医院里，有訾林，有江岚，也有胡亥和冬梅。胡方仍在昏迷中，脸已变形，颜色黑青，氧气管发出的嘶嘶的呼吸声听得人揪心又恐惧。医生告诉我，如果有奇迹出现，这昏迷将三天后清醒，活下来也就是植物人，而一般的情况，今晚是难以度过去了。我立即安排胡亥和他的姐姐去购置后事备用的衣物，然后询问訾林怎么就发生了这事？在医院的走廊里，訾林把接待江岚的前前后后情况一一给我说了，我当即发了火，指责他不该给胡方送去伟哥。訾林自然是不服气的，他和我争吵，我骂他害死了胡方，骂他没有资格在医院里陪伴胡方。訾林也便赌气离开了医院。当我两个小时后也离开医院回家取一笔钱来支垫医疗费，走到医院的大院，訾林竟就坐在花坛外的水泥台上抹眼泪哩。他原来一直没有走，我为我刚才的不冷静后悔了，走过去求他理解我的心情，说了不该伤他的话，訾林却连连责备起了自己，问起我下来怎么办？还能有什么办法呢，事情到了这一步，只能作最坏的打算，准备后事了。

"你也够累了，"我说，"你也和我到我家，先睡一觉，都守在医院里也不顶用，如果真的像医生说的那样，后边要办的事还多着的，不能到时候咱先累倒了。"

"我没事。"訾林说，"你是早上回来的？"

"早上回来。"

"你和老胡半辈子的交情了，他出这事，你没预感吗？"

"没有。只是一回来去见了那个女人，女人的丈夫是个植物人，紧接着老胡就是能活下来也是植物人，难道我命里的后半生就还是伺候植物人了？"

"你去那女人的家了?"

"我还要问你,她是妓女吗?"

"她绝对是好人!"

訾林从口袋掏出了几张照片,照片上是女人背着植物人的丈夫在楼梯上,訾林没有隐瞒,将他那天所见到的一切全告诉了我,他力主我娶到她,但我真的在那一刻犹豫了。

"依你说的,我也是不在乎她以前干过什么,只要以后不那样就是了。但是,"我抱着我的头,我的头有些疼,"这么说,我这辈子是没有娶处女的命了?"

"她是年龄大了点,可现在结婚的又有几个是处女呢?"

"……我现在,倒真的是有点怕结婚了。"

"得了吧,老景,你如果是胡亥,我就不劝你结婚,可你不是另类,生活上没有照料,性问题无法解决,你还是好好成家过日子吧。"

訾林的话像针一样刺了我个激灵,这是他数年来说得最好的话,多少人在关心着我的婚事,我都是一副曾经沧海不为水的态度,而訾林一下子使我陷入困境,也就是这句话从此结束了我的单身生活。

我回到了家里,正翻箱倒柜地搜集钱,叶素芹就来了,她是洁癖者,先是屈着一根指头敲门,后来就用脚踢,咚咚咚,一开门,我就傻了。

"景川,你是不是对我有意见,压根不想见我?"

"这哪里会?"

"那我给你打手机为什么关了?"

"咋能知道是你的电话呢?"

"你绝对知道我会给你打的,你是故意关了机!"

"找我有什么事吗?"

"老实说,你把胡方藏到哪儿去了?"

"没有。"

"没有?"

"没有。"

"你看着我的眼睛!胡方是你让他住到了永宁宫,而现在他人不在永宁宫你能不知道？你俩是胡方的跟屁虫，可我告诉你，我是有病了，医生说我是歇斯底里精神病，我一气就会死过去的。"

"那我真怕你了，嫂子！"

"那你为什么把住门不让我进去，是不是胡方和他的那个私生子又在里边？"

我开了门让她进去，她是将几个房间都寻过了，寻不出，出来却在楼过道放了声地哭。

"嫂子，你不要哭么。"

"我怎么不哭，你到底是我的老汉呢你还是乡下那个女人的老汉，你把钱给私生子了还和我闹？！闹吧闹吧，我和你做夫妻就是打打闹闹一辈子，你忘不了你在乡下的野老婆我扑朔扑朔心口还能忍了，可你几十年勾勾搭搭黏着北京的那个姓江的。你说，你胡子一大把的人了，你还黏糊，你不顾你的老脸了，我还嫌丢人？！"

"嫂子，你不要用第二人称，这满楼的人听见了，还以为我怎么了！"

"……你把胡方藏到哪儿去了？"

"我不想告诉你，怕你操心。"

"他在哪儿？"

"住院了。"

"他住什么院，要住院的应该是我！"

"真的住院了，脑溢血，人昏迷着。"

叶素芹立即安静下来。

"昏迷着？这么大的事你们还瞒着我？我不来寻你你就不通知我？胡方不承认我是他的老婆了，你们也认为我不是他的老婆了？！"

我告诉了医院的名称和病房号，叶素芹转身就下了楼，院子里随即车在发动，紧接着咚的一声响。我从窗口望下去，乘坐的那辆公车在倒向时碰着了院中的那棵老杨树。叶素芹毕竟是胡方的老婆，她的心急是可想而知的，我整理着箱柜，又埋怨了訾林不该不通知叶素芹，万一胡方突然有一差二错，又如何向她交代呢？我立即给她打手机，告诉她把车返回来接我，我和她一块去医院，我要把胡方的病情给她详细说说。

我走下了楼,门房的老头拦住我问刚才的那个女人是谁,竟催促着司机快倒车,车就把老杨树碰了。

"这疯婆子,她把老杨树碰哭了!"

我朝老杨树看去,老杨树的根部被碰了一个坑口,树身未歪,但一半是干的一半却从底朝上尽是湿的,而半边的树叶湿漉漉地往下滴水,水在地上已形成了小水潭。这简直是天方夜谭,但却让我真真实实地看到!这树是十天后就干枯死掉了,我把老杨树哭了的事告诉了许多人,许多人都去看过,至今老杨树还干枯在院子里。

我是在巷口遇着了返回来的小车,我和叶素芹一块去医院,她在车上开始呜呜地哭,我掏出手帕让她擦脸,她没有用我的手帕,她有洁癖的,她开车门时依然用卫生纸垫着。车穿过了两条大街,钻进一个胡同里,原车是要抄近路的,但车突然间熄火了。司机下来检查故障,急得一脸一头的汗,却就是检查不出来毛病。"这车接得来才使用了半年啊,我又是老司机了,怎么就发动不了呢?"司机苦皱了脸,无奈地也更是不好意思地说。我说不急不急,你再检查一下。司机又一次打开车门,又爬到车底下面,满身的油垢和泥土,反复试验,仍是没法成功。叶素芹气得拿脚踢车,车是一堆铁疙瘩,把她的脚踢疼了。我赶紧挡出租车,偏偏是小胡同里长时间里没有任何车来往。两人徒步走了十多分钟,直到胡同外搭上了出租车赶去了医院,胡方刚刚咽了气。

我没有见到活着的胡方最后一面,叶素芹也没有见到活着的胡方最后一面。

27. 訾林

已经知道是不行了,冬梅说快去叫人,让都来,她的女儿就跑到院里给胡亥招手，胡亥在送着刚来看望过的那些朋友，立即跑了来，那些朋友也跟着跑了来。

大家都立在床边，看着她，她抱着胡方，她一直在抱着胡方。

大家在说话，说别的话。我不看她，心里还想，她的话不准，或许没有啥。屋子里静极了，氧气管发出的哧啦哧啦声开始低缓，低缓，渐渐地没有了响声。我仍是没有看着她，但旁边的人一直看着她，我就看着胡亥的脸。胡亥说："拔了？"她说拔了。我心一震，知道他们说的是胡方。大家都没有再说话。

胡方就那样死了。

景川和叶素芹还未到。我打开了手机，手机没有了电，赶忙往医院大门口跑。院子是很大的花坛，花坛中的小径拐来拐去，栽着的冬青丛牵扯着我的衣服，手随便在冬青丛上摘一片叶子，叶子被掐碎着，顺手又丢下去。大门口的电话没有外线，要拨外线还得去大门外马路边的磁卡电话亭。我跑出了大门，拐过了院墙角，一对狗在那里连蛋。

28. 訾林和胡方

火葬了尸体，胡方的骨灰盒就存放在了那里的灵堂内，我去了永宁宫疗养院，收拾他居过的房间，整理遗物。叶素芹因为悲伤和劳累，她的肝病又犯了，她没有去疗养院，打来电话：把老胡的衣物就在那里烧焚了吧，他那些东西拿回来，我瞧着心里难受，如果他地下有灵，他也不愿意将他拿出去的东西再拿回家的。胡方的衣物也真的没有什么好的，我只留下笔墨纸砚和一些书，这些或许可以留给胡亥，也可以给我和景川留些纪念物。我企图把江岚写给他的信能找出来，但抽屉里没有，床铺上没有，那一只皮革已经发硬皱裂的皮箱里也没有。后来我在景川的那所屋子里见到了江岚，江岚痴呆呆地坐在地上，面前是一个脸盆，脸盆里满满的灰烬，我以为她是在为胡方焚化冥钱，她说焚化的是多年来她写给胡方的信。原来胡方从疗养院到这所房子来的时候，所提的皮箱里全是江岚给他的信，他可能要让江岚再看看她写过的所有信件，而江岚将其焚化了，是要他继续带着那批信到另一个世界里去。我们永远不能知道那些信的内容了，我想，那一定是美文，但我们没有福分欣赏。然而我在永宁官的房间里收留了几尺多高的画纸，那些纸上全画着陶瓶陶罐，且陶瓶陶罐的形状不变，仅仅角度不同，可以想见，他是长年累月地对着一只陶瓶和一只陶罐不厌其烦地画，重复地画。这令我震惊又浩叹不已。在院的角落，那一棵枯秃其顶的梧桐树下，黑烟滚滚地烧焚了他的一大堆衣物，我最后一次坐在房间里他曾经坐过的旧藤椅上翻阅那些画纸，在画纸中偶然发现了其中的四幅背面记有文字。有两幅是放在画纸堆的底层，地板上的潮气使纸面变硬，有水渍印出一块一块痕迹，某些文字模糊不清，而放在最上面的两幅，明显的是他最后离开这房间前写的。胡方没有记日记的习惯，在他所有的遗物中的稿纸上、笔记本上从来没有记载他和江岚的事，但这四幅的背面却都是这方面的内容。我读着是那样的激动和伤感，如孤身在山中突然发现了一个石洞，产生了无比的好奇，打着火把钻进去，可这些文字记载的事使我陷入了极大的疑惑，似乎从未听他提及过，这又犹如我在石洞里迷失了方位，甚至寻不到继续往深处的道路也寻不着了来时的入口。房间的北面窗顶上是一张织得很密的蛛网，一只黑色的蜘蛛吊着一根丝垂下来，静静地就在半空。这蜘蛛一定是胡方养的，或者在他的保护下人蛛共于一室。我死死地盯着蜘蛛，觉得那是一个问号，是一个密码的键钮，我叫了一声"胡老！"声音渐渐地被四壁吸收和销蚀，安静下来，隐隐地却产生了一种古怪的振动，传递着昏暗和荒园隐藏的恐惧，突然间，一群野鸽从窗外的树丛中惊起，拍打的翅膀撞击着屋檐，飞过了枯树顶和浓浓的黑烟。

事后，我将这四幅画拿给了景川，问：你知道不知道这些事？景川的回答是不知道。我也询问了江岚、胡亥，甚至叶素芹，他们也搞不清楚。

我就怀疑胡方生前一定患有精神方面的病的。但我又否定了自己，那最后的一段文字里却怎么写着他火化后的事情呢？我就毛骨悚然起来，觉得胡方的灵魂还在，如气体一般就附着于越来越朦胧的房间里，注视着我在读他的隐私。

当我的身子被推进了尸炉膛里，我是站在那运尸车的旁边的。尸炉工说：胳膊翘得这么高？！我的胳膊弯屈着，似乎作一种致谢状而举在那里。尸炉工就拿长长的铁杆转动地往下打，铁杆却有了弹性，打下去又跳开来，左胳膊还在举着，挡在尸炉口。景川又哭起来了，说："师傅，你怎么能这样，怎么能这样？！""那怎么样，不烧了？"尸炉工说，瞪着眼睛，眼睛红红的。"这都是你们的错，冷冻时为什么会这样，从医院来这时一切好好的。"哐，尸炉工将铁杆丢在地上："你这么说，是我们翻动了，翻动着要拿那些值钱的东西？！"

"这话我可没有说，师傅！"

"我烧不了了，请别人烧吧。下一位，下一位轮到谁了？"

景川的脸色大变，他忙把炉工拉住，而就势将一包纸烟塞在师傅的口袋，央求能很快把我焚化，乡间的规矩是入土为安，城市人不入土要火化，化作一股烟了，死者为安，活者为安。

门口排队待化的死者家属骚动了一下，立即有一个脑袋伸出来，问轮到我们了吗？尸炉工再没有吭声，铁杆重新拾起，铁杆的弯勾嗵地就扎住了我的左膊，使劲往后拉，而装我的炉屉被脚在一瞬间蹬动，我通过了进入另一个世界的关口。汽油开始在我的全身淋洒，嘴里，鼻孔里，耳里都是汽油。嘭！点火了，烈火像菊花一样开放，是那样的辉煌灿烂，我听见了哔哔叭叭的皮肉的爆裂声。我的身子发黑，发白，开始扭动着收缩着，收缩了又开展，再收缩，变成了一疙瘩。我没有了个人形。几十年里，我不知道我是谁，当在批斗会上，他们揪我的头发，扭我的胳膊，用木棍打我的腿，我那时就想，头发是我的，胳膊是我的，腿是我的，从头到脚都是我的，那我又是什么呢？现在我才明白，身体是我的，但身体并不是我，我这阵终于独立了，无形无影，无色无味，无声无息地站在景川的身边，看着我的身体在尸炉膛里被焚化着。当模模糊糊看到那越来越小的一疙瘩骨与肉，我钻进了尸炉膛，并且顺着炉膛往上出，那是长长的通道，似乎天的出口就是这里。我终于爬出了烟囱，然后和那一股蓝烟飘荡在了高空，全面俯瞰殡仪馆广场上的那些亲戚朋友和同事。

但我总觉得还有什么事。到底是什么事呢，我一时竟记不起来，只是觉得还有事。我再一次又顺烟囱爬了进去，尸炉膛里的火已经熄灭了，尸炉工用一个铲子往外铲我的骨殖。我原来以为火化了就是一堆灰烬，但我看到的灰是那么少，而铲出来的是三片头盖骨和四节长骨。胡亥在说："怎么还有这么长的骨头？"尸炉工说："一般烧四十分钟就好了，我曾经遇到一个烧过九十分钟，这次却是烧了一百分钟啊！"景川赶忙说："师傅辛苦了，你要知道，他是老党员，骨头硬嘛！"这景川，这个时候了，还对我幽默。他们却没有笑。我是在笑了，但我的笑他们听不见。胡亥还要说：这骨灰盒里不好装呀。尸炉工就把长长的骨头放在一个盒里，放进一节，用一块像熨斗一样的东西轻轻按一下，骨头就酥碎了。我并不是共产党员，我的骨头原本不会硬的。胡亥开始把按碎的骨片往骨灰盒里装，又从炉膛里铲那些灰渣。事情在这时发生了，我蓦地想起我关心的事来：那枚金戒指就在骨殖中。

胡亥在铲最后一铲骨殖往骨灰盒里，发出了当的一声，声音当然与骨殖的声不同，尸炉工叫了：戒指！

尸炉工喊过之后，他就为他的惊奇而后悔了，现在，他已经无法悄然地将戒指私藏，他看着景川、胡亥，还有看了进了尸炉间来的訾林和叶素芹，说："骨殖里怎么会有戒指？！真是大款，火化还戴着戒指！"

"他是知识分子！"叶素芹说。

"噢，怪不得你们来得晚却烧得早，是加了塞儿的？！"

"这不算加塞儿,"景川说,"你们这里规定优待知识分子嘛!"

"他没有戴戒指啊,洗身子穿衣时咱们都在现场的,如果戴了戒指肯定会发现的,让我瞧瞧。"叶素芹从后边挤前来把戒指放在掌心。她当然是用手帕先垫在掌上,戒指还有些烫。她说:"他以前有过这枚戒指,这戒指是他的。可这戒指怎么会出现在骨殖里呢?我的天,我想起来了,他十多年前是把戒指误吞到肚子里的,曾经喝过菜油往出屙,胡亥说他屙出来了,其实并没有屙出来,这戒指竟一直在他的肚子里!"

景川当然知道这枚戒指是在什么地方了,但景川不说,他呜呜地哭了。

叶素芹把戒指用手帕包起来。景川在说了:"既然这戒指在老胡的身体里这么久了,那就同他的骨灰放在一起吧。"戒指重新放在了骨灰盒里。我的秘密永远被封存在了人世。

29. 訾林

胡方给人画了一辈子的像,但他没有一张自己的像,连张单独的照片都没有。追悼会上的遗像先是准备放大身份证上的照片,但所有人身份证上的照片都十分难看,胡方照片更像一个罪犯。叶素芹寻到了一张结婚照,而那时的胡方很瘦,几乎和人们熟悉的胡方判若两人,最后还是江岚从钱夹里取出一张她和胡方第三次在北京时的合影,虽将胡方单独刻下来放大,但无法取掉搭在胡方左肩上的江岚的一只手。叶素芹问:这是谁的手?景川说:我的手。叶素芹以为这是从"文化大革命"的什么资料上刻下来的。

叶素芹委托景川主持追悼会,但她要求坚决拒绝冬梅和她的女儿参加，更不能让江岚露面。"否则，太不严肃了，"她说，"他死了，盖棺论定，需要个好的形象。"这让景川非常的为难，尤其冬梅得知了消息，哭成泪人一般，认为她是胡方的亲生女儿，让参加得参加，不让参加也得参加，就是和叶素芹大闹灵堂也要去和父亲告别。我们同叶素芹几经交涉，最后她勉强同意，但仍是不允许江岚来。

对于叶素芹拒绝江岚出席追悼会，江岚显得倒平静。火化的那天，景川接来了他已经应允要结婚的那个女人来照料江岚，江岚却在屋里给狐子洗澡，洗得干干净净，说叶素芹不让我参加却没有说不让狐子去，你把狐子带了去吧。景川真的就把狗带去殡仪馆。

追悼会上的悼词由胡方单位的领导来念，其文稿事先让叶素芹过了目，叶素芹很大度，没有向单位提出任何条件，比如单位新家属楼已经盖好了，应该为他们调换一处面积大的房子，申请经济上的补贴，安排胡亥没有工作的媳妇。但是，她修改了悼词中两句话，一句将"一个从小就参加了革命的人"改为"一个延安时代的老革命"，一句将"历经坎坷而无怨无悔"改为"经历风雨考验而矢志不渝"。哀乐声响起，人们鱼贯而行，绕着经过了化妆的尸体，然后步出告别厅就走散了。

事后，冬梅十分伤感，对我埋怨着不该听从叶素芹的意见，通知了那么多无关紧要的人参加追悼会，那完全是为了满足她的虚荣心，而来的那些人毫无悲痛神情，先是集中在告别厅处说说笑笑，告别之后又在告别厅门口就相互叫嚷着去什么地方喝酒呀打牌呀。"人情怎么这样淡薄啊，"她说，"我真为我爹悲哀！"

冬梅毕竟是冬梅，她是把一般同事当作朋友看待了，而又把朋友当成亲戚要求了，她不懂得一个人来到世上使这个世上并没得拥挤，一个人去世了这个世界也不会因此而空旷，太阳还是照着，空气里还在浮动着灰尘，死去的人就那么死去了，谁也再不说他，再也记不起他了。

我是排在人群之尾最后向胡方告别的人，狐子没有项绳，我准备着抱了它走过去，可在我起步的时候它竟窜到我的面前，然后一步步向胡方的尸体走去，它走得趔趔趄趄，但路线很直，到尸体床边了，扑嗒一声四蹄趴在了地上。我向胡方深深鞠了一躬，要绕一周离开，但狐子仍趴在那里，我嘘了一下，它还是没有起来。我过去拍拍它的背，才发现狐子已经死了。

这是我一生中见到的最凄凉也最不可思议的一幕，一只狗竟然会这样的死去！叶素芹又一次放声大哭，她过来抱起了狐子，说："这是你养的狗吗？"我说："不，是胡老在永宁宫时养过它。"

我把死僵的狐子用车运回了景川的那所房子，狐子的姿势仍是趴卧的样子。江岚已经在屋里设了灵堂，她在脸盆里焚烧着她和胡方的信件，纸灰满屋子飞，在头上厚厚地落了一层，她并没有回头看我，却低低地说："狐子死了吗？"

我感到奇怪，但我说："它是死了。"

"它必然要死的，"江岚说，"昨晚上我有这么个预感。"

我们并没有在当天掩埋狐子，而是在房子里放了两天，因为江岚一直不说话，也不吃饭，我们没有多劝慰，她什么道理不懂呢？就默默地陪着。第三天早晨，江岚说："咱们去埋狐子吧。"雇了一辆车，坐着我、江岚、景川和景川的女人，一块白布裹着依然是趴卧姿的狗，往城南去。西安城南十里外，是经过一大的塬坡，塬坡分开两条路，一条去了郊县山县城，一条向西顺着河谷上往南山去。车在塬坡处就停了，要在路边的杂货店里买一把铁锨，江岚则独自沿了向西的路走去。一个光头的年轻人骑着自行车从坡上下来，车后带着一位老太太，车速实在是太快了，年轻人已无法控制，就一边疯着摆铃，一边大喊：我不行了！我不行了！行人紧忙躲闪，车子从江岚的身边一闪而过，但见车后坐着的老太太面如土色，那梳在后脑的小发髻颠簸着哗哗哗地颤。我赶忙跑过去问撞着了没有，大骂那厮怎么能这样骑车子，江岚却说没事没事，突然地愣了一下神，问道：你瞧前边那个人？！我举目看去。是在数百米外的一棵树前，背向我们的有一个人，人像胡方。是老胡吗？江岚又问了我一句。是胡方。我们立即往前跑，那人闪过了树身。待我追到，树前树后并没有任何人影。景川和他的女人见我们跑动，也撑了上来问怎么回事，我说了刚才的一幕，景川倒埋怨我不该一惊一乍的，江岚正悲痛着，这岂不是让她神魂颠倒吗？

"或许是看眼花了。"我说，心里却奇怪：如果是江岚出现了幻觉，难道我也出现了幻觉？

我是从来不信神鬼的，但这件事又使我一肚子的疑惑，我没有再申辩我的亲眼的所见，也没有提问这世上有没有神鬼。

在河谷的一处土坝下，我们挖了一个洞，把狐子放进去。放进去了又嫌洞有些狭窄。江岚说：让它睡妥。就又把狐子取出来重新扩大了洞面。江岚却再没有看着封洞口，独自走上去站在了公路上。步行了这么长一段路，我老担心着她的身体，但老太太走得很刚强，站在公路上了，站得直直的，像站着一棵树。

景川的女人听了江岚的话，她说狗真的像睡着了，会不会还能醒来呢？景川说它又不是患了植物人病，说过了立即改口，说狗不会再醒来了，狗的灵魂已随胡方而去。女人说你是相信人有灵魂吗？景川说当然有灵魂，你想想，人睡着的时候你叫他他听不着，他却在做梦，你若大声地喊或者拍他，他才从梦里又回到身体里。人如果真的死了，区别是你再喊他或拍他的身体不动，而他却如梦一样仍在别的地方，这说是灵魂了，我说不清但就是这个意思你懂了吗？女人说：我不懂。景川又说，电灯有电的时候是亮的，如果把电源一断，电灯就不亮了，这就是肉体和灵魂的区别，这下懂了吧？女人还说：我不懂，你说人死了灵魂在别的地方，那是什么地方呢？景川说或许在天国或许就在我们周围的树上、草上和土圪垯上吧。女人扭头看着，她有些惊恐，而此时已近黄昏，真的是残阳如血。

公路的远处有一个人推出自行车在沟畔东张西望着，走近了，正是在大塬坡骑车风驰电掣的年轻人，小伙子急迫地问："看见我奶了吗？看见我奶了吗？"他是在骑车狂奔中将后座上的老太婆颠跌丢了。

"你奶不是在你自行车后座上吗？"

"到了前边湾，我问：奶，我骑得好不好？我奶不回答，我扭头一看，我奶不见了！"

"你张狂么，能把你奶丢了！？"

年轻人没有停留，一边推了车子往前去，一边喊：奶！奶！

我们不能不可笑着这粗莽的年轻人，瞧着他的背影，我抓拍了一张照片。但是，江岚却让我为她拍摄一张，说："我也是把胡方和狐子都丢了！"

江岚的话使大家却怔住了，我那时害怕起来，害怕她一时伤感，终于要在这荒野里大哭一场，即便不大哭，百感交集，心身憔悴，又怎么个回城去呀？

"都丢了！"她又说了一句，如释重负地长吁了一口气，竟然微微地笑了。"我现在该解脱了，訾林，我终于解脱了！你要买一张车票，我明天得返京了。"

2001.6.2 晚初稿完毕

2001.9.29 晚二稿完毕

2001.12.12 晚三稿完毕

后　记

贾平凹

一、一个老头

　　十八年前我在陕南山区采风时伤风感冒，去一个卫生站注射柴胡，患上了乙肝——事后晓得注射柴胡的那个针头扎进过十多个人的屁股，每扎过一次只用酒精棉球擦拭一下——从此，在中国的文坛上我成了著名的病人。乙肝是一种可怕的慢性病，它使我住过了西安市内差不多的大的医院，身体常年是蔫蔫的，更大的压迫是社会的偏见，住院期间你被铁栅栏圈着与外界隔离，铁栅栏每日还让护士用消毒水洒过，出院了你仍被别人警惕着身体的接触，不吃你的东西，远远地站住和你打招呼（乙肝病人是人群中的另类，他们惺惺惜惺惺，所以当社会上形成了以友为名的关系网，如战友网，学友网，乡友网，也有了病友网。而病友网总是曾经的乙肝患者）。我曾经写过《人病》一文，疑惑着到底是我病了还是人们都在病了？以此也想着许多问题，比如什么是病呢，嗜好是不是一种病，偏激是不是一种病，还有吝啬、嫉妒、贪婪、爱情……
　　爱情更是一种病。
　　我之所以这么认为是我出院后在某一个疗养地认识了一位老头。老头当时已七十岁了，是个知识分子，满肚子的才学，我向他请教有关哲学和文学的问题，他显得十分正大，不能不让我高山仰止。但是，他除了要写作一部革命回忆录外（据说那部革命回忆录始终未能完成），每日要做两种功课，一是锻炼身体，把胳膊攀在树枝上，双腿蜷起，像吊死鬼虫一样荡来荡去；二是给远方的情人写信。一个年龄老朽的人如此狂热爱情，这已经是公开的秘密，大家都不避讳，而且故意逗他，老头那一刻纯真如儿童,脸颊红红的,眼睛放光,说一些很幼稚可笑的话。老头的两种不同的表现令我非常吃惊,我产生了强烈的要了解他的欲望,我几乎每晚都去他的房间,我们一边用蒲扇拍打着叮在腿上的蚊子一边谈黑格尔和《恶之花》,谈着谈着就谈到了他的青年时代和中年时代,他的青年和中年是参加过革命与革命革过他的命的经历,他的爱情就贯穿其中。我原以为可以将他为模特写一个美丽而有些滑稽的故事的,但越是了解了他我却不敢触及了,甚至在相处的日子再不戏谑他写情书的行为。老头不是一个坚定的革命党人,这令我们感到些许遗憾,或许是他的性格所致(知识分子是我们民族历来的精英阶层,但它绝不是个个都是精英,以我所见,他们有着严重的人格缺陷,乏于独立),但是,老头却是活得最真实的人,尤其到了晚年。老头用他一生的苦难完成着一个凄美的爱情故事,这故事对于写书人和读书人或许是一桩幸事,对于老头自己却未免残酷。这如同一头牛耕犁驮运了一生死在了田头和磨道,农人剥下了皮蒙了大鼓而欢庆丰收的喜悦。我想,起码等老头下世后再写吧,老头却一年一年活下来,他健康地活着,我越发觉得我做作家的无耻,这和那些一旦有了某画家的作品就等待着某画家立即死去而准备着高价售画的收藏者有什么不同!

老头的故事就这样一放十数年地搁置了下来。

现在,我与老头完全失去联系,听说他搬迁到了另一个城市,算起来年龄已近九十,可能是不在了人世,而在提笔要写他的故事时,更重要的是我也近五十,体证到了自己活着何尝不也是完成一种痛苦呢?生的目的是为了死,而生的过程中老头拥有了刻骨铭心的爱,而我们又有什么呢?当我终于动手写这个故事了,我把故事的梗概讲给一些朋友听,他们是劝我不要去写的:目下的时代哪里还有爱呢?老头的故事只能显出艺术上的不真实。我有些心不甘,特意去了迪厅,抓回来了我认识的诸位时兴的小女人(我的出现使欢蹦如虫子的舞者都驻足侧目,他们很少见过有如此老的人进入这种场合),并特意接触了一些单身贵族,他们可以随时将女人带回家来,事毕了,抽二张三张纸币塞在女人的口袋让其走人。这些人听我讲述老人的故事,眼圈却红了,哀叹起这个时代再不赋予他们的爱了。他们在哀叹，我想，是真实的。过去的年代爱是难以做的，现在的做却难以有爱，纯真的爱情在冰与火的煎熬下实现着崇高，它似乎生于约束死于自由。

与其说我在写老头的爱情，不如说我在写老头有病，与其说写老头病了，不如说社会沉疴已久。

二、复杂的故事

不管有多少人请著名的书法家写"宁静淡泊"，悬挂于墙上，压在桌面玻璃下，但肯定是再也出现不了一个陶渊明了。现今的文坛，许多作品标榜着现实主义，实际上写满了现实的回避。那个老头，即便已经去世，他起码活到了九十余岁，他经的事情太多，活出了境界，他应该是一位神仙，我却无力将他写得精粹。在写作的过程中我常常想到这样的问题：李商隐的爱情诗，他的原意是否就是我们现在所理解和诠释的那样？真正的爱情诗它绝不是空泛的，肯定有秘密的心结，是写给自己或最多是另一个人。可李商隐是写给谁的，其中有什么凄苦的故事，我们不知道，我们只欣赏"春蚕到死丝方尽，蜡炬成灰泪始干"句子很美。六月的荷塘里我们看到的是冰清玉洁的莲，我们看不到深水下边的污泥和污泥中的藕。有时也想，梁山伯祝英台的爱情是中国最经典的了，但故事却是那么的简单！这或许是古人的生活很简单，讲的故事也简单，而现在是不能了，现在的人活得太琐碎，任何事情都十分复杂。复杂阻碍于故事的流传，可我无能为力。我企图把《病相报告》写得短而又短，或者是一个短篇，或者是一个中篇，但糟糕的是提纲就起草了十多页，我们习惯了要所谓的深刻，要起承转合，要典型环境中的典型人物，看到了山地里的一枝兰，自然要想到这兰在城里珍贵为什么在山中烂贱如草，为什么绿肥红瘦，绿红是从哪儿来的？《病相报告》是要写一个人的一生七十余年，铺设开来，那得有四五十万字数！如果四五十万的字数写一个爱情的故事（故事说远，它不发生在古代，古代我没经过读者也没经过，那鬼是好画的；故事说近，它又不是这几年的事，虽然我询问过十位二十二岁左右的青年"四人帮"是谁,他们皆摇头不知,但更多的人却是从各种运动中走过来的,眼里容不得一粒沙子),又要按着时间顺序一一交代清楚,那极可能这个故事陈腐不堪,皇帝穿上了龙袍才是皇帝,美丽的巩俐将一身大红对襟袄穿在身上出现在陕西关中的小镇上,她就是农妇秋菊,没有人找她签名留影了。我于是重起炉灶。我之所以使文中所有的人物统一以第一人称说话,是要将一切过渡性的部分全部弃去,让故事更纯粹。之所以将顺序打乱是想让读者看得真切而又不至于局限于故事。如此写下来,竟然也有十六七万字,我不能不哀叹:我们可能再也无法写出一个简单的故事了。

三、我的尴尬

我喜欢的夏天又要过去了。西安是没有春秋的,在寒风来临之前我修完了《病相报告》就可以去南方走一趟了。西安的冬天是不宜于我的,那看不见的风,总是庄严地流动,落在你的身上却像乱刀在飞。我数年来越加萌生着去南方居住的念头,可怜的是年迈的母亲和尚未长大的孩子需要照顾,以及又难以割舍的这座城弥漫的古文化的氛围。南方是心身暖和的,我这么想,而我的一位朋友来帮我修理损坏的一页窗扇时,讲了一个他的同事的笑话,让我在这个下午笑出了眼泪。

笑话是这样的:

××是个瘦子,上了一辆公共车,公共车的一面窗子上玻璃掉了是个空框,但他不知道。这时一个人也来赶车,此人比他还要瘦,就站在窗外,他以为从玻璃上照出了自己,一边看着一边拍脸说:唉,怎么又瘦出一圈了?!

四、还要干什么

当年,《浮躁》写完,开始写序,写了两个序,这是我的长篇中唯一的一次。在第二个序里,我宣布着写完了《浮躁》将再不从事《浮躁》

类的写法，于是开始了后边的《废都》、《白夜》、《土门》、《高老庄》以及《怀念狼》和这个《病相报告》。在这些长篇里，序是没有了，却总少不了后记，后记里记录了该部作品产生的原因和过程，更多的阐述着自己的文学观。我不是理论家，我的写作体会是摸着石头过河，我把我的所思所想全写在其中了。但我多么悲哀，没人理会这些后记。现在，我又忍不住在即将付印《病相报告》时又要宣布对于《病相报告》写法的厌恶，我是有这个毛病，病得深，我已不指望别人怎么看待我，我说给了我为的是给自己鼓劲，下定决心。

　　我之所以如此，是我感到了一种不自在，也是我还在《病相报告》未完成前就急不可耐地先写了中篇《阿吉》。

　　我是这么想的：

　　中国的汉民族是一个大的民族，又是一个苦难的民族，它长期的封建专制，形成了民族的政治情结的潜意识。文学自然受其影响，便有了歌颂性的作品和揭露性的作品。歌颂性的历来受文人的鄙视，揭露性的则看作是一种责任和深刻，以至形成了一整套的审美标准，故推崇屈原、司马迁、杜甫，称之主流文学。伴随而行，几乎是平行的有另一种闲适的文学，其实是对主流文学的对抗和补充，阐述人生的感悟，抒发心意，如苏轼、陶潜乃至明清散文等，甚或包括李白。他们往往被称作"仙"，但绝不能入"圣"。由此可见，重政治在于重道义，治国平天下，不满社会，干预朝事。闲适是享受生活，幽思玄想，启迪心智。作品是武器或玉器，作者是战士或歌手，是中国汉民族文学的特点。

　　而外国呢，西方呢，当然也有这两种形态的作品，但其最主要的特点是分析人性。他们的哲学决定了他们的科技、医学、饮食的思维和方法。故对于人性中的缺陷与丑恶，如贪婪、狠毒、嫉妒、吝啬、啰嗦、猥琐、卑怯等等无不进行鞭挞，产生许许多多的杰作。越到现代文学，越是如此。

　　我不知道我还能说出些什么，也不知道能否说清，我的数理化不好，喜欢围棋却计算不了步骤。我的好处是静默玄想，只觉得我得改变文学观了。鲁迅好，好在有《阿Q正传》，是分析了人性的弱点，当代的先锋派作家受到尊重，是他们的努力有着重大的意义。《阿Q正传》却是完全的中国的味道。二十多年前就读《阿Q正传》,到了现在才有了理解,我是多么的蠢笨,如果在分析人性中弥漫中国传统中天人合一的浑然之气,意象绌缊,那正是我新的兴趣所在。

2001.10.7

关于对贾平凹的阅读

胡天夫

2002年，贾平凹的新作《病相报告》发表，我从南方乘飞机到了古城西安，对他进行了一次访问。他浓重的商洛口音常常使我弄错了意思，不得不停下来，又用笔在纸上重新写出某个词汇，两个人又笑又摇头。但我们谈得很久，以至于将一杯浓茶喝淡了又续上一杯浓茶。我说：谢谢贾先生付出这么多时间！他说他从来没有和一个生人说过这么多的话。"我要谢谢你哩，"他最后握着我的手，"你提的问题使我有兴趣将我长期以来想说而未有机会说的话说了出来！"以下便是根据这次访谈录音整理出的一部分。

问：来西安要见你这已经是第三次了，前两次都是无法与你联系上，你深居简出，寻到你实在是难。这次多亏了××约到了，令我非常高兴。

答：其实好找得很，只是你来了我恰好外出了。

问：几十年来我一直是你的读者，我们那儿有一个小群体，你的书一本不缺地阅读着，成了一种习惯，读完了这一本就等着你的下一本，似乎再不把你当作人而看作机器了，当有一天突然明白写书是多么艰难呀，怎么能这样逼一个人呢？但我们也就产生了一个疑问：他怎么能写得这么多？从七十年代后期至今你一直在文坛上坚挺地写作，成为关注的对象，这简直是一个谜。

答：谢谢你们读我的书。写作是我的职业，更是我生命的形式，我只有写作啊。

问：我们读你的作品，也读关于你的访问记和作品评论，就发现了这样一个现象：评论你的文章很多，但评论家似乎很难将你归类，一会说你是寻根派，一会又说你是地域文化派，一会又说你是传统作家是现代派作家。

答：我的文学起点很低，之所以一直还能坚持下来，是我知道起点低就得寻找突破，如果我有好处，那也是我在多变。我的写作是顺着我的河流走的，至于评论家怎么评价那是评论家的事了。有的评论家喜欢把作家的作品作为例子归于他的想法里来完成他的评论的，但我觉得评论首先面对的应该是创作。一个作家的盖棺论定是在他停止写作之后，甚至时间更远。时空对于作品是最无情和最重要的。我常常想，一部作品是好是坏必须得等五十年，半个世纪后还有人读就是好作品，否则，说什么都不是了。

问：你是在说《废都》吗？

答：我说的是作品存在的一般规律。

问：《废都》的出版，曾经使文坛大地震，其实从八十年代你的作品就引起争论，到了《废都》，你成了国内文坛上争论最大的作家，爱你的人爱得要死，骂你的人骂得要命。你是怎么看这个问题的？我们认为在目下的中国，一部作品一出版泥牛入海全无消息是可悲的，一部作品一出版一片叫好也未必真是好作品，而有争论的作品往往具有价值，一是说明大家都在读，都有兴趣；二是现在开放年代人人都会说话也敢说话，各种价值观、文学观都呈现出来了。

答：《废都》的出版是幸也是不幸，它使我的声名在华人世界得到普及，却也给我的生活和写作带来了前所未有的困境。当时各类评论书籍很多，接着香港出版了《"废都"大评》，收录了众多评论家文章，是肯定和赞扬的，而内地出的都是批判性的。我并不是要听好听的话，但我受不了非文学性的诽谤。《废都》的阴影一直在以后的六七年内摆脱不了，相继出版的《白夜》、《土门》等书无人再敢评论。现在《废都》虽还未能正式再版，但"重读《废都》"的声浪很高，已经有相当多的专著和报刊文章中给了《废都》颇高的评价。可是，这近十年里我的窘境却只有我受了。

问：这些情况我们大致都了解的。在我读到一首古联时我脑子里第一个闪出的是：这好像在说贾平凹呀！古联这样写着：著书成二十万言，才未尽也；得谤遍九州四海，名亦随之。

答：在那一段时间，我写了条幅挂在书房：默雷止谤，转毁为缘。我只有埋头写作。这也就是整个九十年代至今，《废都》后写了《白夜》、《土门》、《高老庄》、《怀念狼》及一批中短篇，我希望以我的作品来证明我自己，不，完成自己。

问：但是，有一个问题就出现了。几乎是在《废都》之后，对你的作品常常出现误读。正是这种误读，它成为对你争论的一个原因。

答：是这样的。这是我最苦恼的事。

问：我们认为产生误读的原因一方面是有人读作品前就先入为主了，带着异样的眼光去看你的作品，一方面是你的作品越写越多义性，有一种混沌的感觉，难以把握。更重要的是有了《废都》带来的阴影，以后的作品一出版专家未能及时引导，而你的作品又有着极大的市场，书商们为了赚钱，他们作许多庸俗的炒作，搅乱了读者的视线，甚至一些媒体。

答：我清楚这种现象，可我无可奈何。我这人因生存环境和生理等原因使性格内向、胆怯而敏感、不善交际，一直为人处事伏低伏小。每一部作品出来，我都是诚惶诚恐的，但书商和一些报纸他们为了卖书和扩大发行量总是要弄出一些新闻来。不知情况的，还以为是我在炒作。他们一会儿这样说，一会儿那样说，搞得我非常难堪。我就知道有一些人，他们为了他们的私利，从另一个角度说这本书怎样怎样，诱导着读者来买书，然后又从另一个角度骂你、诽谤你，将这些言论再写成文章或编成书又去卖着赚钱。更有甚者，他们肮脏的用意往往以神圣的面目出现，混淆视听。这样的人我可是见得多了。我只能呆在家里舔我的伤口。往往一部作品出版，我就远游去了。但我现在倒感谢这些人了。

问：这是为什么？

答：正是这样，我认识了社会，认识了事情的复杂性。人是需要对抗的，这种人性恶的成分的表现我一时无力改变，我唯一能做的就是继续写我的作品。我一直认为时间对于作品是重要的，时间会说明一部作品到底怎样。

问：你这种观念是对的。比如《废都》，那是十年前的小说，它几乎每年都在再版，当然都是盗版了。而文学性的评论越来越多，甚至还出版了专著，有些文章相当有水平，比如马原就新写了一篇，你读过吗？

答：别人告诉我，我才读到了。马原一直是我尊敬的作家，他的眼光毒。

问：你的小说正如有的评论家所说"多转移，多成效"，从新文学开始至今你是个贯穿性人物，多少人走着走着就销声匿迹了，而你依然受文坛关注，是得益于这种不停的变化吗？

答：我开始进入文坛的时候起点很低呀，你不变化，不去否定和修正，不去突围，那怎么行呢？文坛的竞争极残酷，新的作家因为创作的环境好，接触外来的东西多，他们起点高，逼得我要不停地蜕化。

问：你早期的作品清丽，往后是混沌，再是颓废，再是深厚，题材在变，内容也在变，真不知道你下来又有什么变化了？

答：其实不是我在变，所有作家都在变的，从事这一行谁不想变呢？回头看新时期文学，几十年来是一步步从政治宣传品中获得文学自身属性的过程。在这个大过程中，各个作家有各个作家的生存环境、学养、见解和追求，也就呈现出了不同的状态和创作。写作完《病相报告》，其实在这部小说的过程中我就不满于自己前一时期的写作了，我的兴趣开始转移到如何分析人性缺陷上，不知你是否读到我发表于2001年7月号《人民文学》上的中篇《阿吉》和2002年1月号《北京文学》上的短篇《猎人》？

问：看过了。我是觉得很好，具备现代小说的特点，是和你以前的小说不一样。但我推荐给周围一些朋友看后，有人赞赏有加，有人却觉得读不懂。

答：是不是觉得没有写人生呀，命运呀，政治情结不那么浓厚，并不是社会关注的问题，也不是那种"史诗"？

问：是这样的。

答：我的小说当然写得不尽如人意，但我企图尝试。现在小说的写法很多，小说的观念应该有所改变。新时期文学的最大成就是一步步回归文学本真，可目下似乎又停留在小说就是写社会生活的，写人的命运的，读者习惯于读这类小说。我觉得文学更要究竟人的本身。人是有许许多多的弱点和缺陷的，比如嫉妒呀，吝啬呀，贪婪呀，虚伪呀，等等，等等。这类小说，或许说任何新的小说，却都是应该有着民族的背景。

问：民族的背景？

答：是的，中国汉民族是伟大而苦难的，又有儒家的影响，所以其政治情结和关注、忧患国家、民族的意识是中国任何作家都无法摆脱。这也是中国作家的特色。如何在这一背景下，基调下，按文学规律进行创作，应该是个标尺来衡量作家和作品。但是，强调有民族的背景，已不是政治性的，若纯粹的历史感、社会感、人生感成为中国人所强调的所谓深刻，却也会限制新文学的进步。有一种现象不知你注意到没有，现在的小说常常大致相同，包括题材和内容难以拉开距离。我所感兴趣的是在中国民族背景下分析人的本身，即人性中的弱点和缺陷，这样的小说是简单的故事。必须有故事，但不在于故事本身，所以强调其简单。如果带着这样的观点去读小说，你就会看懂当今世界上的杰作，而知道中国文学的差距。

问：这是不是你的文学观？

答：大致可以这么说吧。

问：我想起来了，在上个世纪末，你主编的《美文》杂志曾用了一年时间刊登数十位作家的散文观，是从那时候你就注意这个问题，虽然那只是对散文的认识。你那时做这项工作是了解各个作家的情况还是企图要从这些同行里获取些什么？

答：是了解也是获取。我提议在刊物上开了个栏目进行调查，我觉得新的文学观十分重要，那仅是散文方面，因为《美文》是散文杂志。那次大面积调查，有人明白了我们的用意，写得很好，而大多却还是谈着老话，由此可见，这样的问题还不是普遍得到重视。调查之后，我更坚定了我的想法，更觉得强调新文学思维、新文学观建立的重要。所以，在 2001 年我指导我的研究生，几乎用了半年时间反复讲这方面的问题。

问：你说到这儿，正好是我要向你提出这样一个问题了，即在好多人的印象中你似乎更传统，我读到一些写你的文章，说你是最后的一个传统文人，但我认为，如果真正认真地全面地读过了你的作品，你的骨子里是极其现代。这种观点不仅是我的看法，我周围许多人都这样认为，最近读到一篇文章，好像是著名的文学评论家谢有顺先生写的，他说：最令我讶异的是，贾平凹居然试图在自己的写作中将一些别人很难统一的悖论统一起来：他是被人公认的当代最具有传统文人意识的作家之一，可他的作品内部的精神指向却不但不传统，而且还深具现代意识，他的作品都有很写实的面貌，都有很丰富的事实、经验和细节，但同时，他又没有停留在事实和经验的层面上，而是由此构筑起了一个广阔的意蕴空间，来伸张自己的写作理想。谢有顺的感觉竟然和我差不多，这令我也小小得意。我要问你，你同意这说法吗？

答：是吗，是吗？

问：你这是怎么啦？

答：我感觉一下子被点中穴了，动弹不得了。多少年里，我一直在苦苦追求，就是在进行这样的努力，你们能说破，我感到欣慰。别人之所以有印象我是传统文人，可能觉得我长得很土，衣着和举止也土，而且行文中古语多，作品的形式是民族化的，又喜欢书法、绘画和收藏呀，其实不知我内心是很现代的。我谈不上传统文化的底子有多浓厚，我只是多浏览了一下这方面的一些东西。而越是有些了解，你才知道传统文化中的弊病在哪里，你才急于想吸收西方的东西。我在八十年代初，吸收西方的东西主要来自美术的理论，现代意识影响中国，往往先从美术界引起革命，然后才传到了文学界。这么多年，西方现代派的东西给我影响很大。但我主张在作品的境界、内涵上一定要借鉴西方现代意识，而形式上又坚持民族的。在我四十岁的那年，也就是九一年吧，我写了一篇文章《四十岁说》，就专门谈这方面的认识。以后的几个长篇我都写了后记，或多或少总在谈这种认识，遗憾的是没有多少人去理会，让我很丧气。在当今文坛，有一种现象，极端的写法很受注意的，而像我这样的弄法，既不鲜明是所谓的"传统派"又不鲜明是所谓的"先锋派"，两派都不要我。据我了解，好多人不愿意给我写评论，一是作品多，太费时间和精力；二是难以归类，你又是老作家了，别人写你没有一种发现感。

问：你这样的观点，从理论上讲是有道理的，但具体实践在创作中就难了，因为每一个作家都希望把自己的作品写好，你的观点他们为什么不去采纳？而你的作品又为什么不被一些人所理解呢？

答：首先，说明一点，这样的观点并不是我的，而是读一些名著所学到的经验，日本的川端康成是这样，大江健三郎是这样，马尔克斯也是这样，这些大师之所以为大师，是他们成功了，而我们仅仅是意识到还没有完成自己独特的写作。我们的缺点是意识产生的时间还比较短，一些写作了几十年而年龄已大的作家要彻底改变是艰难的，年轻的一上手就学人家的东西往往又缺乏本民族的传统文化基础，写一篇两篇可以，日子一久就暴露了单薄和肤浅。如何将西方的抽象融入东方的意象，有丰富的事实又有深刻的看法，在诱惑着我也在煎熬着我。我当然在两方面都欠缺，只是在补课和试验。

问：最难的是不是写作的内容和切入题材的角度？

答：西方有西方的生存经验，这种生存经验即民主、自由，注意人，人的个性，同时，工业对人的异化，高科技使人产生的种种病相，等等。而我们的生存经验又是什么呢，这就不用我在这里多说了。他们的经验和我们的经验结合参照，我想应该是我们写作的内容，我们强调现代文学，得了解它的背景，寻找生命、精神里的因素，再是寻找一种语感，所以，因其语感的背景不一样，硬性模仿就失去了精神。必须加入现代的元素，改变思维，才能用现代的语言来发掘我们文化中的矿藏。现代意识的表现往往具有具象的、抽象的、意象的东西，更注重人的心理感受，讲究意味的形式，就需要去把握原始与现代的精神契合点，把握如何地去诠释传统。一部好的作品关键在于它给人心灵深处唤起了多少东西，不在乎读者看到了多少，在乎于使读者想起了多少。

问：要接受现代化，就得接受人家的价值观吧。

答：我喜欢用"作品的境界"这个词。现代意识说穿了就是人类意识。

问：我们已经谈得很多，你是否休息一会儿？

答：还要说下去吗？我可没有什么要说的了，这是我多年里和人说得最多的一次呀！

问：那我再问你几个简单的问题就结束了。你是位作家，却有明星的效应，作家能有明星的效应那是不容易啊，可作家似乎不应该这样，你满足这样吗？

答：你以为成名就是成功吧？不，成名不等于成功！我不知道怎么就到了这种地步。在别人眼里似乎我很风光，对于我却是灾难。我这样说并不是矫情，太热闹或被人太关注，不利于潜心写作，也不符合我的性格。熟知我的人都说常见我一个人坐在那里发呆，我是没意识到，但我清楚内心时不时感到一种孤寂，这种心情你是无法对人言语的，就如我现在去向周围朋友借钱，钱肯定借不到还要遭他们奚落一样。

问：你对作品的市场看法呢？是追逐它还是反感它？

答：市场无所谓好与不好，只在于自己书卖得好，版税当然好，但它若干扰你，要你顺着它走，那就不好，最好的是我按我的写又能发行量大！

问：你对文坛的看法？你已经进入五十岁的年头了，也是文坛老兵，难道还是"群居防口，独坐守心"吗？但文坛上往往是非多，"文人相轻"，"欺软怕硬"，"官本位"，"结帮组派"，如果你依然被误读曲解，甚至受到不公平待遇，你还会逆来顺受吗？

答：五十岁前人的火气正旺我都那么过来了，进入五十岁了我还能怎样呢？文坛是社会的缩影，什么人都有，什么事都可能发生，既然人在文坛上，就得享受它的欢乐和烦恼，关键是写自己作品。

问：那么话题又回到了前面，如果，我说的是如果，你的作品一直总被误读，而年龄一天天大起来，创作不可能像以前那样多了，无力再证明你了，又会怎样呢？

答：如果真是那样，那就是悲惨人生。但是，我相信不至于落到那一步，现在你能提出这样一堆话题，你不就是一个理解者吗，最起码是个好的倾听者啊！作品如人一样也是有命运的。我给你说个小故事吧，据说是黄永玉的故事。他办画展，有人提出看不懂他的画，让他解释，他问：你听过鸟叫吗？那人说听过。他再问：鸟叫好听不好听？那人说好听。他又问：你能听懂鸟叫吗？那人说听不懂。他就说了：听不懂没关系，只要你觉得好听就是了。

问：许多作家和诗人都有过这样类似的话，说这样的话是真的不想被人认可还是一种矫情和无奈？

答：从创作的最本源处讲，也就是从作家诗人甚至一切艺术来说，不会想到要被人认可是天性。但作品一经发表，它成了社会性的产物，当然接受的人越多越好。如果有人说他写作品并不想让别人认可，那只是不想让现时的人认可，但他希望的是理解他的人或者后人的认可。

问：你的读者广大，如果有人将你列入畅销书作家行列里，你愿意吗？

答：当个畅销书作家是不容易的，可我不符合畅销书作家的标准。

问：那你怎样看待你自己呢？记得在2000年你出版了一本《我是农民》的书，又写了一篇文章，大致在说"我是一位诗人"，一会说自己是农民，一会又说自己是诗人，现在还想说自己是什么吗？

答：那就是：活在二十世纪和二十一世纪交叉年代的，住在西部的一个中国作家。

2002年1月13日